DOROTHEA BÖHME
Meuchelbrut

ERBEN WILL GELERNT SEIN Glenn Hinrichsen, alt und vermögend, findet sein eigenes Testament. Das Problem daran ist: Er hat es nicht geschrieben. Zu allem Überfluss kommt am gleichen Tag Onkel Harry ums Leben. Glenns Familie beschließt, einen Einbruch zu fingieren, um die Lebensversicherung zu kassieren. Was zunächst wie ein guter Plan aussieht, endet im familiären Durcheinander. Dennoch, Glenn ist sich ganz sicher, dass sein letztes Stündlein bald geschlagen hat. Wer solche kriminellen Energien entwickelt, um an Geld zu kommen, schreckt auch vor Mord nicht zurück. Das Familienoberhaupt beschließt, dem Mörder oder der Mörderin zuvorzukommen. Sein Plan entpuppt sich als schwieriges Unterfangen, denn immer wieder stören Chefinspektor Reichel und dessen Assistent Huber seine Ermittlungen.

Dorothea Böhme, geboren 1980 in Hamm, zog es für ihr Studium weit in die Welt hinaus. Nach Aufenthalten in Tübingen, Quito, Triest kam sie schließlich nach Klagenfurt. Sie schloss Kärnten schnell in ihr Herz, weshalb sie das Bundesland zum Schauplatz ihrer Kriminalromane machte. Zuletzt unterrichtete sie Deutsch an der Universität Szeged im Süden Ungarns.

Bisherige Veröffentlichungen im Gmeiner-Verlag:
Sauhaxn (2012)

DOROTHEA BÖHME

Meuchelbrut

Kriminalroman

Original

GMEINER

Die automatisierte Analyse des Werkes, um daraus Informationen insbesondere über Muster, Trends und Korrelationen gemäß § 44b UrhG (»Text und Data Mining«) zu gewinnen, ist untersagt.

Bei Fragen zur Produktsicherheit gemäß der Verordnung über die allgemeine Produktsicherheit (GPSR) wenden Sie sich bitte an den Verlag.

Besuchen Sie uns im Internet:
www.gmeiner-verlag.de

© 2014 – Gmeiner-Verlag GmbH
Im Ehnried 5, 88605 Meßkirch
Telefon 0 75 75 / 20 95 - 0
info@gmeiner-verlag.de
Alle Rechte vorbehalten

Lektorat: Sven Lang
Herstellung: Mirjam Hecht
Umschlaggestaltung: U.O.R.G. Lutz Eberle, Stuttgart
unter Verwendung der Fotos von: © Sandra Derler / photocase.com und
© victoria p. – Fotolia.com und © by-studio – Fotolia.com
Druck: Libri Plureos GmbH, Friedensallee 273, 22763 Hamburg
Printed in Germany
ISBN 978-3-8392-1514-2

Personen und Handlung sind frei erfunden.
Ähnlichkeiten mit lebenden oder toten Personen
sind rein zufällig und nicht beabsichtigt.

DIE MEUCHELBRUT

Glenn Hinrichsen, 84 Jahre alt und Besitzer des Herrenhauses in Lendnitz, in dem nicht nur er selbst, sondern auch der Rest seiner Großfamilie wohnt. Er ist griesgrämig, aber auch sehr einfallsreich. Seine Familie lässt er in dem Glauben, nicht laufen zu können, obwohl er längst nicht mehr auf seinen Rollstuhl angewiesen ist.

Opa, mit richtigem Namen Hermann, 89 Jahre alt, Glenns unauffälliger Halbbruder, dessen herausragendste Tat darin besteht, Stammvater der Hinrichsens zu sein, auch wenn er zum Familienleben selbst seit seinem Schlaganfall kaum noch etwas beitragen kann. Meist macht er sich über Gesten verständlich. Mit Michael, seinem Mau-Mau-Partner, kommuniziert er nuschelnd.

Roswitha Hinrichsen, 43 Jahre, von allen nur Mutter genannt, ist Opas Schwiegertochter und neigt zu Dramatik. Seitdem sie verwitwet ist, lebt sie mit ihren beiden Kindern Gesine und Michael auf Glenns Landgut. Ihre Familie ist das Wichtigste für sie. Mutter kümmert sich um alles und würde gern aktiver die Geschehnisse lenken, doch der Alkohol und ihr kaum zu bremsendes Interesse an Männern lassen sie manchmal unüberlegt handeln.

Michael Hinrichsen, 21 Jahre, Mutters Sohn, braucht meist länger, bis er etwas versteht. Verschiedene Lehrstellen musste er aufgeben, jetzt wohnt er erst einmal zu Hause und lässt sich von Mutter verwöhnen.

Gesine Hinrichsen, 16 Jahre, Mutters Tochter, zankt sich gern mit ihrem Bruder und ihrer Tante Frieda, mit der sie in einem Besserwisser-Wettstreit liegt. Gesine hält eine Vogelspinne als Haustier, interessiert sich vor allem für die Dritte Welt und liebt schwarzes Make-up.

Frieda Hinrichsen, 36 Jahre, Opas jüngste Tochter, lebt ebenfalls auf dem Landgut. Frieda ist rational, denkt logisch und strategisch. Oft behält sie als Einzige den Überblick.

Tante Martha, 81 Jahre, Glenns Schwester. Ihre Lieblingsbeschäftigung ist es, über ihre schwache Konstitution zu jammern und diverse Krankheiten zu erfinden. Sie leistet Mutter gern Gesellschaft bei einem guten Brandy.

Tante Hilde, 49 Jahre alt, Opas Cousine, selbstzufrieden und ein wenig hochnäsig. Sie liegt im Streit mit fast der ganzen Familie, weshalb sie als Einzige nicht auf dem Landgut lebt.

1. DER SELBSTMORD

Alles fing mit Onkel Harrys Selbstmord an.

Glenn wollte sich gerade einen Tee holen, als er den Schuss hörte. Das alte Gewehr seines Urgroßvaters funktionierte also doch. Er bugsierte seinen Rollstuhl aus der Küche. Aus den übrigen Zimmern stürmte der Rest seiner Familie. Bis es Glenn gelang, seinen Rollstuhl durch den Flur zu manövrieren, hatten sich alle im Wohnzimmer versammelt.

Er verharrte in der Tür und betrachtete die Szene. Onkel Harry hatte ganze Arbeit geleistet. Er war eindeutig tot. Der Perserteppich unter ihm hatte sich mit Blut vollgesaugt. Harrys graue Haare waren damit verklebt und sein karierter Pullunder verfärbte sich langsam dunkel. An der Wand, am Kaminsims und auf der Couch waren Blutspritzer. Die Familie stand betreten um die Leiche herum, Frieda und Mutter tauschten Blicke.

Glenn kratzte sich an der Nase. Harry war immer schon seltsam gewesen. Er hatte ihn nicht leiden können. Genauso wenig wie sämtliche anderen Familienmitglieder, aber das war jetzt zweitrangig.

Gesine, dieses Gör in ihren ewig schwarzen Kleidern, starrte offensichtlich fasziniert auf die Wand hinter Onkel Harry. Glenn konnte von seiner Position aus Flecken auf der weißen Tapete erkennen. Seit Gesine vor etwa drei Jahren in die Pubertät gekommen war, fand sie alles gut, was düster oder mit Totenköpfen bestückt war. Blut und Leichen zählten wohl ebenfalls zu ihren Interessensgebieten.

Mutter riss in einer großen Geste die Arme hoch. Ihr tief ausgeschnittenes Seidenkleid setzte ihren wogenden Busen freizügig in Szene. »Was machen wir denn jetzt bloß?«

Es war immer Mutter, die dramatisch werden musste.

»Na, die Lebensversicherung«, fügte sie ungeduldig hinzu, als niemand reagierte. »Die zahlen bei Selbstmord nicht.«

»Daran hatte ich gar nicht gedacht!« Frieda schlug die Hände vor den Mund. Opa und Michael rissen entsetzt die Augen auf und Tante Martha musste sich setzen. Sie hatte ein schwaches Herz. Ihre Brille war ihr vor Aufregung etwas die Nase heruntergerutscht, beim Versuch sie wieder hochzuschieben, verfingen sich ihre zitternden Hände in ihrem Goldkettchen. Auch Glenn wurde unruhig. Harry hatte eine Menge Geld in die Versicherung gesteckt.

Nur Gesine starrte immer noch wie gebannt auf die Wand. »Ein bisschen Hirn hat Oma Margots Porträt erwischt«, sagte sie. »Gleich über ihrem rechten Auge.«

»Gesine, sei nicht taktlos«, schalt Frieda. »Oma Margot ist länger tot als Harry und wenn du dich erinnerst: *Sie* war so sensibel, die Kellertreppe hinunterzufallen. *Sie* hat keine Probleme mit der Versicherung gemacht.«

Einen Augenblick lang herrschte betretenes Schweigen, dann ließ Mutter sich ächzend in einen Stuhl fallen. »Aber was machen wir jetzt?«, jammerte sie, als jeder sie anblickte.

Gesines Blick klebte weiter an der Wand, Opa und Michael zuckten die Achseln und Tante Martha fächelte sich Luft zu.

Glenn blieb ebenfalls still.

Es war wie so oft Frieda, die alles regelte. Sie rückte ihre weiße Bluse zurecht, obwohl sie wie immer tadellos saß, dann strich sie sich ihre dunklen Haare hinter die Ohren. Frieda trug einen Bob, denn das war ›praktisch‹. Ihre grauen Augen verengten sich, den Mund zog sie zusammen, während sie die Lage klärte. »Niemand darf davon erfahren. Gedanken, wie wir diese unmögliche Sache in Ordnung bringen können, machen wir uns beim Abendessen.«

»Es ist ja schon nach sieben!«, rief Mutter. »Kein Wunder, dass ich so einen Hunger habe.«

Und so wurde das Problem mit Onkel Harry auf später verschoben.

Glenn sah stumm zu, wie seine Familienmitglieder nacheinander den Raum verließen. Mutter ohne Zweifel, um sich fürs Abendessen umzuziehen und neues Rouge aufzulegen. Gesine musste wahrscheinlich ihre Vogelspinne füttern.

Jetzt, da er allein war, fuhr Glenn zu Harry hinüber. Es war mühsam, denn sein Rollstuhl mochte die dicken Teppiche des Wohnzimmers nicht. Von seinem Platz in der Tür hatte er nicht viel von Harrys Kopf erkennen können. Aus der Nähe sah er, dass einfach nicht mehr viel davon übrig war. Onkel Harrys Gehirn befand sich teils in seinem Schädel, teils auf der Polsterung des Sofas. Glenn betrachtete das Gewehr und die etwas unglückliche Art, wie Harry es in der Hand hielt. Dennoch gab es keinen Zweifel: Es war Selbstmord. Oder jemand hatte es wie Selbstmord aussehen lassen. Das so erfolgreich, dass Glenn keinerlei Spuren entdecken konnte. Gesine hatte recht gehabt, über Oma Margots Auge klebte Hirn. Das

Dienstmädchen würde einiges zu tun haben. Angeekelt drehte Glenn sich um und rollte zurück in den Flur.

Sein Zimmer befand sich im ersten Stock. Er musste also mit dem Hausaufzug fahren, der sich inmitten des dunklen und ebenfalls mit schweren Teppichen ausgelegten Flurs befand. Der Aufzug war das einzige Zugeständnis an die Moderne, der Rest des Hauses war von Mutter und Frieda dekoriert worden, sie nannten es ›echt kärntnerisch‹. Glenn nannte es ›Kitsch‹. Als eingefleischter Norddeutscher hatte er nichts übrig für Blumenkästen, von denen getrocknete Maiskolben herabhingen, und auch Jagdtrophäen waren in seinen Augen eher morbide. Immerhin liebte Gesine die Trophäen, inzwischen kannte sie schon die Namen der meisten Knochen.

Er drückte auf den Rufknopf für den Aufzug. Vor drei Wochen hatte er die Seile überprüfen lassen. Nachdem Diener Albert überraschend die Treppe hinuntergestürzt war, wollte Glenn bei seinem eigenen Transportmittel kein Risiko eingehen. Seiner Familie hatte er nichts von dem Sicherheitsseil aus Stahl erzählt, das die Monteure angebracht hatten. Dafür gab es Gründe. Aber er war sich noch nicht sicher, ob es für ihn eine Befriedigung sein würde zu wissen, dass es kein Unfall sein konnte, wenn er im freien Fall in den Keller raste.

In seinem Zimmer angekommen, schloss er die Tür ab, atmete durch und stieg aus seinem Rollstuhl. Sein Unfall im letzten Jahr hatte ihn für einige Wochen gelähmt. Eine der besten Reha-Kliniken Kärntens hatte ihn anschließend wieder auf Vordermann gebracht. Er bevorzugte es jedoch, seine Familie über seine tatsächlichen körperlichen Fähigkeiten im Unklaren zu lassen.

Denn er hatte seine eigenen Theorien. Über seine Familie im Allgemeinen und über Harry im Besonderen. Glenn war der Besitzer des großen Gutshauses und der dazugehörenden Ländereien. Er war derjenige in der Familie, der das Geld besaß. Er wäre der nächste Tote, der offiziell als Unfall oder Selbstmord enden würde.

Jeden Tag vor dem Frühstück machte er eine halbe Stunde Morgengymnastik. Glenn kicherte. Der Rest der Bande hielt ihn für einen 84-jährigen Krüppel. Gut so. Er hätte seinem Mörder immerhin den Überraschungseffekt voraus.

Nachdenklich zog er das ordentlich datierte und sorgfältig unterschriebene schneeweiße Blatt Papier aus der untersten Schublade seines Schreibtisches, das er in den letzten Tagen so oft betrachtet hatte.

›Testament‹ stand oben.

›Glenn Hinrichsen‹ stand unten.

Dem Testament nach war er ein rücksichtsvoller, ein liebender Mensch. Ein Verwandter, wie man ihn sich nur wünschen konnte. ›Meiner lieben Frieda vermache ich‹, stand in der Mitte. ›Meine geschätzte Martha bekommt‹, stand darunter. ›Mein teurer Michael‹, darüber. So ging es die ganze Seite lang weiter. Keiner war ausgelassen worden, an alle war gedacht.

Nachdenklich betrachtete Glenn das Papier, aber er konnte nichts Merkwürdiges feststellen. Die Qualität war gut, die Unterschrift perfekt, das Wasserzeichen korrekt. Nur: Er hatte dieses Testament nicht geschrieben.

2. DIE PENSIONIERUNG

Fritz Reichel, Chefinspektor der Polizei Lendnitz, seufzte zufrieden. Glücklich betrachtete er die Zeichnung, die er in den letzten zwei Stunden mit Hingabe angefertigt hatte. Sie zeigte die Grundrisse des Vorgartens, den er plante. Er würde ein Rosenbeet anpflanzen, rote und weiße Rosen gemischt, von Buchsbäumen umsäumt. Den Weg zur Haustür sollten Begonien weisen und in die hinteren Ecken würde er jeweils einen Obstbaum setzen. Vielleicht könnte er hinterm Haus einen Gemüsegarten anlegen? Mit eigenem Spinat und Karfiol. Gedankenverloren fügte Reichel seiner Zeichnung zwei Äpfel hinzu und blickte auf die Uhr. Einige Sekunden später schob er seinen Sessel zurück und zog seinen Mantel an. Wieder war ein Diensttag auf der Wache vorüber.

Reichel lächelte und öffnete das Fenster. Von der Marienkirche her waren leise Glockenschläge zu vernehmen. Fünf Uhr. Feierabend, dachte Reichel glücklich und begann zu summen. Ein Lied, das seine Mutter früher gesungen hatte, wenn sie am Sonntag zum Wandern auf die Saualpe gegangen waren, fiel ihm ein. Lang, lang war das her, und Reichels Grinsen wurde breiter.

»Wann's Glöckle hell klingt und die Senn'rin schean singt«, brummte er und betrachtete die acht kleinen Steinchen, die die Tage bis zu seinem Ruhestand zählten. Die Tage bis zum Anfang einer wundervoll ruhigen Zeit, ohne Arbeit, dafür mit Vorgarten. Er nahm einen Kieselstein vom Sims und warf ihn mit Schwung in den Hinterhof.

Es konnte nichts mehr schiefgehen, Reichel hatte vorgesorgt: Regelmäßig ließ er die Streifenwagen patrouillieren, um jedes Verbrechen im Keim zu ersticken. Und das Wichtigste: Seinen Assistenten Huber hatte er in den Urlaub geschickt. Der übereifrige junge Mann würde erst am Tag von Reichels Pensionierung wieder im Dienst sein. Somit lief der Chefinspektor keine Gefahr, in abstruse Mordfälle – und damit in Arbeit – verwickelt zu werden.

3. DIE BEFÖRDERUNG

Marie Schwerdtfeger öffnete beim Klang der Glocken das Fenster und blickte hinaus auf den Klagenfurter Dom. Sie genoss den lauen Luftzug, der hereinwehte, und den Anblick des sakralen Barockbaus. Sie war nicht gläubig, aber hin und wieder setzte sie sich nach der Arbeit eine Viertelstunde ins Kirchenschiff, um in den herrlichen Goldverzierungen zu versinken. Ein Büro in der Innenstadt hatte seine Vorteile. Auch das Studium an der Alpen-Adria-Universität, das sie vor zwei Jahren abgeschlossen hatte, hatte ihr gefallen, so direkt am See. Aber letztlich konnte der Wörthersee so schön sein, wie er wollte, Marie war ein Stadtmensch. Sie strich sich die langen blonden Haare aus der Stirn und lehnte sich an den Fensterrahmen. Nachdem das Kirchengeläut aufgehört hatte, setzte Marie sich zurück an ihren Schreibtisch und heftete einige lose Blätter in einen Aktenordner. Sie klappte den Deckel zu und nahm genüsslich einen Schluck ihrer Melange, für heute war es genug. Der Klagenfurt-Kärntnerischen-Versicherung, kurz KKV genannt, ihrem Arbeitgeber, hatte sie einen Sieg beschert. Ihren letzten Fall hatte sie erfolgreich erledigt, indem sie den Versicherungsbetrüger Alfred Erdiger aus Spittal überführte. Und was für ein Fall das gewesen war! Das sollte ihr erst einmal einer nachmachen. Ihr arroganter Kollege Jakob Jaritz hätte es sicher nicht geschafft, in nur viereinhalb Tagen nachzuweisen, dass Erdiger, der sich beim Stutzen seiner Gartenhecke drei Zentimeter seines Penis abschnitt, dies nicht etwa versehentlich, sondern mit voller Absicht getan hatte. Er hatte auf die Versicherungssumme in Höhe von 75.000 Euro gehofft, und darauf, nochmals bei der Berufsunfähigkeitsversicherung eine Rente abzukassieren. Alfreds bestes Stück war nämlich gleichzeitig das beste Stück der Produktionsfirma ›Porn und Pleamle‹ und Star der unvergleichlichen Filme ›Kufenstechen 1 bis 27‹. Aber er hatte nicht mit Marie Schwerdtfeger gerechnet.

Zugegeben, Alfred Erdiger war einer der interessanteren Fälle, und nicht nur, weil er ihr Bewunderung abrang für seine Tat. Welcher andere Mensch wäre wohl bereit zu solchen drastischen Maßnahmen, nur weil er genug vom Pornobusiness hatte? Die meisten Versicherungsbetrüger waren ängstlich und völlig unkreativ. Der Standard waren Autobesitzer, die behaupteten, dass ihrem Auto über Nacht durch einen anderen Fahrer ein Totalschaden beigebracht worden war. Nach dem ersten Gutachten fanden sich meist keine Lackspuren eines anderen Fahrzeugs, dafür jedoch eine verbeulte Leitplanke oder ein kaputtes

Stoppschild in der Seitenstraße. Die Möchtegernbetrüger knickten schnell ein und gestanden alles.

Alfred Erdiger hatte sich mehr angetan. Und auch wenn Marie seine Gattin – und alle übrigen einsamen Frauen vor ihren DVD-Playern – bedauerte, war es ihre Pflicht gewesen, ihn zu überführen. Die schwierigen Fälle weckten ihren Ehrgeiz und Alfred Erdiger hatte es ihr nicht leicht gemacht. Umso mehr genoss sie das Gefühl, wieder etwas für die Gesellschaft und ihre Karriere getan zu haben. Denn ihr Ziel war eine Beförderung. Und nach dieser tadellosen Meisterleistung hatte Marie ihren Karrieresprung so gut wie in der Tasche. Abteilungsleiterin Süd. Allein der Klang! Sie würde nicht nur eines der begehrten großen Büros in der vierten Etage bekommen, sondern allein für die Region Südkärnten und Slowenien zuständig sein. Keine Auswärts-Einsätze mehr, außer sie hatte Lust dazu. Keine Auto-Betrüger, keine langweiligen Diskussionen mit ihrem Chef. Höchstens noch neidige Blicke von Jakob Jaritz und regelmäßige Abendessen im Maria Loretto oder Landhaushof. Als Abteilungsleiterin Süd würde sie einen angemessenen Lebensstil pflegen. Marie atmete glücklich aus, lehnte sich in ihrem Stuhl zurück und streckte die Arme über den Kopf. Wenn nur alle Tage so wären wie heute.

Es klopfte an der Tür.

»Herein!«

»Frau Schwerdtfeger, haben S' einen Augenblick Zeit für mich?« Ihr Vorgesetzter, Herr Dr. Armin Warteburg betrat das Zimmer. Herr Dr. Warteburg hatte bei ihrer Beförderung ein entscheidendes Wörtchen mitzureden. Marie setzte ein strahlendes Lächeln auf und holte eine zweite Tasse. »Natürlich, Herr Dr. Warteburg. Für Sie hab ich immer Zeit«, betonte sie und gab ein Stück Zucker in die Melange. Sie fragte sich, ob sie nicht ein bisserl zu dick auftrug. »Geht es um meinen letzten Fall? Alfred Erdiger?« Sie schob Herrn Dr. Warteburg die Akte hinüber. »Heute hab ich das letzte Gutachten zusammen mit seinem Geständnis eingeheftet. Ein eindeutiger Betrugsversuch nach unseren AGBs, Seite 13 bis 15, Paragraf 28 und 31 im Kleingedruckten.« Ja, das war das typische Geschäftsverhalten, wie man es von einer zukünftigen Abteilungsleiterin erwarten konnte. Außerdem hatte sich in langjähriger Erfahrung herausgestellt, dass viele Informationen in kurzer Zeit ihren Chef komplett überforderten, sodass seine einzige Reaktion in wiederholtem Nicken bestand. Das hatte Maries Spesenkonto schon des Öfteren Gutes getan.

Diesmal war Herr Dr. Warteburg jedoch nicht bei der Sache. Statt Marie zuzuhören, rührte er nachdenklich in seiner Tasse. Schließlich blickte er auf.

»Es steht außer Frage, dass Sie gute Arbeit leisten.« Marie nickte.

»Es gibt da nur eine Kleinigkeit.« Ihr Vorgesetzter lächelte verkrampft und nahm einen Schluck Kaffee. Er ließ ihn für einige Sekunden im Mund, bevor er ihn hinunterschluckte und fortfuhr: »Der Jaritz Jakob hat gestern den Wellhofer-Fall abgeschlossen.«

Herr Dr. Warteburg machte eine weitere Kunstpause.

»Um es kurz zu machen: Er hat unserer Versicherung eine Schadenssumme in Höhe von 1,5 Millionen Euro erspart.«

»1,5 Millionen?« Maries Mund stand offen.

»Sehen Sie, und da liegt der Hund begraben.« Herr Dr. Warteburg knetete seine Hände. »Ich mag Sie, Marie, das wissen S'. Aber bei 1,5 Millionen kann selbst ich nichts mehr machen.«

Das durfte doch nicht wahr sein! Ausgerechnet Jakob Jaritz!

»Es tut mir wirklich leid.« Ihr Vorgesetzter stand auf, lächelte verlegen und ging rückwärts zur Tür. »Nächstes Jahr sind Sie ganz sicher mit einer Beförderung dran.«

Er winkte noch einmal ungeschickt und eilte auf den Flur. Die hinter ihm zuschlagende Tür klang für Marie wie eine Ohrfeige.

Für einige Minuten blieb sie reglos in ihrem Bürostuhl sitzen. Keine Beförderung dieses Jahr. Die Worte von Dr. Warteburg hallten in ihr nach. Keine Beförderung, keine Abteilungsleiterin Süd, keine Abendessen im Maria Loretto. Die schreckliche Wahrheit wurde ihr von Sekunde zu Sekunde mehr bewusst. Sie hatte diese Beförderung verdient, verdammt noch mal. Marie schlug mit der Faust auf den Schreibtisch. Nein, sie würde sich nicht von Jakob Jaritz den Schneid abkaufen lassen. Auch nicht bei einem Vorsprung von 1,5 Millionen. Sie war schließlich nicht auf der Brennsuppn dahergeschwommen. Entschlossen griff Marie nach einer der vielen Akten, die neben ihrem Schreibtisch auf einem kleinen Servierwagen lagen. Mit einem Knistern schlug sie die ersten Seiten auf. Irgendwo musste ein Fall lauern, der so spektakulär war, dass der Vorstand gar nicht anders konnte, als Marie in die obere Etage zu holen.

4. DER PLAN

»Nein, das Hühnchen ist ja mal wieder hervorragend«, hörte Glenn Tante Marthas Stimme, noch bevor er die Tür zum Esszimmer öffnen konnte. Martha war zwar seine Schwester, aber wie alle anderen hatte er sich Mutters Eigenart angewöhnt, die Familienmitglieder aus der Sicht ihrer Kinder Gesine und Michael zu benennen: So kam es, dass er zu Roswitha, der Witwe seines Neffen, die 40 Jahre jünger war als er, Mutter sagte, zu seinem Halbbruder Opa und zu seiner Schwester Tante Martha. Grimmig rollte Glenn an den freien Platz am Tisch, er ließ sich viel zu viel von dieser furchtbaren Frau beeinflussen. Er bedachte Tante Martha mit einem finsteren Blick. Small Talk war das Letzte, worauf er jetzt Lust hatte.

Frieda sah ihn an und hob eine Augenbraue. »Ist jemand gut gelaunt?« Sie tupfte sich den Mund mit der Serviette ab.

Glenn ignorierte sie und häufte sich Gemüse auf seinen Teller. Frieda war zu neugierig.

Opa schmatzte hörbar.

»Fantastisch«, kommentierte Tante Martha weiter ihr Essen. »Hühnchen hat auch kaum Fett. Das Beste, was ich essen kann, bei meiner schwachen Konstitution.«

Glaubte man Tante Martha, stand sie seit Jahren mit einem Bein im Grab. Glenn war fest davon überzeugt, dass sie jeden in der Familie überleben würde.

Es klopfte und die Köchin steckte ihren Kopf durch die Tür. »Ist's guat?«, fragte sie, ein breites Lächeln in ihrem roten Gesicht. Martha und Frieda grinsten, während Michael vehement nickte.

»Sie sind einfach unsere Perle, meine Liebe, das wissen Sie doch.« Mutter strahlte, obwohl sie ihr Hühnchen kaum angerührt hatte.

Die Köchin lächelte stolz, strich eine graue Strähne aus dem Gesicht, die sich aus ihrem Dutt nach vorn verirrt hatte, und rückte die Schürze zurecht, die eng um ihren rundlichen Körper geschnürt war. Dann blinzelte sie über die Tischgemeinschaft. »Wo ist denn der gnädige Herr? Der Harald?«

»Ach!« Mutter führte eine Hand zur Schläfe. »Der lässt sich entschuldigen, er hat noch etwas in Klagenfurt zu erledigen. Ob Sie so lieb wären, ihm einen Teller übrig zu lassen? Er hat doch eine Schwäche für Ihr Hühnchen«, fügte sie nach einer kurzen Pause hinzu.

Die Köchin lächelte. »Na freilich! Und jetzt werd i mi um die Nachspeis kümmern.« Sie schloss die Tür hinter sich.

Einen Moment lang blickte Mutter ihr nach, dann legte sie ihr Besteck klirrend auf dem Teller ab. »Ich weiß wirklich nicht, wie ihr jetzt etwas essen könnt!«, beanstandete sie das Familienidyll. »Hunderttausende gehen uns durch die Lappen. Hunderttausende! Michael, bitte, musst du die Finger nehmen?«

»Onkel Harrys Gehirn hat ein bisschen ausgesehen wie die Innereien«, bemerkte Gesine und bekam von Mutter einen bösen Blick zugeworfen.

»Was denn? Das war eine rein ästhetische Aussage.«

Glenn verdrehte die Augen. Das Kind las zu viel. Zu viel Schwachsinn.

»Im Übrigen sollten wir aufhören, Fleisch zu essen«, fuhr Gesine fort. »In Antigua verhungern die Kinder und wir stopfen Hühnchen in uns rein.«

»Du meinst Äthiopien«, korrigierte Frieda und zermatschte einen Kloß auf ihrem Teller.

»Woher willst du wissen, was ich meine?« Gesine kniff die Lippen zusammen.

»Kinder, nun streitet euch doch nicht. Wir haben einen tragischen Unglücksfall zu beklagen!« Mutter goss Wein nach.

Glenn verdrehte die Augen. Mutter und Onkel Harry hatten sich alles andere als gut verstanden.

»Genau«, sagte Frieda. »Wir müssen überlegen, was zu tun ist. Wie wäre es mit einem Unfall?«

»Beim Reinigen der Waffe löste sich versehentlich ein Schuss, oder was? Das glaubt doch kein Mensch«, torpedierte Gesine diesen Einfall. Sie war wohl sauer auf Frieda wegen Äthiopien. Das war ihre Art und Weise, miteinander umzugehen. Die beiden stritten sich den ganzen Tag und spalteten dabei Haare. Glenn hörte ihre schrillen Stimmen trotz Ohropax bis in sein Zimmer. Er schob Mutter sein Glas hin.

»Na gut.« Frieda überlegte. »Ein Unfall ist tatsächlich weit hergeholt. Michael!«

Diese Wendung kam zu abrupt für Michael, der sich prompt an einem Bissen verschluckte. Er hustete und Mutter klopfte ihm kopfschüttelnd auf den Rücken. Michaels abstehende Ohren, die unter seinen kurzen hellen Haaren gut sichtbar waren, wurden rot.

»Wie oft soll ich es denn noch sagen? Langsam essen und vernünftig kauen!«

»Schon gut, Mutter. Was ist denn los, Frieda?« Michael war nicht der Schnellste, in keiner Hinsicht. Er war mittlerweile 21 und hatte drei abgebrochene Ausbildungen vorzuweisen. Mit Anweisungen kam er nicht zurecht, zumindest nicht, wenn es mehrere Aufgaben auf einmal waren.

»Bist du schon einmal irgendwo eingebrochen?«

Michael blinzelte. »Äh … nee.«

»Bank überfallen? Kiosk ausgeraubt?« Frieda wedelte ungeduldig mit der Hand. Michael schüttelte den Kopf.

Mutter rollte mit den Augen. »Wo soll das Kind denn so etwas gelernt haben?«

Glenn konnte sich kaum noch zurückhalten. »Nützlich wäre es ja«, mischte er sich ein und blickte Michael so ernst an, wie er konnte. Für seine Mühe erntete er einen dankbaren Blick von Frieda.

»Eben. Wir lassen es wie einen Mord aussehen. Ein Einbrecher erschießt Onkel Harry.«

»Oh!«, rief Mutter. Ihre Augen leuchteten. »Stellt euch das vor: Es ist mitten in der Nacht, Finsternis liegt über dem Haus, ein schwarz gekleideter Einbrecher schleicht leise durch den Garten. Er findet ein Fenster, schlägt es vorsichtig ein, dreht den Hebel und steigt ins Haus.« Sie machte eine dramatische Pause, dann hob sie die Stimme: »Gerade will er ans Familiensilber im alten Eichenschrank, da kommt Onkel Harry ins Zimmer! Der Verbrecher wirbelt herum, verliert die Nerven. Ein Schuss, dann Stille. Onkel Harry ist tot.«

Einen Moment schwiegen alle. Glenn musste zugeben, dass der Plan nicht übel war.

»Frieda, du bist ein Genie!«, rief Mutter. »Unser Problem ist gelöst, wo bleibt das Dessert?«

»M-Moment!«, stotterte Michael. »Wieso Problem gelöst?« Er war wie immer der Letzte, der etwas verstand. Seufzend legte Gesine ihren Löffel zur Seite.

»Wo kriegen wir wohl einen Einbrecher her?«

Michael schluckte und Opa schüttete sich kichernd Saft über die Hose.

»Ach, Opa, kannst du nicht aufpassen?« Mutter nahm ihre Serviette und tupfte die Flecken trocken. »Und du hör auf, so blöd in der Gegend herumzustarren. Einer muss es ja machen. Du bist jetzt der Mann im Haus. Onkel Harry ist tot«, fuhr sie Michael an. Opa und Glenn im Rollstuhl zählten offenbar nicht.

»Aber ...«

»Nichts aber. Der Einbruch ist beschlossene Sache. Können wir bitte mit dem Nachtisch anfangen?«

Glenns Mundwinkel zuckten. Er hatte sich vielleicht getäuscht. So wie es aussah, konnte der Abend durchaus spaßig werden.

5. DER EINBRUCH

Er hatte recht gehabt, stellte Glenn zufrieden fest, als er eine gute Stunde später, mit einer Tasse Tee zwischen die Knie geklemmt, ins Esszimmer rollte. Das Wohnzimmer konnten sie heute Abend nicht nutzen, damit die Köchin nicht über den toten Harry stolperte. Im Esszimmer war es nicht ganz so gemütlich, aber Mutter hatte das Beste draus gemacht und überall Teelichter aufgestellt. Das Unternehmen ›Einbruch‹ war bereits in vollem Gange. Michael stand breitbeinig und mit erhobenen Armen mitten im Zimmer, während Mutter ihm mit Nadel und Faden viel zu große schwarze Sachen passend nähte.

»Ist das nicht meine Wanderkleidung?« Glenn fiel fast der Tee herunter.

»Die brauchst du doch jetzt nicht mehr, mein Lieber.« Mutter blickte ihn nicht einmal an, während sie mit Stecknadeln zwischen den Lippen ihre Antwort nuschelte.

»Jetzt halt doch endlich einmal still!« Entnervt gab sie Michael einen Stoß in die Rippen, sodass er fast hintenüber fiel und sich nur retten konnte, indem er wild mit den Armen rudernd auf einem Bein balancierte.

Gesine, die auf dem weichen Teppich unter dem Esstisch lag und nur halb unter der Tischdecke hervorragte, blickte von ihrer Zeitung auf. »So hält er ganz bestimmt nicht still.«

»Du lies lieber deine Zeitung!« Beim Nähen war Mutter immer gereizt.

Glenn rollte zur Anrichte und stellte seine Teetasse ab. Die Tür wurde geöffnet und Tante Martha und Frieda betraten das Zimmer.

»Irgendetwas muss mir nicht gut bekommen sein«, stöhnte Martha, während sie sich auf Friedas Arm stützte. »Vielleicht das Gemüse?«

»Da hilft am besten ein Schnaps.« Schon segelte Mutter hinüber zur Vitrine, um eine Flasche herauszuholen.

Tante Martha ließ sich in den Sessel neben Glenns Rollstuhl fallen und blinzelte kurzsichtig durch ihre Brille.

»Das sieht ja fabelhaft aus, Michael. Nein, wirklich ganz reizend.«

»Das ist ein Tarnanzug, Tante Martha. Der soll funktional und praktisch sein, nicht reizend.« Gesine schien nicht besser gelaunt als ihre Mutter.

Glenn warf einen Blick auf den Artikel, den sie las. Die Finanzprobleme der westlichen Staaten setzten sich fort, was direkte Auswirkungen auf die Weltökonomie hatte, womit man endlich bei der Ausbeutung der Dritten Welt und Gesines schlechter Laune angelangt war. Sie war entschiedene Globalisierungsgegnerin. Das propagierte sie oft genug und zu Glenns Leidwesen auch lautstark.

»Ich habe es gegoogelt, Frieda. Die Kinder in Antigua verhungern auch.« Damit legte sie die Zeitung zur Seite und holte sich ein zweites Dessert vom Servierwagen, den die Köchin für Mitternachtssnacks immer neben der Vitrine abstellte. Wenn er morgens nicht aufgegessen war, presste sie ihre Lippen aufeinander. Glenn dachte an den eisigen Blick der Köchin und beschloss, sich ebenfalls einen weiteren Nachtisch zu nehmen.

»Huch, sind wir empfindlich«, sagte Frieda halblaut und halb beleidigt, dann wandte sie sich wieder Mutter und Michael zu. Fachkundig kniff sie die Augen zusammen und begutachtete das Werk.

»Tatsächlich. Das sollte es tun.«

Mutter konnte wirklich mit einer Nadel umgehen, das musste Glenn zugeben. Er selbst hätte nichts dagegen gehabt, ebenfalls einen solchen Tarnanzug zu besitzen. Er hatte das Gefühl, einen brauchen zu können. Nur leider konnte er Mutter, die Nummer eins auf seiner Verdächtigenliste, nicht darum bitten.

»Was soll ich eigentlich machen?« Michael klang misstrauisch. Die Aktion schien ihm nicht geheuer zu sein.

Glenn konnte es ihm nicht verdenken. Er war froh, durch seinen Rollstuhl für Einbrüche unbrauchbar zu sein.

»Das ist doch nicht gefährlich?«, fragte Michael.

»Himmel! Meint ihr, es könnte gefährlich werden?« Tante Martha blickte ängstlich von ihrem Strickzeug auf. »Das vertrage ich doch so schlecht!«

»Natürlich nicht«, schalt Frieda. »Was soll daran gefährlich sein? Du schleichst dich ins Wohnzimmer, schlägst eine Scheibe ein und löst den Alarm aus. Dann flüchtest du in den Garten. Mit den schwarzen Sachen wird dich niemand sehen können. Wenn dann alle im Wohnzimmer sind, kommst du durch die Vordertür ins Haus. Du gehst in dein Zimmer, ziehst deinen Pyjama an, legst dich ins Bett und wartest, bis die Polizei kommt.«

Michael schien immer noch leicht beunruhigt, wie er da auf seiner Unterlippe herumkaute. Er nickte dennoch tapfer.

»Können wir den Ablauf vorher üben?«

Woher Michael seine Gene hatte, wunderte Glenn jeden Tag aufs Neue. Bei all ihrer Dramatik war Mutter intelligent. Und Glenns Neffe, Mutters verstorbener Mann, war vielleicht keine Leuchte gewesen wie Frieda, aber er hatte es immerhin bis zur Universität geschafft.

Frieda blinzelte. »Üben?«

»Damit ich alles richtig mache! Das ist nicht so einfach!«

»Ich fang schon mal an, die Scheibe einzuschlagen«, sagte Gesine gelangweilt und wandte sich wieder ihrer Zeitung zu.

»So dumm bin ich auch nicht!«, regte Michael sich auf. »Wollte nur die Reihenfolge üben. Wo ich wann hingehen muss. Blöde Ziege.« Er machte einen Schritt auf

Gesine zu und vergaß dabei, dass Mutter gerade seine Hose umsteckte. Sie hielt ihn am Saum fest und Michael fiel der Länge nach hin.

»Michael, ich bitte dich, was soll denn der Unsinn?« Mutters Laune verschlechterte sich zusehends. Sie legte beide Hände an die Schläfen. »Ich muss ins Bett. Ich entwickle eine fürchterliche Migräne.« Sie befestigte die letzte Nadel an ihrem kleinen Kissen und erhob sich.

»Mir geht es auch gar nicht gut«, pflichtete Tante Martha ihr bei. »Ich sollte noch ein schönes entspannendes Bad nehmen. Dieser ganze Stress ist eine Katastrophe für meine Nerven. Von meinem Herzen ganz zu schweigen.«

»Recht hast du, Martha, ein Schlückchen Brandy würde uns außerdem guttun.« Mutter tätschelte ihr die Hand und sie verließen Arm in Arm das Esszimmer.

»Und was ist jetzt mit Üben?« Michael sah verzweifelt an sich herunter.

Gesine rollte mit den Augen, stellte ihren leeren Teller zurück auf den Servierwagen und verschwand ebenfalls. Mit ihrem Bruder kam sie noch schlechter zurecht als mit Frieda, und wenn Mutter nicht als Friedenstifterin anwesend war, hatte es schon heftige Rangeleien gegeben.

»Du kriegst das hin, Michael«, sagte Frieda und stand auf. Sie glättete einige Falten ihres akkuraten Rocks und rückte den Kragen ihrer Bluse zurecht. »Wecker auf halb zwei, zur Vordertür hinaus, im Wohnzimmer Fenster einschlagen, zur Vordertür hinein, Pyjama anziehen, warten.«

Michael rieb sich unglücklich die Stirn. »Schreibe ich mir vielleicht besser auf«, murmelte er.

»Ach Quatsch. Ist doch nichts dabei.« Frieda machte sich ebenfalls auf den Weg ins Bett. »Was soll schiefgehen?«

Berühmte letzte Worte, dachte Glenn. »Hals- und Bein-
bruch«, konnte er sich nicht verkneifen zu sagen. Dann
rollte auch er in den Flur und nahm den Aufzug nach oben.

Wie gewohnt schloss er die Zimmertür ab und stieg
aus dem Rollstuhl. Diesen Einbruchsplan musste er im
Auge behalten. Er wollte nicht riskieren, dass der Einbrecher zwei Fliegen mit einer Klappe schlug. Harry
und Glenn. Was, wenn Michael in sein Zimmer eindrang
und ihn erschoss? Wie einfach wäre es für Mutter oder
Frieda später zu behaupten, der unbekannte Einbrecher
hätte zufällig zwei Menschen umgebracht. Nein, Schlaf
war heute keine Option. Er musste hellwach bleiben, um
einem etwaigen Mordanschlag zu entgehen. Er postierte
seinen Rollstuhl neben der Tür, sodass es unmöglich war,
überraschend ins Zimmer einzudringen. Dann legte er
sich ins Bett, zog die Decke bis unter die Nasenspitze
und wartete.

Natürlich ging alles schief.

Michael hatte sich den Wecker auf halb zwei stellen sollen. Ab zwanzig nach eins glitten Glenns Augen immer
wieder zu den Leuchtziffern seines Radioweckers. 1:28,
1:29, 1:30. Nichts geschah. Gegen zwei schlummerte er
dann doch ein. Mit einem Ruck erwachte er von Friedas
wütendem Geschrei. 2:31.

»Michael! Michael, wo bleibst du denn?«

Glenn stieg aus dem Bett, schnappte sich als Waffe
eine Flasche Sekt, die Mutter ihm zum letzten Geburtstag geschenkt hatte, und setzte sich in seinen Rollstuhl.
Dann öffnete er seine Zimmertür einen Spaltbreit.

Verschlafen schlurfte Michael auf den Flur und rieb sich
die Augen. Gleich hinter ihm erschien Tante Martha mit

Lockenwicklern im Haar. Sie umklammerte fest eine Dose Pfefferspray.

»Haben sie den Einbrecher schon gefasst?«, fragte sie und blickte sich ängstlich um.

Frieda, die trotz ihres gestreiften Pyjamas und den wild abstehenden Haaren wie eine wütende Amazone aussah, stemmte die Hände in die Hüften. »Sei nicht albern!« Sie warf Tante Martha einen irritierten Blick zu. Dann wandte sie sich wieder an Michael. »Was hast du gemacht? Halb zwei hatte ich gesagt! Zieh dir deine Sachen an. Wir warten!«

Michael gähnte herzhaft, nickte und drehte sich um. Fünf Minuten später war er wieder da, diesmal im Tarnanzug, mit einem Nylonstrumpf über dem Kopf und einer Taschenlampe in der Hand.

»Bin so weit«, erklärte er und stolperte über den rotbraunen Läufer.

»Na endlich.« Frieda seufzte und scheuchte ihn die Treppe hinunter. »Vergiss nicht: Du darfst nicht gesehen werden!«

»Was?« Michael drehte sich panisch um. »Das habt ihr mir vorher nicht gesagt! Ich darf nicht gesehen werden? Du hast mich gesehen! Und Tante Martha!«

Am liebsten hätte Glenn eingeworfen, dass er Michael auch gesehen hatte. Nur, um den Jungen zu ärgern. Aber er hielt es für klüger, seinen Beobachtungsposten nicht preiszugeben.

»Michael!« Entnervt warf Frieda die Hände in die Höhe. »Außer uns! Dich darf niemand *sonst* sehen. Halt dich fern von den Schlafzimmern der Dienstboten.«

»Ach so.« Michael atmete erleichtert auf. »Ich geh dann mal, ja?«

Frieda lächelte gequält und verschwand wieder in ihrem Zimmer. Nur Tante Martha stand eine Weile verwirrt im Flur, bevor sie mit den Schultern zuckte und ebenfalls zurück ins Bett schlurfte. Mutter und Gesine hatten das Spektakel verschlafen. Oder sie waren damit beschäftigt, sich zu schminken. Mutter legte viel Wert darauf, zu jeder Tages- und Nachtzeit blendend auszusehen, und wie lange Gesine immer brauchte, um sich so grässlich schwarz zu bemalen, das wollte Glenn gar nicht wissen.

Zehn Minuten später war es immer noch totenstill im Haus. Glenn linste weiterhin durch seinen Spalt.

»Michael!«, schrie Frieda, knallte die Tür ihres Zimmers hinter sich zu und stapfte die Treppe hinunter. Neugierig rollte auch Glenn aus seinem Zimmer und fuhr mit dem Aufzug hinunter ins Erdgeschoss. Aus der offenen Wohnzimmertür schien Licht. Er blieb in einer dunklen Ecke im Flur stehen, sodass weder Frieda noch Michael ihn sahen. Er selbst konnte, wenn er den Hals etwas reckte, ins Wohnzimmer blicken. Dort stand Michael an der großen Fensterwand und ruckelte an der Terrassentür.

»Was machst du?«, zischte Frieda.

»Ich krieg die Tür nicht auf!«

Glenn hörte Schritte hinter sich.

»Wos is denn do die ganze Nacht für a Lärm im Haus?«, fragte die Köchin, die, ohne ihn zu sehen, ins Wohnzimmer stürmte.

»Ein Einbrecher!«, schrie Frieda geistesgegenwärtig, riss die Glastür auf und schubste Michael nach draußen in den Garten. »Haltet ihn, haltet ihn!«

Michael blickte sich einmal irritiert zu Frieda um, rannte dann aber in die Nacht hinaus. Glenn hoffte fast, dass die

Köchin ihn durch den Nylonstrumpf erkennen konnte, das würde den ganzen Plan vereiteln. Die tüchtige Frieda würde eins auf den Deckel bekommen.

»Jessas Maria!« Offenbar hatte die Köchin Onkel Harry entdeckt.

»Polizei!«, schrie Frieda und rannte hektisch vor der Terrassentür hin und her. Glenn nahm an, um der Köchin jede Chance zu nehmen, einen weiteren Blick auf Michael zu erhaschen.

Die Köchin stürzte zum Telefon, das im Flur auf einem Beistelltischchen neben dem Aufzug stand. Glenn machte sich so klein wie möglich. Er war froh, dass der Rollstuhl dunkelgrau und sein Pyjama braun war. Aber er machte sich unnötig Sorgen, der tote Harry hatte die ganze Aufmerksamkeit. Während sie die Wählscheibe drehte, sah die Köchin wie gebannt zur Wohnzimmertür.

»A Einbrecher!«, stöhnte sie schließlich ins Telefon. »Und Onkel Harry is tot!«

Glenn hörte ein Seufzen, dann marschierte Frieda in den Flur, scheuchte die Köchin weg und übernahm das Telefonieren selbst. Glenn fand ihre Abgebrühtheit und Effizienz wieder einmal faszinierend. Vielleicht sollte er Frieda nach oben verschieben, auf Platz eins der Verdächtigen.

Oben im ersten Stock hörte Glenn Geräusche. Er zog sich noch weiter in den Flur zurück, hinter die Säule, die der Architekt unsinnigerweise hatte errichten lassen, um Gäste zu beeindrucken. Sie war nicht schön, dafür reichlich verziert mit Stuck, was Mutter zu Verzückungsschreien verleitet hatte, und das erste Mal in ihrem Bestehen erfüllte sie gerade eben die Funktion, ihm ein Versteck zu bieten.

»Du meine Güte, was ist denn passiert?« Mutter kam in einem Negligé die Treppe hinunter, das nur halb von ihrem seidenen Morgenmantel verdeckt wurde. Ihre blonden Haare waren frisch geföhnt und mit Haarspray einzementiert. Sie legte eine Hand an die Stirn, als sie das Wohnzimmer betrat.

Gesine und Tante Martha folgten ihr. Obwohl es mitten in der Nacht war, hatte Gesine ihre Lippen schwarz angemalt und die Augen dunkel umrandet. Tante Martha hielt ein Pillendöschen in den zittrigen Händen. Ihre weißen Haare standen etwas wirr vom Kopf ab.

»Wie schrecklich«, murmelte sie, ließ sich auf dem Sofa nieder und drückte ein Kissen vor ihre Brust.

Gesine zog die Schultern zusammen, als ob sie fror, und schloss die Terrassentür.

»Nicht anfassen, da sind doch Fingerabdrücke drauf!«, rief Tante Martha mit großen Augen. Manchmal war Tante Martha nicht klüger als Michael.

Die Köchin stand stocksteif im Raum und wandte den Blick nicht vom toten Harry ab.

»Wollen Sie sich setzen?«, fragte Frieda und geleitete sie am Arm zum Sofa.

»Gesine, bringst du unserer Köchin einen Tee? Kamille, das beruhigt.«

»Ja, bitt schön, des wär liab, und a Stickale vom Reindling.« Jetzt strahlte die Köchin schon wieder. Zwar ließen ihre Kuchen auch Glenns Herz höher schlagen, dass sie in dieser Aufregung aber ans Essen dachte, irritierte ihn ein wenig.

»Mir bitte auch!«, rief Tante Martha.

»Jo, nit wahr? Mei Reindling ist guat!«

Tante Martha nickte bedeutungsschwer. »Diese Aufregung, ich fühl mich schon ganz schwach. Ich werde doch keinen Herzinfarkt bekommen?«

»Dagegen hilft ein Brandy«, gab Mutter ihre eigene Bestellung auf.

»Bin ich das Dienstmädchen?« Gesine schnaubte.

»Willst du die Unterdrückung der Arbeiterklasse aufheben oder nicht?«, fragte Frieda spitz.

Gesine presste die Lippen zusammen, machte sich jedoch auf den Weg in die Küche. In der Tür stieß sie mit Michael zusammen, der stolz den Nylonstrumpf vom Gesicht zog. Glenn wäre fast aus seinem Rollstuhl gesprungen. Er riskierte einen Blick auf die Köchin, doch die saß zusammengesunken auf dem Sofa und schien Michael nicht bemerkt zu haben.

»Na, hab ich das gut gemacht?«, fragte er grinsend.

»Ganz fantastisch.« Mutter lächelte ihren Sohn stolz an.

Frieda marschierte auf ihn zu und zog ihn am Arm hinaus in den Flur. Vielleicht war es an der Zeit, dass Glenn sein Versteck aufgab.

»Die Polizei ist gleich hier«, zischte Frieda. »Los, zieh dich um!«

Michael schmollte, drehte sich aber zur Treppe um und verschwand nach oben.

Inzwischen hatte wohl auch Opa den Lärm gehört, denn er stakste leise vor sich hinmeckernd mit seinem Krückstock die Treppe hinunter.

Glenn beschloss, selbst zum Tatort zu rollen. Bisher war er nicht Opfer eines Mordanschlags geworden und er bezweifelte, dass heute noch etwas passieren würde. Sie hatten schließlich schon die Polizei gerufen. So weit, so gut.

Er massierte seinen Nacken, der etwas steif geworfen war, und manövrierte seinen Rollstuhl ins Wohnzimmer. Gesine mit Tee, Reindling und Brandy folgte ihm.

Es klingelte.

»Schätzchen, gehst du mal?«, fragte Mutter ihre Tochter. Gesine öffnete den Mund, wahrscheinlich um zu protestieren. Dann sah sie die Köchin an, die auf ihre Hände starrte und leicht den Kopf schüttelte, presste kurz die Lippen aufeinander, stellte das Tablett auf den Couchtisch und ging hinaus. Eine Minute später kam sie mit zwei Uniformierten zurück, die munter grüßten.

»Griaß Gott, wos ist denn passiert?«, fragte der jüngere der beiden. Er war im Gegensatz zu seinem kleinen Kollegen groß, blond und schlank, ganz Mutters Beuteschema.

»Servas!«, strahlte Frieda, Gesine rollte mit den Augen. »Was denn? Es ist wichtig, sich mit den Gepflogenheiten und Gebräuchen des Landes vertraut zu machen.«

Gesines Augenrollen wurde noch stärker.

Mutter enthob die Polizisten einer Antwort. »Gott sei Dank sind Sie endlich da!«, hauchte sie, während sie aufstand und den beiden ihre Hände entgegenhob. Dabei flatterte ihr burgunderroter Morgenmantel auf und gab kurz den Blick frei auf ihre beeindruckenden Brüste in hauchdünner Spitze.

Die beiden Polizisten wirkten recht verlegen, als sie von Mutter zum Tatort geführt wurden. Elegant deutete sie auf Onkel Harry, dann drapierte sie sich auf der Sofalehne neben der Köchin, wobei ihr seidener Morgenmantel am Dekolleté kunstvoll auseinanderklaffte.

Gesine verdrehte die Augen und auch Glenn knöpfte sich unwillkürlich den obersten Knopf seines Schlafanzugs zu.

»Der Notarzt? Ist das der Notarzt?« Tante Marthas schwaches Herz war zwar Legende, ihre schlechten Augen jedoch eine Tatsache. Glenn, der für sein Alter einen Adlerblick hatte, musste ihr im Restaurant immer die Speisekarte vorlesen.

»Nein, Martha, das ist die Polizei. Lasst die beiden Herren den Tatort betreten«, brachte Frieda Ordnung in das Durcheinander.

»Diese Geschichte ist nichts für meine labile Konstitution.« Tante Martha fächelte sich Luft zu.

»So, bin wieder da«, kündigte Michael an, als er den Raum betrat, und bekam von Frieda einen Stoß in die Rippen.

»Du warst nirgendwo!«, zischte sie.

»Ja, vielleicht kennten ma dann anfangen?«, fragte der ältere Polizist.

»Natürlich!«, rief Mutter.

Frieda nickte. Alle außer Gesine sahen die Polizisten erwartungsvoll an. Gesine blickte auf die Terrassentür. Ein großer Fettfleck prangte in ihrer Mitte.

»Mei, was wollen Sie wissen?«, fragte Frieda liebenswürdig.

»Du liebe Zeit«, stöhnte Gesine.

»Hätten Sie gern einen Kaffee?«, fragte Tante Martha. »Gesine holt Ihnen sicher einen.«

»Kann ich wieder ins Bett?«, fragte Michael.

»Eigentlich würd i zerst ganz gern amol …« Der junge Polizist zeigte auf Onkel Harry. »Wir brauchen die Spurensicherung, und der Chefinspektor sollt a verständigt werden«, fügte er auf Friedas verwirrten Blick hinzu.

»Oh. Möchten Sie telefonieren? Der Apparat steht im Flur.«

6. DER FALL

Chefinspektor Reichel erwachte mit einem Ruck. Ein Einbrecher! Sofort war er hellwach, alle Sinne hoch konzentriert. Da war doch ein Geräusch gewesen! Er tastete nach seiner Pistole, bis ihm einfiel, dass er sie im Büro gelassen hatte. Vor Schreck hätte er beinahe laut geflucht, im Schlafzimmer befanden sich nur ein Kleiderkasten und eine Kommode. Er hatte nicht einmal eine Nachttischlampe, die er dem Verbrecher über den Schädel ziehen konnte, weil er nie im Bett las. Er hörte Schritte und spannte jeden Muskel an. Seine Frau! Elisabeth musste zuerst in Sicherheit. Seine Hand wanderte zur anderen Betthälfte hinüber, um sie zu warnen.

»Hast gehört, Schatz? Ein Einbrecher. A Leich soll's geben«, hörte er ihre Stimme von der Zimmertür aus. »Der Streifenwagen 4 hat sich gemeldet. Du sollst sofort zum Hinrichsen-Hof kommen.«

Reichel stieß laut den angehaltenen Atem aus. »Elisabeth!«, stöhnte er vorwurfsvoll.

»So laut wie du schnarchst, kannst du das Telefon ja nicht hören«, erklärte sie und ließ sich wieder ins Bett fallen. Die Matratze wippte.

»Hinrichsen-Hof.« Reichel dachte nach. War das dieses große Haus an der Villacher Straße? Es war schrecklich protzig und in einem furchtbaren Rosa gestrichen. Da es recht einsam etwa zwei Kilometer von Lendnitz entfernt lag, war ein Einbruch nur eine Frage der Zeit gewesen. Die Villa wirkte, als wenn sie einige, wenn auch kitschige

Schätze barg, und bis die Polizei dort war, konnte selbst der langsamste Kriminelle geflohen sein.

Hinrichsen klang nicht gerade kärntnerisch. Es klang sehr, sehr deutsch. Reichel seufzte.

»Wart nicht auf mich, Schatzi.« Reichel zog sich Jeans und Pullover an. In der Tür drehte er sich zu Elisabeth um. »Schlaf ruhig weiter.« Leises Schnarchen antwortete ihm. Er holte seine Schuhe aus dem Kasten im Flur, nahm seine Autoschlüssel und machte sich auf den Weg zu seinem hoffentlich letzten Fall vor der Pensionierung. Wenn er Glück hatte, waren sämtliche Spuren von den Bewohnern schon verwischt und er konnte den Fall ohne Probleme in einer Akte verrotten lassen.

7. DAS VERHÖR

Die Spannung im Wohnzimmer wuchs. Glenn saß in seinem Rollstuhl neben der Tür, während der Rest der Familie sich auf dem Sofa und den Sesseln um den Couchtisch gruppiert hatte. Die beiden Polizisten standen neben Onkel Harrys Leiche und wussten offensichtlich ebenso wenig wie Glenn, was sie tun sollten. Die Köchin hatte sich, gestärkt durch Kuchen und Kamillentee – den Brandy hatten sich Mutter und Tante Martha ehrenhaft geteilt –, in die Küche geflüchtet. Es herrschte Schweigen, das nur ab und zu durch Tante Marthas Aufseufzen unterbrochen wurde. Als es klingelte, sprangen Gesine und Frieda gleichzeitig auf. Erleichterung machte sich auf den Gesichtern der beiden Polizisten breit. Endlich kam Hilfe.

Frieda führte die Spezialisten von der Polizei herein. Die Kriminalpolizei bestand aus einem alternden Kommissar mit Bauch, grauem Mantel und Glatze. Der Gerichtsmediziner, zumindest hielt Glenn den Mann mit Arztkoffer dafür, schien noch älter zu sein, mit Nickelbrille und Cordanzug. Am Schluss folgte eine junge, dynamische Frau, die alle mit einem festen Händedruck begrüßte. »Servus, Forensik, also Spurensicherung«, grinste sie. »Schön, Sie kennenzulernen.«

Glenn hatte die Vermutung, dass sie erst seit Kurzem in ihrem Job tätig war, da sie so viel Freude daran zu haben schien.

Der Kommissar warf einen Blick auf Onkel Harry, doch bevor er irgendwelche Fragen stellte, bediente er sich erst einmal am Kaffee, den die Köchin nun mit einem großzügig aufgeschnittenen Reindling servierte. Das Dienstmädchen musste einen gesegneten Schlaf haben, denn sie war die ganze Zeit nicht aufgetaucht. Die Forensikerin stürzte sich sofort auf die Blutspritzer. »Was machen Sie eigentlich alle hier?«, fragte sie immer noch gut gelaunt. »Könnten Sie vielleicht woanders warten, damit mein Tatort nicht verunreinigt wird?«

Glenn schaute zum Kommissar, der besagten Tatort gerade vollkrümelte.

»Ach, wissen Sie, wir laufen seit dem Einbruch doch wie die aufgescheuchten Hühner hier herum. Da werden Sie ohnehin massenweise Spuren von uns finden.« Frieda lächelte liebenswürdig.

Und keine Spuren eines Einbrechers, setzte Glenn in Gedanken hinzu.

Die Forensikerin blickte zum Kommissar, der mit den Schultern zuckte. »Können Sie vielleicht versuchen, Abstand von der Tür zu halten?«, nuschelte er. Weitere Krümel flogen auf den Couchtisch. Der schien seinen Job ja ungeheuer ernst zu nehmen. Zumindest erleichterte das Friedas Plan.

Der Herr von der Gerichtsmedizin sah sich pikiert um und seufzte. Dann schob er seine Brille die Nase hoch, klappte seinen mitgebrachten Arztkoffer auf und untersuchte Onkel Harry.

Gesine kam fasziniert näher.

»Meißeln Sie ihm den Schädel auf?«

»Nicht hier. Die Flecken würden Sie nie wieder aus dem Teppich kriegen«, mischte sich der Kommissar ein.

»Du meine Güte, und dabei war der doch so teuer!« Mutter hatte wie immer das Wesentliche im Blick.

Glenn fuhr seinen Rollstuhl neben das Bücherregal aus Eiche. Dort war er niemandem im Weg und umging so unnötiges Herumfahren auf den Teppichen.

»Können Sie schon was sagen?«, fragte der Kommissar den Gerichtsmediziner. Der schob seine Brille hoch und näselte: »Der Mann starb an einer Schussverletzung. Er ist seltsam kalt …« Er brach ab. »Sie bekommen in den nächsten Tagen alles schriftlich.«

Der Kommissar rollte mit den Augen und sagte zu niemandem bestimmten: »Können wir mit der Zeugenbefragung beginnen?« Er runzelte die Stirn. »Mein Name ist Reichel, Chefinspektor der Polizei Lendnitz.« Sein Tonfall verriet eindeutig, wie viel Lust er auf diesen nächtlichen Einsatz hatte. Glenn konnte es ihm nicht verdenken.

»Chefinspektor!« Mutter klimperte mit den Wimpern. Soweit Glenn es im Blick hatte, fehlte ein Chefinspektor noch in ihrer Eroberungsliste. Ärzte hatte es genug gegeben, ebenso Rechtsanwälte. Gegen Ingenieure hegte Mutter Vorurteile, aber Polizisten liebte sie.

»Ich würde gern mit jedem einzeln sprechen«, erklärte Reichel, ohne auf Mutter einzugehen. »Am Besten in einem anderen Zimmer.« Er sah sich suchend um.

»Nehmen wir den Salon, Herr Chefinspektor. Und fangen wir mit mir an«, flötete Mutter, nestelte an ihrem Negligé und schwebte durch den Raum. »Folgen Sie mir, bitte.«

Das konnte interessant werden. Glenn kicherte. Der arme Polizist hatte keine Chance. Mutters Charme ähnelte einem Lastwagen, der in einem Tunnel mit 220 Stundenkilometer auf einen zuraste. Sie hatte noch jeden Mann kleingekriegt.

Nachdem Reichel mit Mutter verschwunden war, verabschiedeten sich auch die beiden Streifenpolizisten in den Flur. »Wir müssten telefonieren«, erklärte der junge. »Muss ja einer die Leich' holen.«

Keine zehn Minuten später, in denen der Gerichtsmediziner einmal leise vor sich hin geflucht hatte, sonst aber nichts passiert war, erschien Reichel wieder in der Wohnzimmertür. Er hatte einen gehetzten Ausdruck in den Augen, von Mutter war vorerst nichts zu sehen.

»Ergebnisse?«, fragte der Chefinspektor und sah hastig von der Forensikerin zum Gerichtsmediziner. Die Forensikerin schüttelte den Kopf, während sie die Terrassentür weiter mit Staub einspritzte und eingehend anblickte. Wozu das gut sein sollte, wusste der Himmel. Der Gerichtsmediziner schob erneut seine Brille die Nase hoch und ignorierte die Frage.

Chefinspektor Reichel wartete kurz auf eine Antwort, dann zuckte er mit den Schultern und deutete auf Frieda. »Wenn Sie dann bitte mitkommen würden?« Er dachte wohl, Friedas zugeknöpftes Kostüm bot ausreichend Kontrast zu Mutters offenherzigem Spitzennachthemd. Würdevoll erhob sich Frieda und folgte dem Chefinspektor in den Salon.

Mutter trat mit zwei Gläsern Sherry in den Raum. Eines gab sie Tante Martha, das andere stürzte sie selbst hinunter.

»Nein, wie furchtbar.«

Gesine verdrehte die Augen, sonst reagierte niemand.

»Nein, wie furchtbar«, wiederholte Mutter.

»Was ist denn so furchtbar?«, fragte Glenn schließlich, bevor Mutter noch einen ihrer gequälten Seufzer ausstieß oder die Hand auf den wogenden Busen legte. »Der Inspektor ist seit 20 Jahren verheiratet.«

»Na und?«

»Mit ein und derselben Frau!«

»Im Sudan herrscht seit über 20 Jahren ein und derselbe Tyrann«, merkte Gesine an. Mutter schüttelte unwillig den Kopf, ließ sich aber nicht auf eine Diskussion ein. Für Gesine und die Probleme der Entwicklungsländer war nicht die richtige Zeit.

Es dauerte nicht lang, da kam Frieda wieder. Chefinspektor Reichel selbst zog es offenbar vor, sich nicht einer weiteren direkten Konfrontation mit der gesamten Familie auszusetzen. Frieda überbrachte die Botschaft: »Michael, du bist der Nächste.« Sie setzte sich neben Mutter aufs Sofa.

»Was für ein unangenehmer Mensch.« Frieda schüttelte den Kopf. »Er hat meine Aussage angezweifelt. ›Auf die Minute genau? Sind Sie sicher?‹ Als ob ihm unpräzise Zeugen lieber wären!«

Mutter legte einen Arm um Frieda und murmelte mitfühlend: »Mir hat er gesagt, er habe seine Frau nicht einmal in seinem Leben betrogen. Ein ganz und gar moralischer Mensch. Die sind so pingelig.«

Glenn hatte einiges an Mutters Argumentation auszusetzen, im Endeffekt musste er ihr aber recht geben: Der Chefinspektor schien tatsächlich pingelig zu sein.

»Wieso kann er die Befragung nicht mit uns allen gleichzeitig machen?«, seufzte Mutter. »Dann wären die Geschichten sicher besser aufeinander abgestimmt.«

Glenn schüttelte den Kopf und Frieda räusperte sich. Aber weder der Gerichtsmediziner noch die Forensikerin kümmerten sich darum, was Mutter sagte. Sie waren völlig in ihre Arbeit vertieft. Der Gerichtsmediziner schrieb geschäftig in einem Notizblock herum, nachdem er Onkel Harrys Augenlider mal hinauf, mal hinunter geschoben hatte. Die Forensikerin kniete inzwischen fast hinter dem Bücherregal, das sie mit irgendeinem Staub bepinselte.

Glenn wandte sich wieder der Tür zu, in der Michael gerade grinsend erschien. Lautstark verkündete er: »Der hat nix gemerkt!«

Der Blick, mit dem Frieda ihn daraufhin bedachte, hätte Michaels Gehirn sicherlich zerschmelzen lassen, wenn er denn eins besessen hätte.

»Entschuldigen Sie meinen Jungen, er ist ein bisschen durcheinander.« Mutter machte eine vielsagende Geste mit der rechten Hand und lächelte dem Gerichtsmediziner zu, der jedoch überhaupt nicht zugehört hatte.

Der blonde Streifenpolizist betrat das Wohnzimmer und Mutter hatte ein neues Opfer.

»Sagen Sie: Trinken Sie eigentlich tatsächlich nichts, wenn Sie im Dienst sind?«, fragte sie ihn, ging zu ihm herüber und hielt ihm vertraulich ihr Glas hin. Der junge Mann schüttelte etwas unsicher den Kopf, eine feine Röte überzog seine Wangen.

»Du bist übrigens der Nächste, Opa«, sagte Michael und der alte Mann schlurfte hinaus. Durch die offene Wohnzimmertür konnte Glenn sehen, wie Opa bei der Begrüßung durch den Inspektor sein Bonbon aus dem Mund fallen ließ und kicherte. Das fing ja gut an. Dementsprechend schnell war Opa auch wieder entlassen. Chefinspektor Reichel stellte sich in den Türrahmen und fragte nach Gesine.

»Die Leiche sollte so schnell wie möglich ins Institut gebracht werden.« Der Gerichtsmediziner warf dem Chefinspektor einen bedeutsamen Blick zu und stand auf. Er schien sich selbst unglaublich wichtig zu nehmen, wie er nun seine Fliege zurechtrückte. Eine Fliege! Zu einem Cordanzug! So etwas konnte man wohl nur tragen, wenn man den ganzen Tag mit Toten zu tun hatte, dachte Glenn.

Der Gerichtsmediziner klopfte sich die Hände an der Hose ab und gab dem jungen Streifenpolizisten ein Zeichen. »Mir hobn uns schon um alles gekümmert«, lächelte der. »Leichenwogen is gleich do.«

Der Gerichtsmediziner wandte sich wieder an Reichel. »Ich brauche noch etwas Zeit, aber morgen, spätestens übermorgen haben Sie die ersten Informationen auf dem Schreibtisch«, sagte er knapp und schloss seinen Arztkoffer.

Reichel sah zur jungen Forensikerin.

»Ich brauche noch etwas Zeit«, sagte sie, lächelte und wandte sich wieder dem Teppich vor der Terrassentür zu.

Der Chefinspektor nickte dem Gerichtsmediziner zu und ging Gesine voraus in den Salon. Onkel Harry war gerade erst abtransportiert worden, da erschien Gesine auch schon wieder im Wohnzimmer.

»Dem sind die Rassismusvorwürfe gegen unsere Polizei völlig egal! ›Na und?‹, hat er dazu gesagt. Na und! Könnt ihr euch das vorstellen?« Wutschnaubend setzte sie sich in ihren Lieblingssessel zwischen Verandafenster und Bücherregal und verschränkte die Arme vor der Brust.

»Nein, Schätzchen, können wir uns nicht. Wirklich unglaublich. Sagen Sie, dauert das noch lange?«, fragte Mutter die Forensikerin. »Es ist doch recht eindeutig, was passiert ist, nicht wahr?«

»Der Einbrecher kam von draußen, erschoss Harry und floh über die Terrasse«, fügte Frieda hinzu. »Eindeutig.«

»Natürlich.« Die Forensikerin lächelte beruhigend, woraufhin Mutter wieder in ihrer Zeitung blätterte. »Habt ihr schon die neue Vogue gesehen? Diesen Sommer sollen flache Schuhe der absolute Hit sein. Wo bleibt denn da der Stil?« Entrüstet blickte sie auf.

»Rassismus, Mutter. Das ist wichtiger als Schuhe.« Gesine verschränkte die Arme vor der Brust, während sie gleichzeitig die schwarzen Lippen zusammenzog.

»Ach, Schätzchen«, seufzte Mutter. »Denk einfach nicht mehr drüber nach. Morgen Früh ist alles vergeben und vergessen. Du findest sicher jemand anderen, der sich für Rassismusvorwürfe interessiert.«

Gesine sah Mutter ungläubig an. »Immerhin habe ich

ihn über die Situation der Produktionshelfer am Fließband aufklären können. Moderne Sklaverei und unsere Gesellschaft sieht zu!« Zufrieden lehnte sie sich zurück. »Da hat er geguckt, der Kommissar.«

»Chefinspektor«, korrigierte Mutter. »Guckt euch nur einmal diese Farben an. Knallgrün, wer kann das denn tragen?«

Glenn konnte sich das Gespräch mit Gesine lebhaft vorstellen: eine Teenager-Furie, die bei einer Zeugenaussage über Rassismus und Sklaverei sprach. Er hätte die Befragung ebenfalls so kurz wie möglich gehalten.

»Könnte ich mit Martha Hinrichsen sprechen?« Der Inspektor hatte den Raum wieder betreten, mit einem Taschentuch wischte er sich Schweißtropfen von der Glatze. Gesine starrte ihn herausfordernd an.

Reichel räusperte sich. Tante Martha brauchte einen Moment, bis sie aus ihrem Halbschlaf erwachte und ihm folgen konnte.

»Ach, du meine Güte. So etwas habe ich ja noch nie erlebt«, murmelte sie, als sie wenige Minuten später wieder im Wohnzimmer war. »Ich bekomm sicher Verdauungsbeschwerden von der ganzen Aufregung.«

Wortlos stellte Gesine ihr den Kamillentee hin, den die Köchin nicht ganz ausgetrunken hatte. »Gut für die Gesundheit ist das wirklich nicht«, wiederholte Tante Martha. Glenn nahm an, dass aus ihr ebenfalls nicht viel herauszukriegen gewesen war. Wahrscheinlich hatte sie dem Chefinspektor von ihren Herz- und Atembeschwerden erzählt.

Glenn war der Letzte in der Reihe. Er fuhr in den Salon, wo Reichel schon mit gezücktem Bleistift und aufgeklapptem Notizbuch auf ihn wartete. Er saß auf Mutters Ottoman und versuchte verzweifelt, eine halbwegs komfortable Position einzunehmen. Glenn fand, dass der arme Mann furchtbar müde aussah. Kein Wunder nach den Gesprächen mit dieser Familie.

»Ich nehme an, Sie sind der Herr Hinrichsen, dem das Landgut gehört?«

Glenn nickte.

»Erzählen Sie mir von heute Nacht«, nuschelte der Polizist und gähnte herzhaft.

»Ich habe geschlafen. Als ich die Köchin schreien hörte, bin ich heruntergekommen. Da war Harry tot und alle anderen standen um ihn herum.« Besser zu wenig Information als zu viel, dachte Glenn. Bereitwillige Aussagen klangen schnell wie ein Schuldeingeständnis. Er lächelte den Polizisten halbherzig an und deutete auf seinen Rollstuhl. »Sie sehen ja selbst, dass ich nicht der Schnellste bin.«

Der Inspektor rieb sich die Glatze und winkte Glenn hinaus. »Danke, Herr Hinrichsen. Ich denke, das war dann alles.«

Auch wenn Glenn seiner Sippe hauptsächlich feindselige Gefühle entgegenbrachte, musste er dennoch grinsen, als der Inspektor sich schleunigst aus dem Staub machte, ohne noch einmal im Wohnzimmer vorbeizuschauen. Glenn hatte in seinen Augen Ratlosigkeit, Nervosität und eine ganze Menge Furcht gesehen.

»Ist der Herr Chefinspektor etwa schon gegangen?«, fragte Mutter überrascht. »Er hat sich überhaupt nicht verabschiedet!«

»Keine Manieren bei der Polizei«, seufzte Tante Martha.

8. DER URLAUB

Zumindest einen Trost hatte Reichel: Huber war im Urlaub. Ohne seinen hartnäckigen jungen Assistenten würde es kein Problem sein, die Aufklärung des Vorfalls im Hinrichsen-Landgut seinem Nachfolger zu überlassen. Es grauste ihn allein beim Gedanken an diese deutsche Familie. Reichel setzte sich an den Schreibtisch, um einen Bericht zu schreiben.

›Einbruch und Mord‹, benannte er das Verbrechen und meldete einen ›unbekannten Täter‹. Das würde für die Akten reichen.

Reichel nickte und steckte die Kappe zurück auf den Filzstift. Er schob die Formulare zusammen, gab sie in eine Mappe und machte sich auf den Weg. Er wollte gerade die Tür öffnen, da stürzte jemand in sein Büro. Reichel prallte zurück. »Huber!« Entsetzen erfüllte ihn.

»Ich hab's gerade eben erst gehört, Herr Chefinspektor«, keuchte Huber. »Natürlich hab ich meinen Urlaub sofort abgebrochen und bin hierher geeilt!«

Das konnte Reichel sehen. Sein sonst so fesch gekleideter Assistent hatte nur die Hälfte seiner Hemdknöpfe geschlossen und seine blonden Haare standen in alle Richtungen weg. In diesem Aufzug erinnerte er Reichel fast an sich selbst in seiner Jugend. Abzüglich der Wampe natürlich, die Reichel immer schon gehabt hatte, während an seinem enthusiastischen Assistenten nicht ein Gramm Fett zu viel war.

Reichel schwante Böses. »Sie wollen sich doch nicht etwa in diesen Fall einmischen?«

»Freilich!« Huber strahlte. »Wie könnte ich Sie jetzt allein lassen? Sie brauchen mich!«

Darüber hätte Reichel durchaus diskutieren können, aber Huber verlor keine Zeit. Er zog ein Notizbuch aus der Jackentasche, schnappte sich den Kugelschreiber von Reichels Schreibtisch und leckte sich über die Lippen.

»Was ist passiert?«, fragte er.

Entsetzt bemerkte Reichel, dass sein Notizbuch schon Aufzeichnungen enthielt. Wer zum Teufel hatte ihn mit Informationen versorgt?

»Sie haben sich Ihren Urlaub redlich verdient«, versuchte Reichel das Unheil abzuwenden. »Sie müssen sich auch einmal eine Pause gönnen.«

Huber winkte ab. »Nach diesem spektakulären Fall gibt es genug Zeit für Pausen.«

»Spektakulär«, stöhnte Reichel. Er hatte es geahnt. Sieben Tage und der ganze Spuk wäre vorbei. Sieben Tage!

»Ha!«, rief Huber, »Sie werden mit einem Knall in Pension gehen, der sich gewaschen hat.«

»So etwas hab ich befürchtet«, murmelte Reichel. »Vor allem, wenn Sie einipfuschen.«

»Fassen wir zusammen.« Huber las vor, was er bisher in seinem Notizblock stehen hatte. »Einbruch und Mord im Landhaus der Familie Hinrichsen, Villacher Straße 112. Täter: unbekannt. Opfer: Harald Hinrichsen. Zeugen?«

»Der ganze Rest der Bande.« Reichel schauderte bei dem Gedanken an die fürchterliche Familie, der er begegnet war.

Huber schrieb eifrig.

»Die Namen kennen Sie schon?«, fragte Reichel. Seinem jungen Assistenten war zwar alles zuzumuten, aber

Reichel war trotzdem überrascht. Wann hatte Huber für Recherche Zeit gehabt? Als er sich eigentlich sein Hemd hätte zuknöpfen müssen?

»Glenn Hinrichsen, 84 Jahre, offizieller Besitzer des Anwesens«, las Huber vor. »Vor 20 Jahren aus Deutschland zugezogen. Aus Norddeutschland.« Er hob eine Augenbraue.

Reichel zuckte mit den Schultern. »Vermutlich hatte er das Flachland satt. Rollstuhlfahrer und schlecht gelaunt«, ergänzte er Hubers Informationen.

»Vermutlich hat er hier Urlaub gemacht und konnte sich danach nicht mehr losreißen«, nickte Huber. »Das gibt es ja häufiger. Was sagt er zu dem Vorfall?«

Sein Assistent schien durch nichts von der Arbeit abzubringen zu sein und Reichel ergab sich seinem Schicksal. »Hat alles verschlafen und ist erst durch das Geschrei der Köchin geweckt worden. Keine Zeugenaussage«, fuhr er fort.

»Martha Hinrichsen, 81 Jahre, seine Schwester.«

»Schwache Nerven, schwaches Herz, schwache Augen«, erinnerte sich Reichel. »Kann sich an alles erinnern: einen Furcht erregenden Einbrecher mit glühenden Augen. Zwei Meter groß und stark wie ein Bär. Ich glaube ihr kein Wort.«

Huber pfiff anerkennend. »Sie haben immer schon ein Gespür für so was gehabt.«

Reichel zog eine Grimasse. »Eine Eidechse würde eine verlässlichere Auskunft geben. Wenn Sie die alte Dame sehen, wird Ihnen das klar.«

Huber grinste und fuhr fort: »Roswitha Hinrichsen, 43 Jahre, mit den beiden verschwägert. Wird von allen nur ›Mutter‹ genannt.«

Beim Gedanken an den hauchdünnen Bademantel Frau Hinrichsens musste Reichel schlucken. Er räusperte sich und sagte unverbindlich: »Hat Geräusche gehört, angeblich Schritte. Ist durch die Polizeisirene aufgeschreckt worden.«

»Frieda Hinrichsen, 36, unverheiratet.«

»Die Gescheiteste von allen. Sachlich und nüchtern. Sie hat den Einbrecher davonrennen sehen. Genauso wie die Köchin im Übrigen, die aus dem Wohnzimmer Geräusche gehört hat und nachschauen hat wollen. Alle anderen haben nur Schritte oder undefinierte Geräusche gehört. Kann alles Einbildung sein, wie das bei Einbrüchen halt so üblich ist.« Reichel zuckte mit den Schultern. »Hinterher hat jeder was gehört.«

»Die anderen Familienmitglieder?«, hakte Huber nach.

»Roswitha Hinrichsens Kinder, Gesine, 16, und Michael, 21 Jahre alt, haben tief und fest geschlafen. Außerdem gibt es einen Opa.«

»Hermann Hinrichsen, 89 Jahre alt«, ergänzte Huber.

Reichel nickte. »Aus ihm war nichts herauszubekommen. Wenn Sie möchten«, fügte Reichel nicht ohne Boshaftigkeit hinzu, »können Sie gern mit denen reden.«

Huber nickte dienstbeflissen. »Wir werden uns richtig in den Fall stürzen, Chef«, sagte er. »Alles aufrollen, jedes Indiz finden, kein Detail unbeachtet lassen.«

Reichel schloss die Augen. Was hatte er in einem früheren Leben verbrochen, um mit diesem enthusiastischen Assistenten gestraft zu sein? In den Fall stürzen! Reichel hatte sich nicht mehr in einen Fall gestürzt, seit … Um ehrlich zu sein: Reichel hatte sich noch nie in einen Fall gestürzt. Und das war gut so. Er hatte keine Lust, sieben Tage vor seiner Pensionierung mit Stürzen anzufangen.

»Geben Sie eine Fahndung raus«, sagte er schließlich. Hoffentlich war Huber damit eine Zeit lang beschäftigt. »Wir suchen einen schwarz gekleideten, mittelgroßen Einbrecher.«

Huber schien die mangelnde Information nicht zu stören, er schrieb eifrig mit.

»Danach können Sie in der Gerichtsmedizin und Spurensicherung in Klagenfurt anrufen und nach Ergebnissen fragen.« Eine weitere nutzlose Aktion, die Huber hoffentlich davon abhielt, Schaden anzurichten. Was sollten die schon anderes herausfinden, als dass Harry Hinrichsen erschossen worden war?

9. DIE LEBENSVERSICHERUNG

Es war elf Uhr am Vormittag. Glenn war seit drei Stunden wach. Um seiner Langschläfer-Familie wenigstens nicht am Morgen begegnen zu müssen, stand er immer rechtzeitig auf. Für ihn war es schlimm genug, ihnen den ganzen Rest des Tages nicht aus dem Weg gehen – oder rollen – zu können. Normalerweise nahm er sein Frühstück allein ein und sah die anderen nicht vor dem Mittagessen. Doch das Alter und die vielen Stunden im Rollstuhl forderten ihren Tribut, und Glenn brauchte ein paar Dörrpflaumen und Leinsamen. Das Dienstmädchen ignorierte seit einer halben Stunde sein Läuten. In seinem

Zimmer befand sich ein Knopf, mit dem er Frau Pirker rufen konnte. Angestellte waren auch nicht mehr das, was sie früher einmal waren. Das war zwar Tante Marthas Lieblingsausspruch, aber Glenn fand ihn im Augenblick äußerst passend. Er stieg in den Rollstuhl, löste die Bremsen und machte sich auf den Weg nach unten. Vielleicht sollte er Frau Pirker feuern, er war schließlich immer noch ihr Arbeitgeber. Mit dem Aufzug fuhr er hinunter und konnte schon im Flur Tante Marthas Gejammer aus der Küche hören.

»Du meine Güte, diese Nacht werde ich nicht so schnell vergessen!«, seufzte sie.

»Der Chefinspektor hat mich ganz durcheinandergebracht«, antwortete Mutter. »Was ich für wilde Träume hatte, das kannst du dir nicht vorstellen.«

»Ich *will* es mir nicht vorstellen«, verbesserte Glenn sie grimmig, als er die Tür aufstieß und in die Küche rollte. Seine schlimmsten Befürchtungen bestätigten sich. Alle waren versammelt. Mutter und Gesine saßen auf der Bank, Tante Martha und Opa an den Kopfenden, Michael wühlte im Kühlschrank und Frieda mixte sich ihr Früchtemüsli an der Anrichte. Im Gegensatz zu den anderen legte sie Wert auf gesunde Ernährung.

»Oh, wie schön, dass du auch mal mit uns frühstückst.« Mutter strahlte Glenn an. Ihr Make-up war perfekt gerichtet, aber sie hatte ihren Morgenmantel noch nicht gegen anständige Kleidung getauscht. Obwohl anständig bei Mutter natürlich Interpretationssache war.

»Ich frühstücke nicht mit euch!« Glenn rollte zum Küchenschrank. Bevor er sich jedoch umdrehen konnte, um mit seinen Dörrpflaumen wieder nach oben zu verschwinden, gab Michael seinem Rollstuhl einen kleinen Schubs und Glenn befand sich Mutter gegenüber am Tisch. Keine angenehme Position, Mutters Morgenmantel klaffte vorn sehr weit auf. Über ihrem Kopf an der Wand hing das obligatorische Hirschgeweih, auf das Mutter und Frieda in keinem Zimmer verzichten wollten. Glenn schloss die Augen.

Andererseits stieg ihm der Geruch der kleinen Pfannkuchen in die Nase, die die Köchin gebraten hatte und ihm jetzt auf einen Teller häufte. Ihm lief das Wasser im Mund zusammen. Vielleicht war es doch keine schlechte Idee, ausnahmsweise mit den anderen zu frühstücken. Wenn er um acht in die Küche kam, gab es nur eine Tasse Tee und eine Scheibe Brot.

»Palatschinken«, rief Frieda glücklich, während sie die Pfannkuchen beäugte. »Quasi ein Nationalgericht.«

»Oh Gott«, murmelte Gesine. »Wie du das betonst! Kannst du nicht einfach Pfannkuchen sagen?«

Tante Martha schien von dem Österreichaustausch nichts mitbekommen zu haben, sie nahm ihr Lieblingsthema wieder auf: »Diese schlimme Nacht! Zuerst Onkel Harry, dann die Polizei und schließlich auch noch der Leichenwagen. Kein Auge habe ich zumachen können.« Sie war ebenfalls noch im Pyjama und Glenn hatte ihr Schnarchen bis in sein Zimmer am anderen Ende des Flures hören können.

»Aber die Klimakatastrophe, die lässt euch ruhig schlafen«, kommentierte Gesine.

»Du, halt dich da raus«, sagte Mutter zu ihr. Sie schien nicht gut auf ihre Tochter zu sprechen zu sein. Glenn vermutete, das hatte zum einen mit dem Ei zu tun, das Gesine aß, zum anderen mit dem leeren Eierkocher auf dem Servierwagen. Mutter war wohl zu spät gekommen, und das, wo sie so großen Wert auf ein elegantes Frühstück legte. Jetzt knabberte sie an einem trockenen Croissant herum und schaute Michael böse an, der das letzte Glas Orangensaft trank. Immerhin stellte die Köchin Mutter in diesem Augenblick ein Glas Sekt hin. Weshalb das Dienstmädchen auch heute Morgen nicht auftauchte, war Glenn ein Rätsel.

»Sie sind ein Schatz«, flötete Mutter. »Dann kommt mein Kreislauf endlich in Gang.«

»Aber sicha«, lächelte die Köchin zurück. »Nur des Beste für Sie.« Glenn hätte schwören können, sie war rot geworden. Aber ob ihre erhitzten Wangen, die mit dem Rot der Dirndl-Schürze konkurrierten, nun vom Pfannkuchenbraten herrührten oder von Mutters Lob, ließ sich nicht mit Sicherheit sagen. »I müsst dann mal in den Garten, i würd mi gern ums Obst kümmern. Kommen S' jetzt dann allein zurecht?«, fragte sie.

»Natürlich, Sie Gute!«, rief Mutter, während sie den anderen verschwörerisch über den Tisch zuzwinkerte. Nun würden sie frei sprechen können.

Gesine blies die Wangen auf und wandte sich wieder der ›taz‹ zu, die sie extra aus Deutschland kommen ließ. »Meint ihr, die lassen mich bei der Obduktion zusehen?«, fragte sie nach einer Weile.

»Obduktion?« Tante Martha fuhr entsetzt auf. Sie suchte nach ihrer Handtasche, die immer griffbereit lag, und holte zwei kleine weiße Pillen hervor. Ohne Umschweife schluckte sie die Tabletten und spülte mit etwas Kaffee nach. Dann griff sie sich ans Herz und seufzte dramatisch. Glenn schüttelte den Kopf. Tante

Martha hätte viel Geld verdienen können mit einer Schauspielkarriere. Solange ihre Rolle darin bestand, Hypochonder zu spielen.

Opa murmelte unwillig. Sein Marmeladebrot war ihm in den Schoß gefallen.

»Die wollen doch sicher den Zeitpunkt des Todes feststellen.«

»Papperlapapp«, mischte Frieda sich ein, die sich gerade an den Tisch setzte und mit einem Griff Opas Brot wieder auf seinen Teller legte. Ihr Müsli besaß inzwischen eine genau abgezählte Anzahl an Bananen- und Apfelscheiben.

»Warum sollten sie?« Sie gab etwas Honig in ihr Schälchen. »Wir waren glaubwürdig. Ein Kopfschuss ist eine eindeutige Todesart.«

»Eine Obduktion ist in Mordfällen Routine. Egal, wie glaubwürdig die Zeugen sind«, sagte Mutter langsam. Sie liebte Fernsehkrimis. Und verdarb Glenn seinen eigenen Spaß daran. Während er versuchte, herauszukriegen, wer der Mörder war, schwärmte Mutter immer nur vom Dreitagebart des Kommissars und vom Waschbrettbauch des Assistenten. Wenn der Mörder schöne Augen hatte, dann würde er, wenn es nach ihr ginge, freigesprochen.

»Du meine Güte!« Frieda wurde plötzlich blass. »Wisst ihr, was das bedeutet?« Opa und Michael sahen sie verständnislos an.

»Ich brauche einen Brandy!«, hauchte Mutter, der die Aufregung gerade recht kam.

»Was soll das denn jetzt heißen?«, fragte Michael schließlich.

»Der Todeszeitpunkt!« Frieda schrie fast.

Es schien, als sei sie einer Hysterie nahe, was Glenn bemerkenswert fand. Frieda war sonst immer sehr rational.

»Himmel!« Mutter sprang auf. »Harry ist um sieben Uhr am Abend gestorben. Der Einbruch hat aber erst mitten in der Nacht stattgefunden.« Offenbar hatte sie ihr gesamtes Krimiwissen aktiviert.

Frieda sank zurück auf ihren Stuhl.

»Oh je, oh je«, ließ sich Tante Martha vernehmen. Sie griff ebenfalls nach der Brandyflasche, und Glenn hatte Lust, es ihr nachzutun. Eine Obduktion hätte zur Folge, dass die Polizei in seinem Landhaus herumschnüffeln würde. Der Chefinspektor würde Mutter um den Verstand bringen … Nein, dachte Glenn, das würde natürlich umgekehrt verlaufen. Mutter würde den Inspektor um den Verstand bringen, was aber nicht im übertragenen Sinne gemeint war. Jedenfalls hatte er die Polizei im Haus und würde in seinen eigenen Nachforschungen nach dem Mörder gestört werden.

»Keine Panik.« Frieda hatte sich glücklicherweise wieder gefasst. »Wir bestreiten alles. Was sollen sie uns nachweisen? Wir bleiben bei unserer Aussage. Niemand weicht davon ab, alles ist in Butter.« Sie blickte Michael vielsagend an. »Ich gehe jetzt und rufe bei der Versicherungsgesellschaft an. Harrys Lebensversicherung war kein Pappenstiel.«

»Du bist wirklich ein Schatz, Frieda!«, rief Mutter ihr hinterher. »Danke, dass du dich um alles kümmerst.« Für Mutter schien die Krise fürs Erste abgewendet, aber Glenn konnte sich diesem Optimismus nicht anschließen. Das war sicher noch nicht alles. Sowohl vonseiten der Polizei als auch vom Mörder innerhalb der Familie.

Glenn nutzte die Gelegenheit, um aus der Küche zu entkommen. Er musste nachdenken. Mit dem Hausaufzug fuhr er zurück in den ersten Stock, manövrierte um Gesines mit Totenköpfen verzierten Rucksack herum, den sie im Flur hatte liegen lassen, und rollte in sein Zimmer. Abschließen, aus dem Rollstuhl steigen, an den Schreibtisch setzen und überlegen – die Prozedur war ihm bekannt.

Zuerst brauchte er eine Liste der Verdächtigen. Aus dem Testament, das jemand für ihn geschrieben hatte, ließ sich nichts schließen. Jeder war bedacht worden. Die einen mehr, die anderen weniger, aber dennoch: Jeder hatte das bekommen, was ihm wichtig war. Glenn holte ein neues Blatt Papier hervor und schrieb die Namen aller Familienmitglieder fein säuberlich untereinander.

Mutter
Frieda
Michael
Gesine
Tante Martha
Opa

Mutter kam an erster Stelle, weil er sie nicht leiden konnte, Opa an letzter, weil er Opa nicht zutraute, einen Mord begehen zu können. Psychisch, oh ja, sicher! Da war Opa genauso rücksichtslos wie der ganze Rest der Bande. Aber Opa hatte bereits Schwierigkeiten an seinem Krückstock zu gehen, er konnte nicht einmal richtig essen. Außer … Glenn zog seine Augenbrauen zusammen, verwarf den Gedanken wieder. Nein, Opas Beeinträchtigungen waren keine Schauspielerei, er war körperlich tatsächlich nicht in der Lage, jemanden umzubringen.

Glenn schrieb auf, was er über den Mörder wusste: Rationalität. Der Mörder, sein zukünftiger Mörder, handelte nach Plan. Zuletzt war es Harry gewesen, davor Oma Margot. Glenn erinnerte sich, wie vor drei Jahren zwei Cousins einem angeblichen Unfall zum Opfer gefallen waren. Wilhelm, Mutters Mann, hatte ebenfalls recht früh das Zeitliche gesegnet, er war an einem Herzinfarkt gestorben. Oh ja, Mutter war definitiv Verdächtige Nummer eins. Ein Herzinfarkt! Diese Frau schaffte es, jemanden in einen Herzinfarkt hineinzutreiben.

Dann war da natürlich noch Frieda. Die tüchtige Frieda, die sich immer um alles kümmerte. Besonders um die Vertuschung von Harrys ›Selbstmord‹. Die Vehemenz, mit der sie Michael gescheucht und auf dem Einbruch bestanden hatte, ließ einige Rückschlüsse zu. Ein ganz neues Licht fiel auf Frieda. Glenn presste die Lippen aufeinander. Frieda war eine der wenigen gewesen, denen er vertraut hatte. Schade.

Ob er Michael für fähig hielt, mehrere Morde zu begehen, konnte Glenn nicht entscheiden. Vielleicht war es auch nur eine Masche, dass er sich immer so dumm stellte?

Und was war mit Gesine? Beteten diese schwarz gekleideten Teenager heutzutage nicht Satan an? Glenn hatte eine Reportage im Fernsehen gesehen, wo von rituellen Opfern die Rede war. Vielleicht hatte Gesine Harry rituell geopfert. Das würde ihre Faszination für die Blutspritzer erklären.

Und was war mit Tante Martha? Wollte sie ihn mit ihrem mitleidheischenden Hypochondertum nur von ihrer Fährte abbringen? Dass sie noch alle von ihnen überleben würde trotz ihrer eingebildeten Krankheiten, davon war Glenn ohnehin überzeugt. Ob sie eigenhändig dafür sorgte allerdings ...?

Er beschloss, die Liste von oben nach unten abzuarbeiten. Aber zuerst brauchte er einen Plan. Er klappte seinen Laptop auf und stellte die Verbindung mit dem Internet her. Wie gut, dass er immer darauf bestanden hatte, kein rückständiger alter Greis zu werden. Vor drei Jahren hatte er sich den Computer gekauft und drei Bücher zum Thema gelesen. Er fand das Internet sehr nützlich. Dort gab es Informationsmaterial zu allem, was das Herz begehrte. Eine Observierung war für den Anfang keine schlechte Idee, stellte Glenn fest und kaufte einen gebrauchten Bundeswehr-Tarnanzug, einige unterschiedlich starke Seile und ein Stativ für seine Kamera. Außerdem stöberte er bei einigen Online-Marktplätzen herum und sah sich nach Abhörwanzen um. Dort wurde er zwar nicht fündig, hatte aber die glorreiche Idee, es mit einem Babyphon zu versuchen. Die gab es inzwischen auch in kleinen Ausführungen, sie waren billig und wurden schnell geliefert. Blieb nur die Frage, wohin. Kurz überlegte Glenn, das Paket an ein Postfach senden zu lassen, entschied sich allerdings dagegen. Wie sollte er unbemerkt mit dem Auto in die Stadt kommen? Nein, am Besten war es, sich die Sachen hier ins Landgut bringen zu lassen. Er musste eben auf die Klingel hören und den Paketboten abfangen.

Zufrieden klappte er den Laptop zu. Er war um 400 Euro ärmer, fühlte sich aber um einiges sicherer.

Jetzt war fürs Erste nur noch eins zu tun. Glenn nahm wieder seinen Füllfederhalter zur Hand und schrieb einen langen Brief.

10. DIE AGENTIN

Es war ein Uhr am Mittag und Marie war zurück im Spiel. Jetzt fehlte nur noch ein Besuch bei Herrn Dr. Warteburg, dann konnte sie zum Mittagessen in die Kantine. Sie klopfte sich auf den flachen Bauch. Gut, dass sie regelmäßig zum Pilates ging, so konnte sie das fettige Essen locker wegstecken. Marie stand auf und klemmte sich die Dokumente unter den Arm. Den ganzen Vormittag hatte sie Akten gewälzt und war schließlich durch den Anruf einer Frieda Hinrichsen auf das gestoßen, was sie brauchte. Hinrichsen. Nur dieses eine Wort stand auf dem Deckel der dicken Dokumentensammlung. Marie hatte die ersten Seiten aufgeschlagen und nicht mehr aufhören können zu lesen. Der Fall schrie förmlich nach Aufklärung, und Marie verstand nicht, weshalb der zuständige Sachbearbeiter damals einfach seinen Haken darunter gemacht hatte. Sie erinnerte sich dunkel an einen Müller, der vor einiger Zeit den Dienst quittiert hatte. Er hatte irgendein schreckliches Erlebnis mit einem Fall gehabt, den er untersucht hatte. Ob das der Hinrichsen-Fall gewesen war? Marie dachte nach, kam aber nicht darauf, was genau damals passiert war. Sie zuckte mit den Schultern. Es spielte ohnehin keine Rolle. Sie hatte ihren Fall. Glücklich marschierte sie in das Büro ihres Vorgesetzten.

»Da stimmt doch etwas nicht«, erklärte sie Herrn Dr. Warteburg. »Jeder in dieser Familie hat eine unglaublich hohe Lebensversicherung abgeschlossen und dann sterben sie alle wie die Fliegen.« Nachdrücklich schob Marie ihm die Akte hin. »Herr Dr. Warteburg, an der Sache ist etwas faul, da bin ich mir sicher.«

»Was genau meinen S' mit ›sie sterben wie die Fliegen‹?«

»1995 hat es angefangen.« Marie blätterte in ihren Unterlagen. »Bei einem Unfall im Garten verunglückt Hinnerk Hinrichsen tödlich. Angeblich ist er in seine eigene Motorsäge gefallen. Es ging weiter 1996 mit gleich zwei Todesfällen: Josef und Mathilde Raffael, geborene Hinrichsen, sind mit ihrem Rolls-Royce gegen ein Brückengeländer gefahren. Sie starben noch am Unfallort. 1997 fiel Jonathan Hinrichsen in den Gartenteich und ertrank. Im gleichen Jahr stürzte Margot Hinrichsen die Kellertreppe hinunter, 1998 verstarb zuerst Fabian Staric an einer falsch behandelten Lungenentzündung, dann fiel sein Bruder Florian Staric vom Balkon. 1999 starb …«

»Schon gut, schon gut«, winkte Dr. Warteburg ab. »Ich verstehe, was Sie damit sagen wollen. Das ist tatsächlich eine unnatürlich hohe Rate an Sterbefällen.«

»Und jedes Mal steigt die Versicherungsprämie. Hinnerk Hinrichsen hinterließ eine Lebensversicherung in Höhe von 980.000 Schilling, für Josef und Mathilde Raffael bekamen die Hinterbliebenen zusammen 3.000.000 Schilling, für Jonathan Hinrichsen gab es allein 2.500.000, Margot Hinrichsen brachte ebenso 2.500.000, Fabian und Florian Staric jeweils schon 2.900.000 …«

»Ich verstehe«, unterbrach Dr. Warteburg ihre Aufzählung. »Das ist allerdings eine ganze Menge Geld, das wir dieser Familie ausgezahlt haben. Hinrichsen. Aus Deutschland sagen Sie?«

Marie nickte. »Norddeutschland sogar.«

Dr. Warteburgs Gesicht hellte sich auf. »Sie haben sich sicher in unser schönes Kärnten verliebt. Wie könnte man auch nicht?«

»Die Berge, die Seen«, erwiderte Marie knapp, nur um das Gespräch wieder auf den Fall zurückzulenken. »Ich halte eine Überprüfung für angebracht.«

»Nur frage ich mich, was Sie sich davon versprechen, Frau Schwerdtfeger? Die Familienmitglieder sind offensichtlich gestorben, und ich bitte Sie! Wer würde schon sein eigenes Leben dafür geben, dass die liebe Verwandtschaft ein paar tausend Euro erbt?«

Ein paar tausend? Es ging mehr in Richtung Millionen. Aber Marie war auf die Frage vorbereitet.

»Zunächst einmal steht die Frage im Raum, ob die Verstorbenen allesamt den Regeln unserer Versicherung gemäß gestorben sind. Wie Sie wissen, zahlen wir bei höherer Gewalt – sprich Sturm, Erdbeben oder Flutwelle – nicht. Des Weiteren fällt ein Selbstmord bis drei Jahre nach Vertragsabschluss außerhalb unserer Rahmenbedingungen sowie ein Mord bei einem Einbruch, der ansonsten gewaltlos vonstattengehen konnte.«

Herr Dr. Warteburg sah Marie verständnislos an. Auch darauf war Marie vorbereitet.

»Im neuesten Todesfall, Harald Hinrichsen, überraschte der Versicherungsnehmer einen Einbrecher und wurde von diesem durch einen Schuss in den Kopf getötet. So steht es zumindest im Protokoll, das gerade eben eingereicht wurde. Am Morgen nach der Tat, möchte ich im Übrigen betonen, an dem Angehörige normalerweise mit Bestattungsunternehmern, Verwandten und Arbeitgebern telefonieren, nicht mit der Versicherung des Sterbefalls.« Sie holte Luft. »Aber alle subjektiven Gefühle beiseite: Wenn der Einbrecher ohne Gewalteinwirkung ins Haus eindringen konnte – sprich durch ein geöffnetes Fenster oder eine unverschlossene Tür –, zahlt unsere Versicherung nicht.«

Herr Dr. Warteburg blickte sie ratlos an.

»Und deshalb schlage ich vor, mich undercover zu einer Untersuchung der Sachlage ins Landhaus der Hinrichsens zu schicken.« Marie klappte die Akte zu, legte ihre Hände darauf und sah Herrn Dr. Warteburg an.

Seine Reaktion fiel wie erwartet aus. »Äh, ja.«

Marie strahlte. »Ich wusste, dass Sie die Sache genauso sehen würden wie ich. Versicherungsbetrug lassen wir uns nicht unterschieben. Ich werde den Fall restlos aufklären. Danke für Ihr Vertrauen, Herr Dr. Warteburg, ich werde Sie nicht enttäuschen.« Ohne ihrem Vorgesetzten die Möglichkeit einer Entgegnung zu geben, rauschte Marie aus dem Zimmer. Herrn Dr. Warteburg hatte sie um den Finger wickeln können, jetzt musste sie nur noch diesen Fall zum Wohle der Versicherung lösen und ihre Beförderung war gesichert, Jakob Jaritz war so gut wie Geschichte. Dieser Fall stach Jaritz' letztes Erfolgserlebnis. Nur in einer Familie völlig Verrückter wäre es möglich, dass die vorgelegte Statistik tatsächlich der Wahrheit entsprach.

Aus den Informationen, die sie der Akte entnommen hatte, war hervorgegangen, dass es zwei Angestellte auf dem Landsitz gab. Marie hatte sogar eine Telefonnummer ausfindig machen können, die sie direkt mit dem Dienstmädchen verband. Eine Frau Pirker. Marie setzte sich an den Schreibtisch, griff zum Telefon und wählte die Nummer.

»Guten Tag, spreche ich mit Frau Pirker?«, fragte sie freundlich, als die Verbindung zustande gekommen war.

»Herzlichen Glückwunsch, Sie haben gewonnen. Ein vier-
wöchiger Kuraufenthalt auf der Nockenalm in Inner-
krems. Ich hoffe, Sie können schnell Ihre Koffer packen.«
Marie lachte vertrauensvoll und gratulierte sich, als die
Frau am anderen Ende begeistert aufschrie. Dieser Fall
war so *einfach*.

11. DIE ERMITTLUNG

Chefinspektor Reichel hatte sich einen starken Espresso
gekocht und etwas Milch hineingegeben. Er setzte sich an
seinen Schreibtisch, legte die Füße hoch und schloss die
Augen. Ein bisschen Ruhe und Frieden, das war alles, was
er im Augenblick wünschte. Eine kurze Pause, in der er
seinen Kaffee genießen konnte und nicht an die vor ihm
liegenden sechseinhalb Tage denken musste.

Mit einem Knall flog die Bürotür auf und Huber und
der Gerichtsmediziner Dr. Billinger standen im Raum. Vor
Schreck verschüttete Reichel seinen Kaffee. Was machte
Dr. Billinger denn hier? Es schien ja wichtig zu sein, wenn
er den Weg von Klagenfurt, wo sich das Gerichtsmedizinische Institut befand, nach Lendnitz auf sich genommen hatte.

»Was haben S' herausgefunden?«, rief Dr. Billinger und
stürzte auf ihn zu.

»Haben Sie mal ein Taschentuch?« Reichel wandte sich

an Huber. Sein Assistent war wie immer gut ausgerüstet und Reichel wischte den Kaffee auf.

»Und?«, bohrte der Gerichtsmediziner weiter nach. »Jetzt sagen S' schon!«

»Das wollte ich eigentlich Sie fragen«, gab Reichel zurück. »Haben Sie schon Obduktionsergebnisse?«

Dr. Billinger machte eine wegwerfende Handbewegung. »Ist alles in die Wege geleitet, mein Assistent bereitet die Leiche gerade vor. Morgen Früh kann ich Ihnen alles sagen. Jetzt geht es mir um Fingerabdrücke. Auf der Tatwaffe wurden gleich mehrere gefunden. Wir von der Gerichtsmedizin arbeiten ja eng mit der Spurensicherung zusammen«, fügte er hinzu. Vermutlich wollte er Reichel aufs Butterbrot schmieren, dass er im Gegensatz zum Chefinspektor schon von der Forensik gehört hatte. Diese Großstadtpolizisten!

Hubers Augen leuchteten auf und Reichel wurde mulmig zumute. Zwei Ermittler, die mit Feuer und Flamme bei der Sache waren, das konnte nichts Gutes bedeuten. Vor allem für ihn.

»Natürlich!«, rief Huber. »Wir müssen sofort von allen Fingerabdrücke nehmen.«

Reichel kniff die Augen zusammen.

»Die Spurensicherung kann dann die auf der Tatwaffe gefundenen mit denen der Familie vergleichen. Es bleibt ein unbekannter Abdruck und voilà, wir haben unseren Täter!« Huber trat aufgeregt von einem Bein aufs andere und strahlte Dr. Billinger an.

»Es wundert mich, dass Sie sich nicht längst darum gekümmert haben«, merkte der Gerichtsmediziner an und hob eine Augenbraue. »Wissen S', ich stehe ja in direktem Kontakt zum Polizeipräsidenten.«

Reichel zog die Augenbrauen hoch. Auch Huber wirkte irritiert.

»Wir gehen gern mal ins Augustin auf ein Bier.« Jetzt verzog sich Dr. Billingers Mund zu einem selbstgefälligen Lächeln. Reichel fragte sich, worauf er hinauswollte.

»Nun ja, und da kommt das Gespräch natürlich auch hin und wieder auf unseren Superpolizisten, Chefinspektor Reichel in Lendnitz, der einem Serienmörder das Handwerk gelegt hat.«

Daher wehte der Wind also. Huber stellte sich sofort auf die Zehenspitzen und grinste breit.

»Ich persönlich halte diesen heldenhaften Einsatz für einen Ausrutscher«, fuhr Dr. Billinger fort. »Ich glaube nicht eine Minute, dass ein Dorfpolizist so hell in der Birne ist.«

»Was soll das denn heißen?«, fragte Huber. Sein Lächeln war verschwunden.

»Nun ja.« Dr. Billinger kramte ein kleines Putztuch aus seiner Tasche hervor und machte sich daran, seine Brille zu polieren. »Ich gehe davon aus«, er hauchte auf die Brillengläser, »dass Sie wie alle Dorfpolizisten nur Ihre Zeit bis zur Pensionierung absitzen …«

Reichel beschloss, diese Beleidigung zu ignorieren. Er hatte sich engagiert, vor ein paar Monaten erst, als sie den Serienmörder gestellt hatten.

Hubers Stolz war jedoch gekränkt. »Hey!«, rief er wütend.

»… und dass die Ergreifung des Serienmörders purer Zufall war.«

Nun ja. Wenn man es so formulierte … Reichel kratzte sich an seiner Glatze.

»Das Vorgehen im aktuellen Fall gibt mir recht«, schloss Dr. Billinger seine Ausführungen. »Fern steht es mir, Ihnen vorzuschreiben, wie Sie Ihre Ermittlungen führen sollen. Ich möchte nur anmerken, dass es eine eher ungewöhnliche Methode ist.« Er hielt seine Brille prüfend gegen das Licht. Zufrieden mit dem Ergebnis setzte er sie wieder auf und sah Huber in die Augen. »Um nicht zu sagen: eine nachlässige Methode.«

»Der Herr Chefinspektor weiß genau, was er tut«, sagte Huber entschieden. Reichel war fast gerührt von dem Vertrauen, das sein Assistent in ihn hatte.

»Im Übrigen könnte er viel besser arbeiten, wenn der zuständige Gerichtsmediziner ihm endlich seinen Obduktionsbericht zukommen lassen würde.« Huber warf Dr. Billinger einen bösen Blick zu. Dessen spitze Nase zuckte und der kleine Mann schob sein Kinn nach vorn.

Reichel seufzte. Wenn er eine Eskalation vermeiden wollte, musste er wohl eingreifen.

»Wie wäre es, wenn wir jetzt sofort zum Landgut fahren und uns um die Sache mit den Fingerabdrücken kümmern?«, schlug er vor.

Huber und Dr. Billinger schienen ihn nicht gehört zu haben. Sie funkelten sich weiterhin an, bis der Gerichtsmediziner schließlich nachgab. »Eine vernünftige Idee«, sagte er und knöpfte sein Cordsakko zu. »Je schneller wir diese Familie überführen, desto besser.«

Reichel, der sich seinen Mantel schon halb übergestreift hatte, hielt inne. »Was soll das denn heißen?«

»Da ist etwas faul.« Der Gerichtsmediziner rückte seine Fliege zurecht. »Frisch Zugezogene aus Norddeutschland, denen traue ich nicht weiter, als dass ich spucken kann.«

»Frisch zugezogen?« Huber zog skeptisch die Augenbrauen hoch. »Soweit ich weiß, leben sie seit 20 Jahren hier.« Also etwa kurz nach Hubers Geburt.

»So ein Schmäh. Zuagraste bleiben Zuagraste. Und ich weiß nicht was, aber es ist sicher, dass diese Familie nicht ganz sauber ist.«

»Aha.« Reichel war ein wenig ratlos. Seit wann sprachen Gerichtsmediziner Verdächtigungen aus? Nicht nur, dass er mit dem Polizeipräsidenten Bier trinken ging, er fühlte sich offenbar als Ermittler.

»Wahlkärntner sind auch Kärntner. Denken Sie nur an unseren ehemaligen Landeshauptmann«, verteidigte Huber die deutsche Familie. Er kannte sie eben noch nicht. »Fingerabdrücke nehmen ist natürlich nie verkehrt.« Auf Hubers Gesicht lag wieder ein Lächeln. Reichel vermutete, dass der junge Mann sich am liebsten die Hände gerieben hätte. Es war das erste Mal, dass er die Gelegenheit bekam, Fingerabdrücke zu nehmen, und Huber freute sich immer wie ein junger Hund über Ermittlungen.

Reichel zog sich den Mantel an und wandte sich an Herrn Dr. Billinger: »Sie können die Ergebnisse dann sofort mit nach Klagenfurt nehmen und Ihren Kollegen von der Spurensicherung geben.«

»Die Forensik wird sich freuen.«

»Weshalb haben Sie überhaupt Ergebnisse von denen und wir nicht?«, fragte Huber misstrauisch.

Dr. Billinger lächelte. »Weil ich mich um diesen Fall kümmere.« Er stolzierte aus dem Zimmer.

Huber schnappte nach Luft. Sein Lächeln war verschwunden. »Das ist doch die Höhe!«, brachte er hervor.

Reichel klopfte ihm auf die Schulter. »Nicht persönlich nehmen. Die Spezialisten aus Klagenfurt halten gegen die Dorfpolizei immer zusammen.«

12. DIE FINGERABDRÜCKE

Glenn biss die Zähne zusammen und fuhr zu seiner Familie hinunter in den Salon. Wenn er herauskriegen wollte, wer der Mörder war, musste er in ihrer Nähe bleiben. Beobachten und Schlüsse ziehen. Letztendlich überführen.

Wie immer saßen alle im Wohnzimmer versammelt. Die Köchin war gerade dabei, den blutverkrusteten Teppich mit Seifenlauge einzuschäumen. Hin und wieder übernahm sie auch die Hausarbeit, Glenn vermutete, dass sie es gern tat, wenn auch mit viel Gestöhne. Aber sie liebte es, sich darüber zu beschweren, dass das Dienstmädchen nicht gut arbeitete. Mutter hatte sich inzwischen umgezogen und saß in einem tiefroten Kleid mit einer Zeitung auf dem Sofa. Sie hatte ihre Beine galant zur Seite gedreht, damit die Köchin arbeiten konnte. Rücksichtsvoll wie immer.

Gesine las ebenfalls. Sie hatte sich neben dem Bücherregal im Schneidersitz auf dem Boden niedergelassen und war vertieft in einen dicken Wälzer. Er beinhaltete vermutlich alles Elend dieser Welt.

Michael und Opa spielten Mau-Mau, Tante Martha hielt sich den Kopf und Frieda saß am kleinen Sekretär und ging Dokumente durch. Glenn rollte etwas näher. Es ging um Harrys Lebensversicherung. Glenn versuchte einen längeren Blick zu erhaschen, doch Frieda schob die Papiere zusammen, steckte sie in einen Aktenkoffer und stand auf.

»Wo ist denn die Pirker?«, fragte Mutter. »Da müssen Sie Arme alles allein machen.«

Die Köchin strich sich mit dem gelben Gummihandschuh eine Haarsträhne aus dem erhitzten Gesicht. »Die Pirker rennt ganz aufgescheucht ume, hat irgendwas gwunnen. Aber des is ka Problem.« Sie lächelte Mutter an. »Würklich net. I helf Ihnen doch gern.«

Es klingelte. Die Köchin streifte die Gummihandschuhe ab, während sie ächzend auf die Beine kam. Einige Augenblicke später kehrte sie zurück.

»Die Kiebera«, kündigte sie an und widmete sich wieder dem Teppich. Ihr Gesicht drückte ziemlich genau aus, was sie von der Polizei hielt. Weniger als von ihrem Germteig, wenn er nicht aufgehen wollte. Wobei Glenn sich immer noch nicht sicher war, ob Germteig nun Hefeteig bedeutete oder eine besondere Spezialität der Köchin darstellte. Sie hatte so ihre Geheimnisse, was Rezepte anging. Michael war einmal nur haarscharf einem blauen Auge entgangen, als er in ihre Teigschüssel gegriffen hatte.

Chefinspektor Reichel betrat das Zimmer, den hageren Gerichtsmediziner und einen jungen Mann mit glänzenden Augen dicht auf den Fersen.

»Grüß Gott, die Herrschaften«, sagte Reichel.

»Herrschaften!«, rief Gesine entrüstet. »Was ist mit uns Frauen?« Sie machte Anstalten, Reichel ihr Buch an den Kopf zu werfen. Frieda nahm es ihr geistesgegenwärtig ab und zischte: »Jetzt ist nicht der Zeitpunkt für feministische Sprachkritik.«

»Nach Meinung des Patriarchats ist dafür niemals der richtige Zeitpunkt«, gab Gesine zurück. Setzte Glenn voraus, dass Frieda die Mörderin war, dann hatte er einen kleinen Aufschub. Wenn die Streiterei zwischen ihr und Gesine so weiterging, dann würde sie sich die Zeit nehmen, Gesine um die Ecke zu bringen, bevor sie Glenn den Garaus machte. Tröstlicher Gedanke.

»Bitte schön, Herr Chefinspektor, was gibt es?«, richtete Glenn die Aufmerksamkeit wieder auf den Inspektor.

»Wir hätten eine Bitte an Sie«, sagte Reichel.

»Aber natürlich. Jederzeit!« Mutter stand in einer fließenden Bewegung vom Sofa auf, die sie lange Jahre geübt hatte. Der Schlitz in ihrem Kleid zeigte dabei viel Bein. Der junge Mann, der mit dem Inspektor gekommen war, wurde rot. Glenn kicherte. Dem Kerlchen stand einiges bevor.

»Wir brauchen Ihre Fingerabdrücke«, sagte der junge Mann. »Mein Name ist übrigens Huber, ich bin Chefinspektor Reichels Assistent.« Artig gab er Mutter die Hand und wurde gleich noch einmal rot, als sie ihm, statt die dargebotene Hand zu nehmen, einen Kuss auf die Wange hauchte.

»Wozu?«, fragte Frieda.

»Auf der Tatwaffe wurden einige Fingerabdrücke gefunden, die wir mit Ihren vergleichen möchten. So können wir, wenn wir Glück haben, die des Täters identifizieren und sind Ihrem Einbrecher ein Stückchen näher gekommen.«

»Nein, hat keinen Sinn, der hat Handschuhe getragen«, sagte Michael, bevor Frieda ihm gegen das Schienbein treten konnte.

»Ach, tatsächlich?« Der Chefinspektor zog die Augenbrauen hoch. »Und woher wissen Sie das so genau?«

Michael wurde rot. »Ich ... äh ....«, stotterte er.

Frieda griff helfend ein. »Das habe ich ihm erzählt, Herr Inspektor. Sie erinnern sich? Ich habe den Mörder fliehen sehen.«

Der Polizist lächelte säuerlich. »Natürlich. Entschuldigen Sie, Frau Hinrichsen, das hatte ich ganz vergessen.«

Der Gerichtsmediziner machte eine richtige Prozedur daraus, die Fingerabdrücke aller zu nehmen. Huber schaute ihm fasziniert über die Schulter. Aus schmalen Augen beobachtete Dr. Billinger, wie Mutter elegant ihre Finger auf das Papier tupfte. Mit zusammengekniffenen Lippen sah er zu, wie Glenn seinen Daumen auf die Unterlage drückte, und Glenn stellte fest, dass der Mann aussah wie ein Geier. Er war nicht nur so klein und dünn, er besaß auch den gleichen langen faltigen Hals. Als Gesine an der Reihe war, forderte er eine Wiederholung der Prozedur, weil ihr Zeigefinger undeutlich war.

Glenn vermutete, dass er darauf aus war, sie zu verunsichern.

»Müssen Sie der ormen Famülie so an Stress machen?«, fragte die Köchin. Sie war mit dem Bearbeiten des Teppichs fertig und hievte den Eimer mit blutigem Wasser hoch, um ihn nach draußen zu bringen. »Feine Manieren habts ihr bei der Polizei.« Ohne den Gerichtsmediziner noch eines Blickes zu würdigen, verschwand sie nach draußen.

»Sie müssen auch Ihre Fingerabdrücke ...« Der Gerichtsmediziner rannte mit seinem Stempelkissen hinter ihr her. Im Gegensatz zum Chefinspektor schien er etwas von der Inszenierung um Onkel Harry zu ahnen. Das war gar nicht gut.

Als er zurückkam, war Opa an der Reihe, der daraufhin mit seinen tintigen Fingern die Spitzendecke des Couchtischchens beschmierte. Frieda holte seufzend einen feuchten Lappen.

»Ach, nun lassen Sie's gut sein«, entriss Tante Martha dem Gerichtsmediziner schließlich ihre Hand, als er all ihre zehn Finger mit Tinte eingefärbt hatte.

Glenn fand, es reichte mittlerweile. Als ob sie mithilfe der Fingerabdrücke irgendetwas beweisen könnten.

»Sagen Sie, Sie wohnen doch jetzt schon so lang da in Kärnten«, begann der junge Assistent. »Da fühlen Sie sich doch schon sicher wie richtige Kärntner.«

Glenn musterte diesen Huber, Mutter strahlte ihn an. »Aber natürlich! So schön wie hier ist es doch nirgendwo auf der Welt, nicht wahr?«, flötete sie und nahm seinen Arm. Huber schaffte es, zu erröten und gleichzeitig dem Gerichtsmediziner einen Blick zuzuwerfen, den Glenn jedoch nicht deuten konnte. »Und erst die hübschen Männer!«, fuhr Mutter fort. »Fesch sagen Sie dazu, nicht wahr?«

Oh Gott, Mutter flirtete. Glenn wurde schlecht. »Sie haben doch jetzt alles, nicht wahr?«, fragte er abrupt und drehte seinen Rollstuhl zur Seite.

»Natürlich«, sagte der Chefinspektor und winkte seine Kollegen zur Tür. »Vielen Dank für Ihre Kooperation. Wir wissen es wirklich zu schätzen.«

Mit einem letzten Blick auf Mutter nickte Huber eifrig und die drei Herren von der Polizei verschwanden.

Glenn folgte ihnen und sah interessiert zu, wie sie über den Hof gingen. Der Chefinspektor marschierte mit zusammengezogenen Schultern in der Mitte, als wollte er sich vor den beiden anderen schützen. Der Gerichtsmediziner redete heftig gestikulierend auf ihn ein, woraufhin der Assistent einen roten Kopf bekam und zurückgestikulierte. Solange die drei Polizisten genug mit sich selbst zu tun hatten, würden sie ihm seine Ermittlungen nicht vermasseln. Zufrieden rollte Glenn zurück ins Wohnzimmer.

Dort tupfte Mutter ihre Hand gerade mit einem Spitzentaschentuch sauber und beäugte argwöhnisch, wie Gesine mit ihren schwarzen Fingern in einer Zeitung blätterte. Glücklicherweise war es ein Magazin mit Reportagen über den mittleren und fernen Südosten und deren Handhabung der Kinderarbeit. Die Vogue hätte Mutter verteidigt.

»Ist es nicht bald Zeit für den Tee?«, fragte Tante Martha und blinzelte kurzsichtig über den Rand ihrer Brille.

»Oh ja, endlich ein vernünftiger Vorschlag«, seufzte Mutter auf. »Bitte mit einem ordentlichen Schuss Brandy.«

13. DIE TARNUNG

Marie zog ihren Mantel aus, stellte den Koffer ab und schwenkte die Arme, um die Muskeln in ihren Schultern zu lockern. Die Fahrt im Postbus von Klagenfurt nach Lendnitz und der anschließende Fußmarsch durch den Regen bis zum Landgut hatten ihrem Rücken nicht gutgetan. Es waren insgesamt zwar kaum mehr als 40 Kilometer, aber die Straßen hier draußen in der Provinz hatten eindeutig keinen Großstadt-Standard. Marie seufzte. Wenn sie erst einmal Abteilungsleiterin Süd war, musste sie solche Fahrten nicht mehr auf sich nehmen. Sie würde in einem noblen Dienstwagen fahren, vielleicht hin und wieder in einem Taxi. Aber immer mit hervorragender Polsterung. Und in die Kärntner Dörfer würde sie ihre Mitarbeiter schicken, sie würde sich nur an den mondäneren Orten blicken lassen rund um den Wörthersee. Vielleicht hin und wieder St. Veit, da konnte es auch lustig sein. Noch war es leider nicht so weit, dachte sie traurig, während sie ihre rechte Schulter massierte. Sie stand mit der Köchin, die sie durch das Haus geführt hatte, im Dienstmädchenzimmer und sah sich um. Ein Kasten, ein Bett, ein Sessel. Das war alles.

»Die Frau Pirker, die du vertrittst, mag's einfach«, erklärte die Köchin. »Du werst eh net vül Zeit hier verbringen, bei all der Arbeit, die's gibt.«

Das fing ja gut an.

»Dei Aufgab ist, des Haus sauber zum holten«, begann die Köchin. »Dazu gehören alle Räum, das Esszimmer, Wohnzimmer, das, wo sie Salon nennen, und der Gang, aber a die Zimmer der einzelnen Famülienmitglieder und die Badezimmer.«

Die Badezimmer. Oha.

»Außerdem servierst die Mahlzeiten. Glenn nimmt seinen Tee selten mit die anderen gemeinsam ein. Ihm bringst alles auf sein Zimmer, wenn er klingelt. Ansunsten bist für alles zuständig, wos gerade anfällt.« Die Köchin blickte auf ihre Armbanduhr.

»In einer halben Stund gibt's Abendessen. Am besten, du zigst di gleich um.« Die Köchin ging zum Kasten und holte ein Dirndl heraus, wie sie selbst eines trug. Weiße Bluse, blaues Kleid, rote Schürze.

»Des meinen S' doch net ernst?« Im Gespräch mit der Köchin verfiel auch Marie automatisch in einen stärkeren Dialekt. Als Abteilungsleiterin Süd würde sie natürlich reinstes Hochdeutsch, oder, nun ja, Hoch-Kärntnerisch, sprechen. Aber im Augenblick war eine kleine Verbrüderung oder besser Verschwesterung nicht das Schlechteste. Die Menschen plauderten mehr aus, wenn sie sich unter ihresgleichen fühlten, die Erfahrung hatte Marie schon einige Male gemacht.

Die Köchin zog die Augenbrauen zusammen. Seufzend griff Marie nach dem Dirndl. Zum Villacher Kirchtag trug sie zwar auch oft eines, aber hier? Als Arbeitskleidung?

»Fesch.« Sie versuchte zu lächeln, es gelang ihr aber nur mit einem Mundwinkel.

Nun gut, dachte Marie, als sie sich umzog. Ein paar Tage, höchstens zwei Wochen musste sie das Dienstmädchen für diese Leute spielen. Wie schlimm konnte das schon werden?

Marie zog den Ausschnitt der weißen Bluse so weit nach oben, wie es ging, band sich die Schürze um und atmete tief durch. Dann machte sie sich auf den Weg in die Küche. Dort hantierte die Köchin am Herd und deutete auf einen rot leuchtenden Knopf an der Wand.

»Des ist dei Aufgabe«, sagte sie. »Glenn wüll seinen Tee.«

Marie nickte. Tee kochen, das konnte sie. Sie setzte Wasser auf, suchte in den Kästen nach Geschirr und versuchte nebenbei, mit der Köchin etwas Konversation zu machen.

»I hob gehört, es hat hier an Einbruch gegeben?«, fragte sie beiläufig.

»Letzte Nacht«, antwortete die Köchin und rührte in ihren Töpfen.

»Haben S' was gemerkt davon?« Marie war stolz auf ihren naiven Tonfall.

Die Köchin zuckte mit den Schultern »Er hat Onkel Harry ermordet. I hob den Täter fliehen gsegn. War a ganz schöner Schreck«, sagte sie ohne besonders verschüchtert zu wirken.

»Echt? Wie furchtbar!«, legte Marie dafür an Dramatik zu. »I glab, i kennt nie wieder ruhig schlafen, wenn i so was gsegn hätt.«

»Do san schon ganz andere Sachen passiert.«

Marie spitzte die Ohren. Klatsch und Tratsch unter den Dienstboten schien nach wie vor die beste Informationsquelle in Herrenhäusern zu sein.

Doch die Köchin war offenbar nicht bereit, weiter mit Marie zu reden. »Da Tee wird kolt«, sagte sie brüsk und stellte das kleine Küchenradio lauter.

Marie ließ sich nicht entmutigen. Sie war schließlich noch keine zwei Stunden auf dem Landgut, hatte sich überzeugend als Dienstmädchen verkauft und war mit einer Hauptzeugin in Kontakt gekommen. Wenn das kein gutes Zeichen war.

Mit einer Kanne Tee, Milch und Zucker auf einem Tablett machte Marie sich auf den Weg ins obere Stockwerk, wo sich Glenns Zimmer befand, wie die Köchin ihr gesagt hatte.

»Sie sind nicht Frau Pirker«, begrüßte sie ein alter Mann im Rollstuhl. Er sprach ein solch norddeutsches Deutsch, dass Marie sich fast an die Ohren gegriffen hätte. Nach dem Kärntnerisch der Köchin klang es richtiggehend aggressiv. Das lag vielleicht auch an den zusammengekniffenen Augen, mit denen der alte Mann sie feindselig ansah. Er saß hinter einem Schreibtisch und machte keinerlei Anstalten, sie zu begrüßen.

Von Höflichkeit hielt man in dieser Familie wohl nicht viel. Oder von Höflichkeit gegenüber den Dienstboten. War das typisch deutsch? Marie knirschte mit den Zähnen.

»Ich bin ihre Vertretung. Frau Pirker ist in Kur.« Sie hatte das Gefühl, diesen Satz in den nächsten Tagen öfter sagen zu müssen.

Der alte Mann im Rollstuhl sah sie weiterhin misstrauisch an und deutete auf seinen Schreibtisch. »Stellen Sie das Tablett da hin«, befahl er. »Und trinken Sie einen Schluck von dem Tee.«

»Was?«

»Sind Sie schwerhörig? Stellen Sie das Tablett dort hin und trinken Sie einen Schluck.«

Marie war gekränkt. »Ich habe Sie schon verstanden. Ich weiß nur nicht, warum ich das tun soll.«

Der alte Mann sah sie an, als ob sie einen Sprung in der Schüssel hätte. »Probieren Sie. Woher soll ich wissen, dass Sie mich nicht vergiften wollen?«

»Das werde ich ganz bestimmt nicht tun! Wie kommen Sie denn auf so was?«, regte Marie sich unwillkürlich auf, bevor sie an ihren Fall dachte. Die unzähligen Todesfälle. Dieser alte Mann hatte gute Gründe, auf der Hut zu sein. Plötzlich war Marie froh, den Tee selbst zubereitet zu haben.

»Kein Problem«, sagte sie gespielt fröhlich und stellte das Tablett auf dem Schreibtisch ab. Sie goss etwas Tee in die Tasse und trank. »Sehen Sie? Kein Gift.«

Der Alte nickte missbilligend. »Dann holen Sie mir jetzt eine frische Tasse.«

Auf dem Weg nach unten in die Küche zählte Marie langsam bis zehn und atmete drei Mal tief durch. Sie würde durchhalten. Sie würde nicht auffallen, sie würde die Familie infiltrieren und an Informationen gelangen. Und dann würde sie den Hinrichsens Feuer unterm Hintern machen.

14. DAS DIENSTMÄDCHEN

Glenns Pause von seiner Familie war nur von kurzer Dauer. Er hatte gerade seinen Tee ausgetrunken, da war es auch schon Zeit fürs Abendessen. Im Esszimmer rollte er neben Mutter an den Tisch und sah die anderen der Reihe nach an. Offenbar war er gerade in ein interessantes Gespräch geplatzt. Frieda hatte den obersten Knopf ihrer Bluse gelockert, von dem Glenn immer fürchtete, dass er ihr die Luft abdrückte. Das war ein eindeutiges Zeichen dafür, dass sie aufgeregt war.

»Wann ist denn die Testamentseröffnung?«, fragte Mutter.

Ein brisantes Thema. Harry hatte als einziges Familienmitglied ein offizielles Testament gemacht und beim Notar hinterlegt. Bisher hatten sie nach dem Tod eines Cousins oder einer Tante einen handgeschriebenen Zettel in der Nachttischschublade oder in einer getragenen

Hose gefunden. Glenn wusste inzwischen auch, weshalb. Kein Familienmitglied machte sich bei bester Gesundheit Gedanken um seinen Tod. Irgendwann wurde es ermordet und der Mörder hatte vorsorglich ein Testament vorbereitet. Glenn rührte von seinem Abendessen nichts an. Vielleicht versuchten sie ihn zu vergiften. Das neue Dienstmädchen hatte Verdacht erregt, als sie sich geweigert hatte, seinen Tee vorzukosten.

»Testamentseröffnung«, schnaubte Frieda. »Als ob Onkel Harry Geld besessen hätte. Nein, meine Hoffnung liegt in der Versicherung. Sonst ist nichts zu holen.«

Tante Martha schüttelte traurig den Kopf und nahm ein zweites Stück vom Schweinebraten.

Mutter goss sich Rotwein nach. »Was denn? Rotwein ist gut fürs Herz«, verteidigte sie sich, als Opa sie vorwurfsvoll ansah. Opa schüttelte daraufhin nur den Kopf und schob ihr sein Glas näher.

»Oh, entschuldige bitte. Mein Fehler.« Mutter schenkte ihm nach.

»Wir sollten den Anwalt trotzdem anrufen«, gab Frieda schließlich zu. »Das gehört zum Standard.«

Die Tür ging auf und das neue Dienstmädchen betrat mit dem Servierwagen das Zimmer. Die junge Frau mit langen blonden Haaren trug ein Kärntner Dirndl, das bestimmt zwei Nummern zu groß war. Das war Glenn vorhin gar nicht aufgefallen. Er war so überrascht gewesen, statt Frau Pirker ein neues Gesicht zu sehen.

»Wer sind Sie denn?«, fragte Mutter leicht angeekelt. Die junge Frau hatte weder Lippenstift aufgelegt noch die Fingernägel lackiert, wenn Glenn genauer hinsah, war er sich nicht einmal sicher, ob sie sie überhaupt geschrubbt hatte. Für Mutter war solch ein Verhalten eine unverzeihliche Schluderei.

»Das ist das neue Dienstmädchen.« Glenn konnte sich seinen besserwisserischen Ton nicht verkneifen.

»Ich bin Marie«, stellte sich das Mädchen vor und machte einen ungeschickten Knicks. »Frau Pirker hat einen vierwöchigen Kuraufenthalt in Tirol gewonnen. Die Agentur hat mich als Vertretung geschickt.«

»Aha.« Damit war das Thema für Mutter erledigt und sie wandte sich an Gesine, um sie für ihren schwarzen Eyeliner zu rügen. »Weniger ist mehr, Kindchen. Ich werde dich mal zu einem Schminkkurs anmelden. Frau Mielendorf ist eine wunderbare Visagistin, ich frage sie, ob sie nicht einen Platz für dich frei hat.«

»Ich will keinen Schminkkurs. Ich will, dass sich die Einstellung der Menschen ändert.«

»Zu was?«, fragte Mutter verwirrt. »Eyeliner?«

Glenn beobachtete in der Zeit das neue Dienstmädchen. Ungeschickt stellte sie jedem einen Teller hin und verkleckerte beim Aufgeben die Soße. Michael spritzte sie sogar etwas Rotkohl auf den Schoß. Wenn ihr das bei Mutter passiert wäre, hätte sie den Abend nicht überlebt, dachte Glenn. Mutter trug wieder Spitze. Sie schien auf einen neuerlichen Besuch des Chefinspektors zu hoffen. Oder vielleicht seines jungen Assistenten, den schien sie schnell ins Herz geschlossen zu haben.

Nachdem das neue Dienstmädchen zweimal Besteck hatte fallen lassen, wurden auch die anderen aufmerksam.

»Mir kommt sie seltsam vor«, sagte Frieda, als die junge Frau das Zimmer wieder verlassen hatte. Frieda war eine ausgezeichnete Beobachterin. Glenn musste auf der Hut sein.

»Ausgerechnet heute fängt sie hier an«, fuhr Frieda fort. »Eine Ausbildung scheint sie nicht zu haben. Ungeschickt ist sie. Das ist kein Dienstmädchen. Ob sie von der Polizei hergeschickt wurde, um herumzuschnüffeln?«

»Eine Undercover-Polizistin?«, quiekte Michael ängstlich.

»Aber weshalb denn?«, fragte Mutter erstaunt. »Nein, sicher nicht. Die werden uns nicht verdächtigen. Die Herren Kommissare oder Inspekteure oder wie das hier heißt waren doch so sympathisch!«

»Vor allem der junge«, bemerkte Glenn.

Mutter lächelte versonnen und zuckte mit den Schultern.

»Ich habe keine Tatsachen festgestellt. Ich habe bemerkt, dass es ein merkwürdiger Zufall ist«, verteidigte Frieda ihre Position.

Glenn kniff die Augen zusammen. Frieda schien den richtigen Riecher zu haben. Ihm war das neue Dienstmädchen ebenfalls seltsam vorgekommen. Das war alles andere als angenehm. Er beschloss, sie im Auge zu behalten. Und sie alles vorkosten zu lassen, was sie ihm brachte. Das Wort Auftragskiller, das im letzten Tatort gefallen war, schwirrte ihm im Kopf herum. Vor zwei Wochen war seine Welt noch in Ordnung gewesen – für Hinrichsen-Verhältnisse. Dass ein Familienmitglied fähig war, jemanden anzuheuern, um ihn umzubringen, glaubte er nicht. Aber er hätte auch nicht gedacht, dass er sein Testament schon geschrieben vorfand.

»Mir wird ganz schlecht«, jammerte Tante Martha und nahm einen Schluck Wein.

Mutter blickte auf. »Haben wir eigentlich noch einen guten Grappa im Haus?«

15. DIE UNSTIMMIGKEIT

Chefinspektor Reichel saß in seinem Büro und malte kleine Paprikas. Tag sechs war gerade eben angebrochen und Reichel hatte beschlossen, neben dem Rosenbeet einen kleinen Gemüsegarten einzurichten. Karfiol, Zucchini und vielleicht Tomaten. Dafür musste er zunächst die Sonnenzeit messen. Es konnte sein, dass sein Garten nicht genug Licht bekam.

Noch sechs Tage Dienst. Von dem Einbruch würde er sich nicht stören lassen, darum kümmerte sich Huber. Der junge Mann hatte ein Phantombild anfertigen lassen und es an sämtliche Kärntner Zeitungen geschickt. Es zeigte einen Mann von mittlerer Größe mit einem Nylonstrumpf über dem unkenntlichen Gesicht. Huber hoffte, Zeugen zu finden, die den Einbrecher gesehen hatten. Der Chefinspektor versprach sich kaum Erfolg von dieser Idee, aber sein Assistent war beschäftigt und ließ ihn in Ruhe. Das war das Wichtigste.

Reichel suchte nach einem Korrekturstift und färbte eine Paprika rot. Einbrüche waren eine schwammige Sache und wurden nur selten aufgeklärt. Der Mord war glücklicherweise nur ein Zufallsprodukt. Sein Diensttelefon klingelte.

»Chefinspektor Reichel, was gibt's?«

»Eine Diskrepanz!«, schrie der Gerichtsmediziner ihm ins Ohr. Für seine mangelnde Körpergröße hatte er eine unglaublich laute Stimme.

Reichel hielt den Hörer auf Abstand. Du meine Güte, was hatte der Mann für eine Laune.

»Wo gibt es eine Diskrepanz?«, fragte Reichel, nachdem klar wurde, dass der Gerichtsmediziner weitere Informationen nur auf Nachfrage herausrückte.

»Der angebliche Todeszeitpunkt!«, schallte es lautstark aus dem Hörer. »Der Einbruch soll um ungefähr zwei Uhr nachts stattgefunden haben. Nach meinen Berechnungen muss der Tod aber schon gegen sieben Uhr am Abend eingetroffen sein. Ich wusste doch, dass da was faul ist! Mein Gefühl hat mich noch nie getrogen!«

Reichel runzelte die Stirn. »Sind Sie sicher?«

Der Gerichtsmediziner schnaubte. »Halten S' mich für einen Anfänger?«

»Nein, natürlich nicht«, beeilte sich Reichel zu sagen. »Es ist nur ein merkwürdiger Umstand, finden Sie nicht?«

»Allerdings! Wie ich schon dezent andeutete: Diese Deutschen haben Dreck am Stecken. Herr Chefinspektor, da gibt es jede Menge zu tun für Sie!« Mit der Ankündigung, sobald wie möglich einen Bericht zu schicken, legte der Gerichtsmediziner auf. Reichel rieb sich die Schläfen. Nach dieser Nachricht war es kein Wunder, dass er Kopfschmerzen bekam. Jetzt hieß es zuerst: Ruhe bewahren. Und vor allem kein Wort zu Huber.

»Herr Chefinspektor«, stürmte dieser genau in dem Augenblick zur Tür herein. »Ich habe gerade in der Gerichtsmedizin angerufen. Dachte, Sie wollen sicher wissen, was die Obduktion ergeben hat. Stellen Sie sich vor: Es gibt eine Diskrepanz!«

Reichel stöhnte und ließ den Kopf in seine Hände fallen.

»Wir haben einen Fall, Herr Chefinspektor!« Huber trat von einem Bein aufs andere und strahlte über das ganze Gesicht.

Reichel verzog den Mund. »Haben Sie vielleicht ein Aspirin?«

16. DAS TESTAMENT

Onkel Harry war seit zwei Tagen tot und Frieda hatte beschlossen, dass genug Trauerabstand gewahrt war. Sie hatte beim Notar angerufen und einen Termin ausgemacht.

Glenn wartete im Flur, während die anderen hektisch hin und her liefen. Mutter musste Opa in den Mantel helfen, dann gefiel ihr das eigene Outfit nicht mehr.

»Wir gehen zu einem Notar«, erklärte sie Gesine. »Der Mann hat sogar einen Doktortitel.« Einige Minuten später erschien sie in einem tief dekolletierten Cocktailkleid. Immerhin war es schwarz, was wohl Mutters Zugeständnis an die Umstände war, unter denen sie den Notar mit Doktortitel kennenlernen musste.

»Wie siehst du denn aus?« Gesine sah angeekelt auf Mutters Brüste und schloss den Reißverschluss ihrer schwarzen Strickjacke bis zum Hals. Zu Glenns und wahrscheinlich auch Gesines Erleichterung warf Mutter sich zumindest einen Sommermantel über ihr obszön ausgeschnittenes Kleid.

Sie fuhren im Rolls-Royce, in dessen großzügigem Kofferraum Glenns faltbarer Rollstuhl Platz hatte, zum Büro des Notars in Klagenfurt. Sehr nobel residierte der gute Mann am Alten Platz, was natürlich Parkplatzprobleme bedeutete. Glenn hoffte, sie würden am Pfarrplatz stehen bleiben können, er hatte keine Lust, allzu lang über holprige Pflastersteine durch die Stadt zu rollen.

Frieda setzte sich hinters Steuer, Mutter sicherte sich den Beifahrersitz und Glenn, Gesine, Michael und Tante Martha mussten sich auf den Rücksitz quetschen. Für Opa war kein Platz.

»Tut mir leid«, sagte Mutter zu ihm, und an die Köchin gewandt: »Stellen Sie ihm sein Lieblingsprogramm ein. Er kann so lange fernsehen, bis wir zurückkommen.«

»Ich erzähl dir später, was passiert ist«, bot Michael an.

Frieda fuhr genauso Auto, wie sie sich sonst auch verhielt: effizient, schnörkellos und ohne viel Rücksicht auf andere Verkehrsteilnehmer.

In der langen Geschichte der vielen Familientoten hatte es noch nie eine Testamentseröffnung gegeben und dementsprechend aufgeregt war die Stimmung im Auto. Mutter zupfte an ihrem Dekolleté herum, Gesine musste ihren desinteressierten Gesichtsausdruck ständig wieder gerade rücken und Tante Martha knüllte nervös ein Taschentuch zusammen. Michael vertrieb sich die Zeit mit einer Runde Mau-Mau, die er gegen sich selbst spielte. Nur Frieda war die Ruhe in Person. Ohne mit der Wimper zu zucken, legte sie den fünften Gang ein und überholte einen Trecker mit 150.

»Es wird nichts passieren. Wovor hast du Angst?«, fragte sie Mutter, die auf dem Beifahrersitz saß und inzwischen dazu übergegangen war, nervös mit den Fingern auf ihr Knie zu trommeln. Dabei war der Saum ihres Kleides so verrutscht, dass Glenn selbst vom Rücksitz ihr Strumpfband sehen konnte.

»Ich weiß es nicht. Vielleicht hat er dort ja die Absicht verkündet, sich umzubringen. Und was machen wir dann?«

Frieda zuckte mit den Schultern. »Der Mann ist Anwalt. Er steht unter Schweigepflicht. Nichts, was er uns in seinem Büro vorliest, darf er nach außen tragen.«

»Echt?«, fragte Michael verblüfft.

»Sicher. Anwälte, Ärzte und Priester. Die dürfen nichts sagen.«

»Was? Wenn ich dem heute erzähle, dass ich morgen Gesine umbringe, darf der mich nicht verpfeifen?« Michael war begeistert von der Schweigepflicht.

»Nein. Aber ich«, sagte Mutter resolut. Sie schien weniger begeistert von der Schweigepflicht.

Glücklicherweise war am Pfarrplatz tatsächlich ein Parkplatz frei. Glenn reichte Frieda seinen Behindertenausweis, falls irgendein übereifriger Polizist daherkam, dafür half sie ihm in den Rollstuhl.

Der Anwalt, ein noch recht junger Mann, stellte sich als Dr. Bäumler vor und begrüßte jeden einzelnen mit Handschlag.

»Servus«, sagte Frieda strahlend. »Griaß di.«

Gesine stöhnte laut auf und zischte: »Frieda! Lass es doch einfach, wenn du nicht damit umgehen kannst.«

»Es ist sehr wichtig, sich anzupassen«, begann Frieda, während sie ihren Rock glatt strich, doch Gesine unterbrach sie mit einem Schnauben.

Dr. Bäumler zog sich irritiert hinter seinen Schreibtisch zurück. »Zuerst einmal möchte ich Ihnen allen mein herzliches Beileid ausdrücken«, fing er an, unterbrach sich aber sofort, als Glenn »Kommen Sie zum Wesentlichen!« murmelte.

Dr. Bäumler schluckte zwar und blickte Glenn verärgert an, da jedoch auch Frieda und Mutter eifrig nickten, nahm er den verschlossenen Briefumschlag mit Onkel Harrys Testament zur Hand, der auf seiner polierten Schreibtischplatte gelegen hatte.

»Wir haben Harry geliebt, aber wir möchten wissen, was er uns mitzuteilen hatte«, erklärte Frieda begütigend, als der Anwalt beim Öffnen des Umschlags zögerte.

Dr. Bäumler nickte, räusperte sich und begann vorzulesen.

»Liebe Familie! Ich kann mir vorstellen, wie ihr dort alle nebeneinander sitzt. Opa, kichernd und sabbernd, Michael mit einem großen Fragezeichen im Gesicht. Glenn hat zur Feier des Tages seine griesgrämigste Miene aufgesetzt und Gesine ist ganz fasziniert von der Tatsache, dass meine Haut inzwischen so wächsern wirkt. Friedas Nüchternheit wirkt hoffentlich beruhigend auf Tante Marthas Herz und Mutter, bitte, knöpf dir die Bluse zu.«

Mutter sah entrüstet auf und flüsterte Frieda zu: »Ich habe ja gar keine Bluse an!«

Der Anwalt warf einen schnellen Blick zu Mutter, räusperte sich noch einmal und las mit rotem Kopf weiter.

»Aber kommen wir zum Wesentlichen. Zu dem, worauf ihr alle schon so lang wartet. Zu meiner großen Enthüllung.«

Frieda rutschte in ihrem Stuhl nach vorn.

»Denn dass ich kein Geld habe, wird kaum eine Überraschung sein. Die Lebensversicherung sollte euch allerdings zufriedenstellen. Nun aber genug der Nebensächlichkeiten. Liebe Familie: Ich habe eine Tochter.«

Entsetztes Schweigen füllte den Raum. Mutter fächelte sich Luft zu. Frieda setzte eine tief nachdenkliche Miene auf und Michael blieb der Mund offen stehen. »Wie jetzt?«, fragte er.

Glenns Gehirn arbeitete auf Hochtouren. Eine unbekannte Tochter. Das erweiterte die Möglichkeiten. Was, wenn sie sich an der Familie rächen wollte, die sie ihr bisheriges Leben nicht anerkannt hatte? Was, wenn diese Unbekannte ins Haus schlich, um sie nach und nach umzubringen? Was, wenn diese Unbekannte schon im Haus war? Glenn schnappte nach Luft.

»Nun ja«, setzte Dr. Bäumler mit einer Erklärung an. »In mehreren Gesprächen mit Herrn Harald Hinrichsen hat er mir von seiner Vergangenheit erzählt. In seiner Jugend kannte er wohl einige Frauen und … nun ja … Er hat eine Tochter«, schloss der Anwalt hilflos. »Sie heißt Luzie.«

»Du meine Güte!«, flüsterte Mutter.

»Das Dienstmädchen!«, sprang Frieda mit einem Mal von ihrem Stuhl auf. Wieder einmal erstaunte es Glenn, wie ähnlich sie beide doch dachten. »Hatten wir es uns doch gleich gedacht, dass das kein Dienstmädchen ist! Sie ist keine Undercover-Polizistin, sie ist Onkel Harrys Tochter!«

Tante Martha fasste sich an die Brust. »Eine Erbschleicherin«, heulte sie auf und fächelte sich Luft zu.

»Sei nicht albern. Onkel Harry hatte nichts zu vererben.

Seine Lebensversicherung läuft auf mich«, erklärte Frieda ihr.

»Na, Gott sei Dank!«, atmete Tante Martha auf.

Mutter schlug die Hände vors Gesicht. »Wie könnt ihr so über die Familie sprechen?«, fragte sie. »Luzie gehört doch zu uns. Stellt euch vor, das arme kleine Ding ist ganz allein auf der Welt. Ohne Vater, ohne ihren liebenden Schoß der Familie. Kein Wunder, dass sie nicht weiß, wie eine anständige Frau sich zu schminken hat.«

Glenn warf einen Blick auf die ›anständig geschminkte‹ Gesine und schnaubte. Mutter warf ihm einen vorwurfsvollen Blick zu. »Wir sollten sie mit offenen Armen empfangen! Luzie, unser neuestes Familienmitglied!«

»Ich weiß nicht.« Frieda blickte skeptisch.

Glenn nickte. Ein neues Familienmitglied bedeutete neuen Ärger. Erst recht, weil sich dieses Familienmitglied inkognito bei ihnen eingeschlichen hatte. Es ging immer um Geld.

»Haben Sie denn den vollständigen Namen und die Adresse dieser Luzie?«, fragte Mutter Dr. Bäumler.

»Herr Harald Hinrichsen und ich«, wieder räusperte sich der Notar und Glenn fragte sich, ob der Mann an einer chronischen Halskrankheit litt, »haben versucht, sie ausfindig zu machen. Aber es scheint, als ob ihre Mutter keinen Kontakt zwischen Herrn Harald Hinrichsen und seiner Tochter wünschte.«

»Und was machen wir jetzt?«, fragte Tante Martha zweifelnd.

Mutter breitete enthusiastisch ihre Arme aus. Frieda schob ihre Hand weg. »Nichts. Wir gehen mit Marie um wie bisher«, sagte sie.

»Luzie«, warf Mutter ein.

Frieda rollte mit den Augen. »Luzie«, fuhr sie fort. »Wir lassen uns nichts anmerken. Wir sagen ihr nicht, dass wir Bescheid wissen.«

»Und wenn wir wissen, was ihre Absichten sind, können wir sie später mit offenen Armen empfangen«, sagte Mutter. »Wie schön!«

Frieda warf ihr einen begütigenden Blick zu. »So machen wir es.«

Mutter strahlte.

»Jetzt fahren wir nach Hause. Es ist Zeit fürs Mittagessen«, schlug Frieda vor, drehte sich dann zu Dr. Bäumler. »Pfiat di!«, winkte sie fröhlich.

Gesine tat, als wollte sie ihren Kopf gegen die Tür schlagen. Dr. Bäumler winkte verunsichert zurück. »Pfiat Gott.«

17. DER HAUSHALT

Marie wünschte sich eine Kopfschmerztablette, eine Rückenmassage und ein entspannendes Fußbad. Vielleicht etwas Baldrian. Sie arbeitete nicht einmal 24 Stunden als Dienstmädchen im Haus der Hinrichsens und schon konnte sie sagen, dass es der schlimmste Job ihres Lebens war.

›Moderne Sklaverei‹ – dieses Stichwort hatte Gesine einige Male verwendet. Marie fragte sich, ob sie wohl einmal auf die Idee gekommen war, dass sie selbst eine moderne Sklavenhalterin war.

Als die fürchterliche Familie auf dem Weg nach Klagenfurt war, hatte Marie aufgeatmet. Endlich allein. Sie konnte in Ruhe anfangen, nach Hinweisen zu suchen, nach Indizien, die auf einen Versicherungsbetrug hindeuteten. Ganz nebenbei räumte sie auf. Jetzt, wo sie mit einem Staubwedel bewaffnet im ersten Stock stand, kam die Realität zurück.

Sie hatte beschlossen, mit Mutters Zimmer anzufangen. Frau Hinrichsen hieß Roswitha mit Vornamen, aber da sie von allen, inklusive der Köchin, nur mit ›Mutter‹ angeredet wurde, hatte Marie sich angewöhnt, sie in Gedanken auch so zu nennen. Es war verwirrend genug, für vier Frauen der Familie die Anrede ›Frau Hinrichsen‹ zu benutzen.

Das Zimmer roch so durchdringend nach Lavendel, dass Marie als Erstes ein Fenster öffnete. Dann hängte sie die Kleidungsstücke mit viel Pelz und Spitze in den Kasten und klaubte die hauchdünne Unterwäsche, die überall herumlag, zusammen. Als Nächstes machte sie sich ans Abstauben der venezianischen Masken, mit denen Mutter ihr Zimmer ausstaffiert hatte, und putzte schließlich die Spiegel. Mutter besaß drei: einen Ganzkörperspiegel an der Innenseite der Tür ihres Kleiderschranks, einen beleuchteten Schminkspiegel über einem Tisch mit Unmassen von Make-up und einen großen Spiegel an der Decke ihres Himmelbetts, von dem Marie nicht wissen wollte, weshalb Mutter ihn dort aufgehängt hatte. Es schauderte sie allein bei der Vorstellung. Nun ja. Eine Detektivin musste eben gute Nerven haben, dachte Marie heroisch. Sie hätte beinahe laut aufgeschrien, als ihr aus der Bettwäsche ein grellbunter, mit Noppen verzierter Gegenstand entgegenfiel.

Sie schloss für einen Augenblick die Augen und nahm sich vor, Desinfektionsmittel zu kaufen. Mutters Zimmer war ein Gruselkabinett. Marie holte den Staubsauger, zählte in Gedanken bis zehn. Mit spitzen Fingern warf sie die leeren Kondompackungen weg, die sich vorn an der Staubsaugerdüse festgesaugt hatten. Sie brachte das Gerät zurück auf den Gang, schüttelte sich und schloss die Tür zu Mutters Zimmer. So bald würde sie die nicht wieder öffnen.

In ihrem Zimmer, das sich in einem kleinen Anbau im Erdgeschoss befand, wusch sie sich die Hände. Sehr lang und mit viel Seife. Sie hatte gerade die Schürze abgelegt, da hörte sie, wie der Rolls-Royce in die Einfahrt bog. Die Familie war zurück, es war Zeit fürs Mittagessen.

Marie seufzte und dachte an Frau Pirker. Was für ein Leben, Dienstmädchen im Haus der Hinrichsens zu sein. Die arme Frau hatte ihren Kuraufenthalt redlich verdient. Sie band sich die Schürze wieder um und ging in die Küche, wo die Köchin schon den Servierwagen beladen hatte.

»Dast ma diesmol alles richtig machst!«, brummte sie. Der Frau lag die Familie wirklich am Herzen, auch wenn Marie nicht verstehen konnte, warum. Sie schnappte sich den Servierwagen und rollte ihn ins Esszimmer.

»Mahlzeit«, begrüßte Marie die Familie mit einem falschen Lächeln auf den Lippen.

»Danke schön«, strahlte Mutter zurück. Und hörte nicht mehr auf zu strahlen. Marie blinzelte. Was war denn mit der los?

»Sei nicht albern.« Frieda gab Mutter einen Stoß in die Rippen.

Marie blickte von einer Frau Hinrichsen zur anderen. Mutter lächelte weiterhin.

Opa suderte vor sich hin und schlug mit seinem Löffel auf den Tisch, also kümmerte Marie sich ums Servieren. Sie stellte Opa den ersten Teller hin, über den er sich begeistert hermachte. Missbilligend sah Mutter zu, wie Michael seine Leberknödelsuppe schlürfte.

»Kein Benehmen hat die Jugend heutzutage«, monierte Tante Martha.

»Laut Knigge ist es erlaubt, die Suppe zu schlürfen«, sagte Gesine. »Auch wenn ich nicht vorhabe, Michael zu verteidigen.«

»Tatsächlich?«, fragte Tante Martha mit zusammengezogenen Augenbrauen.

Gesine nickte.

»Gesine liest viel«, sagte Mutter stolz zu Marie.

»Es ist uns aufgefallen«, bemerkte Frieda schnippisch. »Kein Grund, hochnäsig zu werden«, sagte sie zu Gesine.

Es war also wieder Zeit für den Wettkampf, wer von beiden mehr wusste. Bereits nach der kurzen Zeit im Hinrichsen-Haushalt hatte Marie die Nase voll von den Streitereien.

»Ich bin nicht hochnäsig, ich weiß es einfach besser«, grinste Gesine.

»Ach, hört doch auf zu streiten!«, mischte Tante Martha sich ein. »Meine Migräne meldet sich wieder. Da vertrage ich Lärm überhaupt nicht.«

Opa gefiel die Diskussion anscheinend, er grinste breit von einem Ohr zum anderen und senkte dann kichernd den Kopf. Etwas Suppe tropfte ihm vom Kinn, Mutter wischte sie ab.

»Opa, versuch du doch wenigstens, dich zu benehmen, wenn die anderen es schon nicht können«, schalt sie.

Marie wartete geduldig, bis alle mit der Vorspeise fertig waren, räumte die Suppenteller ab und fuhr ihren Servierwagen zurück in die Küche.

»Alles aufgegessn?«, fragte die Köchin und inspizierte die Suppenteller.

Diese Frau machte sich eindeutig zu viele Gedanken um ihr Essen. Marie räumte die benutzten Teller in die Spülmaschine und stellte neue auf den Servierwagen. Als Hauptspeise gab es Tafelspitz vom Kärntner Almochsen. Nur das Beste für ihre Arbeitgeber.

»Worn die eigentlich immer so?«, fragte Marie grimmig.

Die Köchin sah sie erstaunt an. »Wie ›so‹?«

»Schon gut.« Marie rollte den Servierwagen wieder in den Flur und zum Esszimmer. Auf zur nächsten Runde.

18. DER TODESZEITPUNKT

Das Dienstmädchen hatte gerade eben den Hauptgang serviert, da platzte der Chefinspektor ins Zimmer. Er brachte seinen Assistenten und den Gerichtsmediziner mit, der heute weitaus mehr einem Geier glich als sonst.

Wieso die Beamten sich auch jedes Mal so ungünstige Zeitpunkte aussuchen mussten! Glenn legte seine Serviette neben den Teller und wechselte einen Blick mit Frieda. Sie war genauso ungehalten über die Unterbrechung wie er. Allein Mutter kam der Überraschungsbesuch gelegen.

»Ich muss doch sehr bitten!«, entrüstete sich Tante Martha, die viel Wert auf gute Manieren legte. Glenn nahm an, dass sie dem Gerichtsmediziner sein Aufheben um die Fingerabdrücke übel nahm.

Der Chefinspektor ließ sich weder von ihr beirren noch von Mutter, die sich nach ihrer heruntergefallenen Gabel bückte und dabei tief in ihren Ausschnitt blicken ließ. Sein junger Assistent bekam jedoch einen Hustenanfall.

»Wenn Sie meine Fragen lieber auf dem Revier beantworten wollen, ist mir das auch recht«, grummelte Reichel.

Frieda stand auf. »Nein, kein Problem«, sagte sie entschuldigend. »Wir waren ohnehin fertig.«

»Gar nicht wahr!«, protestierte Michael. Mutter gab ihm einen leichten Schlag in den Nacken.

»Wir wollen den netten Herren von der Polizei helfen, wo wir nur können«, flötete sie und klimperte mit den Wimpern.

Glenn hätte fast laut aufgelacht, während Gesine andeutete, sich übergeben zu wollen.

Mutter führte Opa am Arm, Tante Martha stützte sich auf Frieda, während sie die Polizisten zum Wohnzimmer führten. Das Esszimmer war für eine polizeiliche Befragung ungeeignet, dort gab es nur ein Hirschgeweih, im Wohnzimmer zwei, und außerdem hingen Maiskolben an den Fenstern. Mutter fand das gemütlich.

»Ist etwas passiert? Oder warum die Eile?«, fragte Frieda, als alle im Wohnzimmer Platz genommen hatten.

»Wir hätten eine Frage bezüglich des Todeszeitpunktes«, begann der Chefinspektor, wurde jedoch vom aufgeregten Gerichtsmediziner unterbrochen. »Sie haben die

Leiche manipuliert!«, rief er und funkelte Frieda und Mutter böse an.

»Wir haben was?«

Der Gerichtsmediziner wollte sich weiter aufregen, doch der Inspektor trat ihm auf den Fuß.

»Was Herr Dr. Billinger Ihnen mitteilen will, ist Folgendes: Er hat festgestellt, dass der Todeszeitpunkt und der des vermeintlichen Einbruchs um mindestens sechs Stunden auseinanderliegen.«

»Vermeintlich? Was heißt vermeintlich? Ich selbst habe den Einbrecher flüchten sehen!«, entrüstete sich Frieda.

»Fragen Sie die Köchin. Sie kam rechtzeitig dazu!«

»Ich auch«, meldete sich Michael zu Wort. Mutter trat ihm vors Schienbein.

Der Chefinspektor seufzte und korrigierte sich: »Nun gut. Die Gerichtsmedizin hat festgestellt, dass der Todeszeitpunkt und der des sicher stattgefundenen Einbruchs um sechs Stunden auseinanderliegen.«

Glenn hielt die Luft an.

»Können Sie mir das erklären?«

Es folgte betretenes Schweigen. Nicht einmal Frieda konnte das. Reichel sah sie und Mutter scharf an. Den Gerichtsmediziner hielt nichts mehr. »Sie haben einen Mord verdeckt! Vielleicht sogar begangen!«

Der Chefinspektor legte ihm eine Hand auf den Arm und zischte ihm etwas zu, was Glenn nicht verstehen konnte.

»Oh nein!«, rief der Gerichtsmediziner und entriss Reichel seinen Arm. »Ich werde nicht still sein! Hier ist ein Verbrechen geschehen!«

Sein Arm wurde schon wieder mit Beschlag belegt, diesmal von Mutter, die ihm ein Glas in die Hand drückte. Verdutzt blickte der Gerichtsmediziner sie an.

»Scotch«, lächelte Mutter.

»Ist gut für Ihr Herz«, fügte Tante Martha hinzu.

»Kenntats ihr erklären, was des hier soll?« Die Köchin platzte ins Zimmer, zog das Dienstmädchen am Arm hinter sich her und trat mit in die Hüften gestemmten Händen vor den Chefinspektor. »Glaubts, meine Buchteln werden besser vom Warten?«

»Entschuldigen Sie, Frau ...« Der Chefinspektor war sichtlich verwirrt.

»*Warm* muss man sie essen, so sans am besten! Aber ihr habts eh ka Ahnung von gutem Essen!« Mit wehenden Röcken drehte sich die Köchin um und zog Marie hinter sich her nach draußen.

»Wo sie recht hat, hat sie recht«, pflichtete Mutter ihr bei. Der Rest der Familie, inklusive Glenn, nickte zustimmend.

Der Chefinspektor wischte sich den Schweiß von der Stirn und nutzte den Augenblick der Verwirrung, um seine Befragung fortzuführen. »Es stellt sich also die Frage: Was ist vorgestern Abend hier passiert?«

»Deshalb haben wir Sie gerufen! Damit Sie das herausfinden und den Mörder festnehmen!« Der Auftritt der Köchin hatte Frieda Zeit verschafft, sie hatte zu ihrer alten Form zurückgefunden. »Was können wir mit dem Todeszeitpunkt zu tun haben? Was nützt uns das?«

Offenbar hatte der Chefinspektor jedoch aus den Verhören der Nacht gelernt. »Sehen Sie, das ist genau die Frage, die ich mir auch stelle«, gab er zurück. »Aber eines ist sicher: Es geht um Geld.«

Glenn hatte das Gefühl, der ganze Raum hielt den Atem an.

»Denken Sie etwa, wir sind so oberflächlich?«, protestierte Mutter.

»Wie hoch ist die Versicherungssumme, die Sie kassieren?«, fragte Reichel.

»Das weiß ich nicht«, antwortete Frieda. »Ich schätze, drei- bis viertausend Euro. Höchstens.« Sie log, ohne mit der Wimper zu zucken. Glenn wusste, dass die Versicherungssumme weit höher lag. Kein Hinrichsen ließ sich unter 50.000 Euro versichern. Es war eine Sache der Ehre.

»Hm.« Der Chefinspektor schürzte die Lippen. »Das kann ich überprüfen lassen.«

»Tun Sie das.« Frieda lächelte.

Glenn war fasziniert. Dieses abgebrühte Frauenzimmer. Er war sich inzwischen fast sicher, dass Frieda die Mörderin war.

»Wie war eigentlich Ihr Verhältnis zum Toten?«, wandte sich Reichel an Mutter.

»Gut«, antwortete sie nonchalant. Glenn bemerkte eine kleine Schwingung in ihrer Stimme. Der Chefinspektor schien sie ebenfalls gehört zu haben. Er nickte wissend und drehte sich zu seinem Assistenten.

»Sie kümmern sich um die Versicherung.« Dann wandte er sich wieder an die Familie. »Ich kann nicht sagen, was genau hier passiert ist. Aber bei einer Sache bin ich mir sicher: An diesem Einbruch und an diesem Mord stimmt etwas nicht.«

Damit warf er sich seinen Mantel über und verschwand im dunklen Flur. Mutter zog anerkennend die Augenbrauen hoch und selbst Glenn musste zugeben, dass der

Herr Chefinspektor etwas von dramatischen Abgängen verstand.

Sein Assistent hastete mit einem schmachtenden Blick in Mutters Richtung ungeschickt hinterher, zurück blieb der Gerichtsmediziner.

Dessen Augen verengten sich. Er näherte sich Frieda, bis er nur wenige Zentimeter vor ihr stand. »Den Chefinspektor können Sie vielleicht einwickeln«, sagte er. »Aber nicht mich.« Er zeigte mit dem Finger nacheinander auf alle Familienmitglieder. »Ich weiß, was hier vorgefallen ist«, zischte er. »Sie haben Harry Hinrichsen ermordet. Dann haben Sie einen Einbrecher erfunden, um die Tat zu vertuschen.« Er reckte seinen langen Hals. »Und ich werde es beweisen!«

Glenn hoffte, dass er nur wild herumspekulierte, um eine Reaktion zu bekommen. Wenn es tatsächlich Beweise gäbe, wäre der Chefinspektor nicht einfach so gegangen, oder? Glenn überlegte. War es eine Falle?

Frieda sah dem Gerichtsmediziner ruhig ins Gesicht und sagte: »Es wird dem Einbrecher und Mörder gefallen, dass Sie Ihre Ressourcen auf Unschuldige verschwenden.«

Der Gerichtsmediziner schnaubte und drehte sich zur Tür. »Ich werde es beweisen!«, wiederholte er noch einmal, dann stürmte er nach draußen. Die Tür knallte hinter ihm zu.

»Ach, du liebe Zeit«, flüsterte Tante Martha. »Was machen wir denn jetzt?«

»Wenn die das rauskriegen!« Auch Mutter war ganz aufgeregt. »Dann ist doch die Hölle los!«

Tante Martha stöhnte auf. »Wir werden die Polizei im ganzen Haus haben. Nach Oma Margot werden sie fragen, nach Albert, weiß der Himmel, ob ihnen nicht noch einfällt, die Sache mit Florian und Jonathan zu untersuchen!« Sie lehnte sich in ihrem Stuhl zurück und jammerte mit schwacher Stimme: »Ein Herzanfall. Ich bekomme einen Herzanfall.«

Mutter holte ihr einen Brandy. Sich selbst schenkte sie ebenfalls großzügig ein.

»Wir müssen etwas unternehmen«, entschied Frieda.

Opa brummte unwillig.

»Frieda hat recht«, unterstützte Mutter ihre Schwägerin. »Vorsicht ist besser als Gefängnis. Wer weiß, was die einem bei Versicherungsbetrug aufbrummen.«

»Wir brauchen ein Ablenkungsmanöver«, stimmte Frieda zu.

Gesine verdrehte die Augen. »Wie wäre es mit einem Mord?«, fragte sie. »Das lenkt sie sicher ab.«

»Sei nicht albern, Kind«, schalt Mutter. »Wen sollen wir denn ermorden? Den armen Opa etwa?«

Glenn fiel vor Schreck fast aus dem Rollstuhl.

»Himmel, hört doch auf mit diesen schrecklichen Gedanken!«, rief Tante Martha.

Mutter goss ihr schnell Brandy nach.

Glenn versuchte, sich zu beruhigen. Mutter hatte sicher nur einen Witz gemacht. Oder?

»Gesines Idee ist nicht dumm«, sagte Frieda und legte nachdenklich einen Finger an die Lippen. »Ein Verbrechen an einem anderen Ort gibt ihnen zu tun. Ein Verbrechen in Lendnitz«, überlegte sie weiter, »eines, das den Verdacht von uns ablenkt.« Sie kniff die Augen zusammen und zog ihre Unterlippe zwischen die Zähne. »Ich hab's! Wenn in Lendnitz ein, zwei Einbrüche stattfinden«, begann sie, »eine Einbruchsserie. Die Zeitungen schreiben davon. ›Organisierte Verbrecherbande raubt Lendnitz aus.‹ Was weiß ich.« Sie machte eine wegwerfende Handbewegung.

»Zuerst der Einbruch hier im Landhaus«, fiel Mutter ein. »Onkel Harry wird erschossen, die Täter fliehen. Ein paar Tage später folgt ein Einbruch am Stadtrand, vielleicht wird ein Handy geklaut oder ein Radio. Am Wochenende darauf passiert etwas in der Stadt, vielleicht drei Tage später noch einmal.«

Dann konnte der Gerichtsmediziner nicht mehr leugnen, dass es den Einbrecher gab. Die Ermittlungen würden sich wieder darauf konzentrieren, einen Unbekannten zu finden.

Mutter strahlte. »Frieda, das ist genial!« Sie stieß mit Martha an und leerte ihr Glas in einem Zug. Friedas Wangen färbten sich leicht rot, ein kleines Lächeln konnte sie ebenfalls nicht unterdrücken. Bei der nüchternen Frieda machten Schmeicheleien Eindruck.

Glenn konnte nur den Kopf schütteln. »Wie ziehen wir das Ganze auf?«, fragte er.

»Hmmm.« Mutter legte den Kopf schräg. »Wir könnten natürlich irgendwelche kriminellen Elemente bezahlen, damit sie für uns in Privathäuser in und um Lendnitz einbrechen.«

Frieda schüttelt den Kopf. »Zu viele Mitwisser«, sagte sie.

»Es muss also jemand von uns sein. Jemand, der ohnehin eingeweiht ist.«

»Und wer soll das sein?«, fragte Michael unvorsichtigerweise. Die stechenden Blicke von Frieda und Mutter bohrten sich gleichzeitig in ihn.

»Aber ...«, protestierte er, doch Mutter fuhr ihm über den Mund. »Du hast schließlich die meiste Erfahrung«, sagte sie. »Außerdem besitzt du einen Tarnanzug.« Sie legte ihre Serviette zur Seite, schob den Stuhl zurück und stand auf. »Dann ist das ja beschlossene Sache«, verkündete sie und verließ mit einer eleganten Drehung das Wohnzimmer.

»Mutter!«, rief Michael.

Gesine kicherte, Tante Martha schob ihm ihren Brandy hin und Frieda tätschelte seinen Kopf. »Wird schon gut gehen«, sagte sie. »Du kannst auf unsere Unterstützung zählen.«

19. DIE KUR

»Sie sind wer?«, fragte der Chefinspektor misstrauisch.

Marie schickte innerlich ein Stoßgebet zum Himmel. Es war zwar fraglich, ob der Herr ihr die nötige Geduld schickte, in diesem Haushalt zu überleben, aber einen Versuch war es allemal wert.

Der Chefinspektor war die neueste Person, die ihr auf den Wecker ging. Wieso hatte sie ausgerechnet in dem Augenblick die Küche verlassen, als Reichel zur Haustür herausgestürmt war? Marie hatte ihn in die Küche geführt und so saßen sie sich jetzt am Küchentisch gegenüber, auf der einen Seite Marie, auf der anderen der Chefinspektor und sein Assistent. Wo die Köchin war, wusste Marie nicht. Nach ihrem eindrucksvollen Auftritt war sie beleidigt nach draußen verschwunden.

»Mein Name ist Marie Schwerdtfeger«, sagte Marie so höflich und neutral es ging.

»Warum habe ich Sie nicht schon früher kennengelernt?«

»Ich habe erst gestern angefangen hier zu arbeiten. Gegen Abend. Frau Pirker, das Dienstmädchen, ist für die nächsten Wochen in Kur. Ich bin ihr Ersatz.«

Der Assistent, Huber oder so ähnlich, schrieb eifrig mit.

»Interessanter Tag für die Anreise.«

»Verständlicher Tag, um in Kur zu gehen. Ich bin nur die Vertretung.« Hörte er ihr überhaupt zu?

Reichel wirkte nachdenklich. »Wenn ich es nicht besser wüsste, würde ich Sie für eine Undercover-Polizistin halten. Aber Sie gehören nicht zu meinen Leuten.«

Marie lächelte. Wie gut, dass niemand Versicherungsvertreter auf seiner Rechnung hatte. Jeder ging davon aus, dass Ermittler von der Polizei sein mussten. Wenn klar war, dass Marie nicht dorthin gehörte, wurde sie als unwichtig eingestuft. Das hatte ihr schon oft einen immensen Vorteil eingebracht.

»Was redet man denn so? Unter den Dienstboten?«, fragte der Inspektor wie beiläufig und beobachtete Marie aus den Augenwinkeln.

»Worüber? Über den Einbruch?«

»Den Einbruch, den Mord …« Der Inspektor machte eine ausladende Geste mit seiner rechten Hand.

»Die Köchin hat einen ziemlichen Schreck bekommen«, sagte Marie und dachte daran, wie ungerührt sie ihr davon erzählt hatte. Jahrelanger Dienst bei den Hinrichsens härtete jeden ab. »Sie hat den Einbrecher noch selbst gesehen.«

»Das hat sie mir auch erzählt. Ich wollte wissen, ob es irgendwelche ... inoffiziellen Dinge gibt, die besprochen werden.«

Marie machte ein erstauntes Gesicht. »Nein, tut mir leid, davon weiß ich nichts. Ich bin ja auch erst seit einem Tag hier.«

»Natürlich.« Er sah nicht aus, als ob er ihr glaubte. »Trotzdem, wenn Ihnen noch etwas einfällt oder auffällt, rufen Sie mich an.« Der Chefinspektor legte seine Visitenkarte auf den Tisch, lächelte Marie aufmunternd an und stand auf. Sein Assistent klappte sein Notizbuch zu.

»Einen schönen Tag noch«, wünschte Marie ihnen, dankbar für solch einen Chefinspektor. Er sah müde aus, überarbeitet und ganz und gar nicht motiviert. Er würde ihre Ermittlungen hoffentlich nicht weiter stören. Ermutigt begleitete sie ihn und seinen Assistenten zur Haustür.

Auf dem Weg zurück in die Küche traf sie die Köchin.

»Was schnüffelt der immer noch hier uma?«, fragte die Köchin und nickte in Richtung Haustür. »Mir ham ihm doch schon alles gesagt, was ma wissen!« Mit Schwung stellte sie den Sack Kartoffeln, den sie aus dem Keller geholt hatte, auf den Küchentisch.

»Wenn der uns ständig befragt, das Essen unterbricht und a Unruh in den Haushalt bringt, wie soll i da anständig kochen?«

Soweit Marie das beurteilen konnte, waren die Menüs der Köchin immer herausragend. Sie nickte jedoch verständnisvoll.

»I versteh a überhaupt net, was der Chefinspektor hier wüll«, sagte Marie gespielt unschuldig. »A Einbrecher hat a

Familienmitglied daschossn! Da sollt man doch besser den Verbrecher suchen, anstatt uns auf den Wecker zu gehen.«

Die Köchin zuckte mit den Schultern. »Wird wohl mit den vülen Todesföll zu tun haben. Erst vor ein paar Monaten ist Albert, der Diener, die Treppen obegfolln. Damals schon hat irgendein Versicherungshansl angedeutet, dass ihn jemand geschubst haben kennt.«

Jetzt kamen sie der Sache näher!

»Ach, und was sagn S' dazu?«, fragte Marie und riss ihre Augen so weit auf, wie es ging.

»So a Schmäh«, sagte die Köchen resolut. »Große Häuser san eben gefährlich und Albert hot net gschaut, wo er hintreten ist. Und den Einbrecher hab i selbst gsegn! A Frechheit, so a feine Familie wegen solcher schrecklichen Dinge zu verdächtigen. Und jetzt geh arbeiten, i muss den Germteig machen.« Brüsk drehte sie sich zum Herd, aus dem sie eine große Schüssel mit aufgegangenem Teig holte. Sie krempelte sich die Ärmel hoch, nahm den Teig heraus, streute Mehl auf dem Küchentisch aus und begann zu kneten.

Unzufrieden machte sich Marie auf den Weg ins Esszimmer, um abzuräumen. Dieses Gespräch hatte nichts ergeben. Wie die Köchin an die Unschuld dieser schrecklichen Menschen glauben konnte, war Marie ein Rätsel. Sie war fest davon überzeugt, dass den Mitgliedern der Familie Hinrichsen alles zuzutrauen war.

20. DIE KONKURRENZ

Jakob Jaritz knallte den Telefonhörer auf die Gabel und trat gegen den Papierkorb.

»Schauen S' nicht so blöd«, herrschte er den Praktikanten an, der gerade einen Aktenstapel in sein Zimmer trug.

Herr Dr. Warteburg, dieser Trottel von Chef, hatte ihm eben eröffnet, dass Marie Schwerdtfeger gestern zu einem Sondereinsatz aufgebrochen war. Undercover. Das konnte nur eins bedeuten: Sie wollte die Beförderung, die ihm zustand. Jakob zog seine sorgfältig gezupften Augenbrauen zusammen. Marie war seine schärfste Konkurrentin. Sie war nicht nur gut, sie war auch noch Dr. Warteburgs Schatzerl. In zwei Wochen stand die Vorstandssitzung an, in der über die Beförderung entschieden wurde. Wenn die Schwerdtfeger bis dahin ihren Fall gelöst hatte, würde Dr. Warteburg sicher sie für den Posten als Abteilungsleiterin vorschlagen. Aber der Posten stand ihm zu. Er, Jakob Jaritz, hatte den spektakulären Wellhofer-Fall gelöst und der Gesellschaft damit eine Schadenssumme von 1,5 Millionen erspart. Gut, nicht er hatte den Fall gelöst, sondern die kleine Aichwalder aus Abteilung C, aber das wusste niemand. Was konnte er dafür, dass das Diandle rettungslos in ihn verschossen war? Außerdem hatte er Geld in Rosen und ein Abendessen investiert, um sicherzugehen, dass sie den Mund hielt.

Nein, Marie Schwerdtfeger würde ihm nicht dreinpfuschen. Zuerst brauchte er ihren Aufenthaltsort, dann konnte er anfangen, ihre Ermittlungen zu boykottieren.

Bewaffnet mit seinem charmantesten Lächeln machte Jakob sich auf zur Personalabteilung. Die Sekretärin fraß ihn jedes Mal mit ihren Augen fast auf, ein Kinderspiel, ihr Maries Aufenthaltsort zu entlocken. Die Tür stand wie immer offen, die Sekretärin war jedoch nicht da, wahrscheinlich Post holen oder Kaffee kochen. Lässig lehnte er sich an die Wand und wartete.

»Konn i hölfn?«, hörte er eine Stimme hinter sich. Es war zwar nicht die ältere, rundliche Sekretärin, die hier normalerweise saß, aber er war immer noch Jakob Jaritz, Charmeur vom Dienst. Er würde auch diese hagere junge Frau zum Schmelzen bringen.

»Sie sind doch hier die Herrscherin des gesamten Wissens unserer Firma«, säuselte er.

»Kummans zum Punkt.«

Da hatte er wohl eine echte Schreckschraube erwischt. Irritiert runzelte er die Stirn. Das war keine gute Idee, auf diese Weise bekam er noch Falten. »Ich suche Marie Schwerdtfeger.«

»Net do.«

Langsam verlor Jakob die Geduld. »Richtig«, sagte er. Sein Lächeln verkrampfte sich mittlerweile etwas. »Deshalb würde ich gern wissen, wo sie ist.«

»Des konn i net sogn. Sunst no wos?« Ungeduldig trommelte sie mit den Fingern auf dem Schreibtisch.

»Wissen Sie, Marie und ich sind jetzt seit drei Jahren zusammen«, log er. Frauen, besonders die älteren, liebten Romantik. »Und ich dachte, es ist an der Zeit …« Er fuhr sich mit der Hand durch die Haare und sah zur Seite. »Ich habe ihr einen Ring gekauft«, sagte er in einem, wie er hoffte, verlegenen Tonfall.

»Ha, vül Glück!«, schnaubte die Sekretärin.

Jakob ignorierte sie und fuhr fort: »Da verstehen Sie doch sicher, wie wichtig es für mich ist, zu wissen, wo sie ist.«

»Na«, sagte die Sekretärin. »Wenn Sie ohnehin vorhobn, den Rest Ihres Lebens zommen zu verbringan, werdn Sie a no a poor Tog wortn kennan.« Sie drehte sich zu ihrem Computer um und begann zu tippen. »Wenn Sie mi jetzt weiter orbeitn lossen tatn?«

Das war doch die Höhe! Jakob machte auf dem Absatz kehrt und marschierte zurück in sein Büro, wo er gegen den Papierkorb trat. Der Praktikant, der schon wieder Akten umhertrug, sah ihn verschreckt an, und Jakob rollte mit den Augen. Er brauchte einen Plan, so viel stand fest.

21. DIE SPINNE

Marie servierte das Abendessen, als ihr einfiel, dass sie vergessen hatte, die Betten aufzuschütteln. Tante Martha hatte ihr zweimal eingeschärft, wie sehr sie es hasste, in einem ungemachten Bett zu schlafen.

Also ging Marie nach dem Dessert seufzend die Treppe hinauf in den ersten Stock. Sie fing mit Michaels Zimmer an, das so ein komplettes Chaos war, dass sie ihren Weg zum Bett durch Kleidungsstücke, CDs und Zeitschriften navigieren musste. Der Junge war großer Fan von neuen

Autos und 70er-Jahre-Pop. Ein Poster von ABBA hing an der Wand. Marie fragte sich, ob Gesine ihren großen Bruder wohl damit aufzog.

Opas Zimmer, das sie als Nächstes erwartete, war dennoch weit unangenehmer. Dort stank es nach Rinderbrühe, Mottenkugeln und Staub. Aber Opa hatte ihr verboten, ein Fenster zu öffnen. Außerdem musste sie aufpassen, nicht in irgendwelche klebrigen Dinge wie Zuckerln oder Kaugummis zu fassen, die Opa aus dem Mund gefallen waren. Marie beeilte sich, um schnell weiter zu Frieda gehen zu können.

Frieda war die Ordnung in Person. Alles lag abgezirkelt und in strategischen Abständen auf dem Schreibtisch, ihre Wäsche befand sich sorgfältig gefaltet im Kasten, kein Staubkorn war zu sehen, sogar das Bett war gemacht. Also zuckte Marie mit den Schultern, schloss die Tür und machte bei Gesine weiter. Die Wände waren allesamt schwarz gestrichen. Kein Wunder, dass das Mädchen grundsätzlich schlechte Laune hatte. Selbst bei strahlendem Sonnenschein musste das Zimmer eine Burg der Finsternis bieten. In einem Käfig auf dem Schreibtisch fiepte eine Maus vor sich hin. Die erschreckte Marie weniger als die Bewohnerin des Terrariums neben dem Bett. Während Marie die Decke aufschüttelte sah sie nervös nach der Vogelspinne. Sie konnte sie nicht entdecken. Zuerst fand sie es beruhigend und dachte, dass die Spinne sich verkrochen hatte, doch dann bemerkte sie das kleine Loch, das zwischen Terrariumdeckel und Terrariumwand klaffte.

Stocksteif blieb Marie stehen. Keinen Finger konnte sie rühren. Sie schrie so laut und so lang sie konnte. Ihre Stimme schrillte ihr in den eigenen Ohren.

Michael, den sie aus den Augenwinkeln am Gang vorbeischlendern sah, streckte seinen Kopf zur Tür herein.

»Jemand gestorben?«, fragte er.

»Ich … die … Spinne!«, weinte Marie fast und zeigte mit einem zitternden Finger auf das Terrarium.

»Was?« Bewegung kam in Michael. Er brauchte nicht einmal zwei Sekunden, um auf dem Absatz kehrtzumachen. Er schlug die Tür hinter sich zu und polterte die Treppe hinunter.

Das riss Marie aus ihrer Erstarrung. Sie raste Michael hinterher. Außer Atem stürmte sie ins Wohnzimmer, in dem sich die ganze Familie zu einem gemütlichen Leseabend versammelt hatte.

»Gesine!«, rief Michael. »Gesine, dein Kuscheltier ist abgehauen!«

Gesine blickte nicht von ihrer Zeitung auf. »Welches?«, fragte sie gelangweilt. »Und wohin?«

»Die Spinne!«, schrie Marie aufgeregt, die nur eiserne Selbstbeherrschung davor bewahrte, wie Michael auf den Couchtisch zu hüpfen.

»Ist schließlich dein Vieh!«, ergänzte Michael.

»Das Vieh heißt Perdita und ist harmlos. Der Biss der Grammostola pulchra ist einem Wespenstich vergleichbar und ruft beim Menschen höchstens schmerzhafte Rötungen hervor«, klärte Gesine missmutig auf. »Außer natürlich bei einer Allergie.« Sie zog die Augenbrauen hoch.

»Ich bin sicher allergisch«, rief Tante Martha und blickte sich suchend um.

Gesine seufzte, schlug die Zeitung zu und stand auf. »Ich geh mal nachschauen.«

Marie war sich sicher, dass Gesine mit den Augen rollte, als sie die Treppe hinaufging. Sie atmete auf und ließ sich in den nächstbesten Sessel fallen. Mutter auf dem Sofa legte ihre Vogue zur Seite. Tante Martha schob ihre Brille auf die Nase. Offenbar war Marie kurzfristig interessanter als die jeweilige Lektüre. Dabei war ihr nur zum Heulen zumute. Keine zwei Tage in diesem Haushalt und ihre Nerven waren schon so dünn wie Seidenpapier.

»Oh, oh«, hörte sie auf einmal Mutters besorgte Stimme. »Marie, bewegen Sie sich jetzt besser nicht.«

»Nein«, schluchzte Marie. Sie hatte es gewusst, in diesem Haushalt wurde sie sogar von den Spinnen verabscheut.

»Gesine!«, rief Frieda. »Komm her und befrei das Dienstmädchen von Perdita.«

»Wo ist sie denn?«, weinte Marie. »In meinen … auf meinem …«

»Kein Grund zur Beunruhigung«, sagte Tante Martha mitfühlend. »Wir haben ja gehört, dass man von dem Biss einer Vogelspinne nicht sterben wird.«

»Ich bin mir sicher, dass Perdita nicht beißt«, warf Mutter ein. »Gesine hat sie gut abgerichtet.«

Konnten Vogelspinnen abgerichtet werden? Marie zitterte am ganzen Körper.

»Gesine, Schatz!«, rief Mutter.

Marie stand kurz vor einem Nervenzusammenbruch. Gesine brauchte eine Ewigkeit, um zurück ins Wohnzimmer zu kommen und endlich das Tier aus ihren Haaren zu entfernen.

Marie schwor sich, nie wieder das Zimmer des Mädchens zu betreten. Außerdem beschloss sie, heiß zu baden, ein gutes Buch zu lesen und dann eine Schlaftablette zu nehmen. Ungestörte Ruhe, das war es, was ihr Nervenkostüm jetzt dringend brauchte.

22. DIE ÜBERSTUNDEN

»Ich kann mir nicht vorstellen, dass die etwas zu verbergen haben«, sagte Huber, während er vor dem Schreibtisch des Chefinspektors auf und ab tigerte. »So nette Leute!«

»Vor allem die Blonde mit dem vielen Haarspray, nicht wahr?«, schnaubte der Gerichtsmediziner. »Die ist doch viel zu alt für Sie, Sie Jungspund!«

Reichel ließ den Kopf in die Hände sinken. Es war halb sieben, seit mittlerweile anderthalb Stunden hätte er Feierabend haben können, aber die beiden Deppen vor ihm mussten sich streiten.

»Richtige Kärntner!« Huber ging nicht auf Dr. Billingers Kommentar über ›Mutter‹ Hinrichsen ein. »Sie sprechen sogar schon Kärntnerisch.«

Der Gerichtsmediziner schnaubte erneut, wobei Reichel ihm recht geben musste. 20 Jahre lebten die Hinrichsens schon in Kärnten und das Einzige, was sie gelernt hatten, war ›fesch‹?

»Die wollen Sie auf ihre Seite ziehen, wollen Sie glauben machen, sie könnten kein Wässerchen trüben. Und in Wirklichkeit planen sie schon den nächsten Mord!«

»Das sind sehr nette Menschen«, hielt Huber dagegen.

»Nette Menschen, die auf unsere Staatskosten hier leben, nicht arbeiten, weil sie in Deutschland vermutlich mit illegalen Methoden ein Vermögen gemacht haben und nun in unserer wunderschönen Gemeinde die Früchte anderer Leute Arbeit genießen! Ach, nun sagen S' doch auch mal was, Reichel!«

»Hätten Sie ein Aspirin?« Gerichtsmedizinische Verschwörungs- und Sozialtheorien gingen Reichel zu weit. Huber reichte ihm bereitwillig eine Tablette und ein Glas Wasser, dann wandte er sich wieder Dr. Billinger zu. »Wir haben doch überhaupt keine Beweise, dass an dem Einbruch etwas nicht stimmt.«

»Die werden wir bekommen!« Triumphierend hielt der Gerichtsmediziner die Dokumente mit den Fingerabdrücken in die Höhe. »Huber, wie alt sind Sie? 23?«, versuchte er es in beruhigendem Tonfall. »In Ihnen sehe ich Potenzial. Aber noch haben S' nicht die nötige Erfahrung, die nötige Reife.«

Konnte er diese beiden nicht einfach rausschmeißen? Und jetzt fing dieser Billinger auch noch an zu philosophieren!

»Sie sollten aus diesem Dorf heraus«, fuhr der Doktor fort. »Gehen S' nach Klagenfurt, Villach, meinetwegen auch Spittal, irgendwohin, wo keine Dörfler Ihre direkten Vorgesetzten sind«, er warf einen Blick zu Reichel, »und wo Sie bei Spezialisten wie mir etwas lernen können.«

»Meinen Sie etwa, hier lerne ich nicht genug? Wir haben einen Serienmord aufgeklärt«, entrüstete sich Huber.

»Mit viel Glück.« Der Gerichtsmediziner machte eine wegwerfende Handbewegung. »Ein blindes Huhn findet auch einmal ein Korn.«

»Wir haben hart gearbeitet«, verteidigte sich Huber. »Reichel ist in einer außerordentlichen Beförderung sogar zum Chefinspektor befördert worden!«

Reichel erinnerte sich an diesen schrecklichen Augenblick. Der Polizeipräsident hatte noch ›weitere heldenhafte Taten‹ von ihm erwartet.

»Nun öffnen Sie doch endlich Ihre Augen, junger Mann! Diese deutsche Familie besteht aus lauter Verbrechern.«

Huber presste seine Lippen zusammen, was Dr. Billinger endgültig aus der Haut fahren ließ. Er schnappte sich seinen Mantel, riss die Tür auf und stapfte, ohne Reichel eines Blickes zu würdigen, auf den Gang. »Sie sind schon genauso wie Ihr Chef!«, warf er Huber an den Kopf, bevor er verschwand.

»Und darauf bin ich stolz!«, rief Huber Billinger nach, während er die Tür hinter ihm zuschlug. Für einen Moment war Reichel fast gerührt. Dann meldeten sich seine Kopfschmerzen wieder. »Ich glaub, ich brauch noch ein Aspirin.«

23. DIE NACHTWACHE

»Michael, halb drei. Denk dran!«, schärfte Frieda ihrem Neffen ein.

Glenn saß Zeitung lesend in seinem Rollstuhl und achtete auf jedes Wort. Es ging um den Einbruch, den Michael heute Nacht zur Ablenkung begehen sollte. Wieder einmal ergab sich eine wunderbare Gelegenheit, Glenn um die Ecke zu bringen. Wie schon zuvor, wäre es auch diesmal ein Leichtes, einen fingierten Einbruch mit Mord zu begehen, diesmal mit Michael als Täter. Er musste höllisch aufpassen.

»Wecker stellen, aufstehen, in die Stadt laufen, Scheibe einschlagen«, zählte Michael auf. Er saß wieder auf dem Couchtisch, darauf bedacht, Perdita im Auge zu behalten, und zupfte an den Ärmeln seines Tarnanzugs.

Mutter und Tante Martha waren schon ins Bett gegangen, Frieda versuchte, Michael seine Aufgaben beizubringen, und Gesine spielte mit ihrer Vogelspinne. »Die arme Perdita«, sagte sie und schüttelte den Kopf. »Die hat echt was mitmachen müssen heute Abend.«

Glenn konnte ihre Anhänglichkeit an das widerliche Tier nicht verstehen. Aber das gehörte wahrscheinlich zu ihrer Protestphase, wie Mutter das Verhalten ihres Sprösslings immer entschuldigte.

Frieda verabschiedete sich ins Bett und Glenn folgte ihr. Mit Michael, Gesine und einer Vogelspinne wollte er nicht allein bleiben. Wer wusste schon, auf welche Ideen diese Kinder kamen!

Glenn fuhr nach oben, schloss seine Zimmertür ab und stellte den Schreibtischstuhl unter die Klinke. Noch einmal richtete er sich auf eine durchwachte Nacht ein. Michael musste er im Auge behalten. Ärgerlich, dass der im Internet bestellte Tarnanzug noch nicht angekommen war. Glenn streifte sich einen schwarzen Pullover über, schlüpfte in eine schwarze Hose und legte sich ins Bett. Die Bettdecke zog er bis zum Kinn. Er war gespannt, wie Michael den Einbruch aufziehen würde, denn seiner Meinung nach gab es zwei Möglichkeiten: Entweder es war wirklich ein Einbruch geplant und Michael vermasselte alles. Oder der Einbruch war nur Tarnung, und er, Glenn, sollte getötet werden.

Glenn kannte Michael besser, als ihm lieb war, und der junge Mann war dümmer als ein Sack Kartoffeln. Daher tendierte er zur ersten Möglichkeit. Aber er konnte nichts ausschließen. Am Ende würde sich Frieda als eiskalte Killerin entpuppen, die es auf ihn abgesehen hatte. Eiskalt war sie ohnehin die meiste Zeit, und dass ein Mörder im Haus war, konnte ebenfalls schlecht bestritten werden. Nach getaner Tat konnte sie behaupten, der Einbrecher wäre zurückgekommen. Glenn schüttelte grimmig den Kopf. »Nicht mit mir, Freunde«, flüsterte er in die Dunkelheit.

24. DER ANRUF

Chefinspektor Reichel schlief tief und fest. Der Wecker zeigte 2:43 und Reichel drehte sich auf den Rücken. Um 2:44 schrillte ein lautes Trillern in seinen Ohren.

»Elisabeth«, grunzte er und zog sich die Decke über den Kopf. Das Trillern veränderte sich nicht, und Reichel erinnerte sich daran, dass seine Frau zu ihrer Mutter gefahren war. Er musste allein mit dem Problem fertigwerden.

Wo war denn nur dieses verdammte Handy? Reichel griff zum Nachttisch.

»Es sollte besser wichtig sein!«, blaffte er in den Hörer.

»Ich rufe niemanden wegen Kleinigkeiten an«, kam die Stimme des Gerichtsmediziners etwas hochnäsig zurück.

»Also was gibt's?«

»Ich betreibe Nachforschungen.«

Nachforschungen. Was für Nachforschungen? Der Mann sollte Leichen obduzieren. Reichte es ihm nicht, Huber verrückt zu machen und wilde Verdächtigungen auszusprechen?

»Haben Sie neue Ergebnisse bezüglich der Leiche?«, fragte Reichel.

»Das würde nun wirklich bis morgen warten können.«

»Kruzitürken, weshalb rufen Sie mich denn dann an?«

Unter normalen Umständen konnte man Reichel als geduldigen Menschen bezeichnen. Er sah nicht nur gemütlich aus mit seiner Glatze und dem Bauch, er war es auch. Aber um kurz vor drei Uhr in der Früh zwischen seinem fünft- und viertletzten Diensttag waren die Umstände alles andere als normal. Es war also nicht verwunderlich, dass er ungehalten wurde.

»Jetzt halten Sie mal die Luft an, es ist schließlich Ihr Job, den ich hier mache. Besser als Sie, wohlgemerkt.« Der Gerichtsmediziner klang verstimmter als sonst.

Reichel fuhr sich mit der Hand über die Augen und seufzte. »Worum geht es denn?«

Billinger räusperte sich. »Verdächtige Elemente.« Er betonte jede Silbe. »Ich wiederhole: verdächtige Elemente. Sie sollten so schnell wie möglich zum Anwesen der Hinrichsens kommen.«

Reichel hörte ein Klicken in der Leitung, der Gerichtsmediziner hatte aufgelegt.

25. DER AUFBRUCH

Glenn hörte seinen Wecker viel zu spät. Es war fast drei, als er endlich wach wurde. Fluchend riss er die Decke weg und griff nach der Skimaske. Was, wenn Michael längst vor seiner Zimmertür stand und darauf wartete, dass Glenn den Kopf herausstreckte? Was, wenn Frieda oder Mutter ihm eine andere Falle gestellt hatten? Hastig zog er seine Schuhe an. An der Tür lauschte er. Jemand rumorte im unteren Stockwerk. Glenn riskierte es, die Tür einen Spalt zu öffnen, und konnte Licht aus dem Erdgeschoss den Flur heraufschimmern sehen. Sonst fiel ihm jedoch nichts auf. Alle Zimmertüren waren geschlossen, niemand hielt sich im Flur auf. Vorsichtig setzte Glenn einen Fuß hinaus. Den Rollstuhl musste er heute Nacht im Zimmer lassen. Michael hatte vor, nach Lendnitz zu marschieren, und er musste ihm folgen.

Glenn lauschte erneut, hörte nichts und wagte sich weiter vor. Unten lief jemand umher. Mit einem dumpfen Schlag fiel etwas zu Boden, dann fluchte Michael. Gut. Solange Michael allein war, hatte Glenn nichts zu befürchten. Er hörte die Haustür zuschlagen und beschleunigte seinen Schritt. Nur nicht den Anschluss verlieren. Er entschied sich dafür, den Umweg durch das Wohnzimmer und über die Veranda zu nehmen, um Michael nicht in die Arme zu laufen.

Glenns Augen begannen sich an die Dunkelheit zu gewöhnen und das Mondlicht reichte ihm, um Michaels Schatten zu sehen, der gerade zur Landstraße Richtung Lendnitz huschte. Glenn schlich ihm an die Hausmauer gedrückt nach. Er kniff die Augen zusammen. Stand dort vorn nicht ein Auto? Das musste wohl der als Dienstmädchen verkleideten Luzie gehören. Warum sie jedoch so weit außerhalb im Feld parkte, wunderte ihn. Glenn schüttelte den Kopf und ging weiter. Wolken schoben sich vor den Mond und Michael, der auf der Straße lief, war nicht mehr zu sehen. Glenn beschleunigte seinen Schritt, kam zum Ende des Gutshauses und prallte mit jemandem zusammen, der sich von der anderen Seite der Mauer genähert hatte. Glenn fiel rücklings auf den harten Boden und bemerkte, dass der andere ebenfalls hinfiel. Er tastete nach einem Stein. Michael! Er musste ihn ausgetrickst haben und zurückgekommen sein. Hatte der dumme Junge es also doch auf ihn abgesehen? Glenn umklammerte den Stock, den er neben sich gefunden hatte, und rappelte sich hoch. Gerade, als er sich auf Michael stürzte und zuschlug, gaben die Wolken den Mond wieder frei und er sah, dass es der Gerichtsmediziner war, den er da gerade mit voller Wucht am Kopf getroffen hatte.

»Sie?«, fragte er erstaunt, erhielt aber keine Antwort.

Der Mann lag leblos da und zeigte keinerlei Reaktion, als Glenn ihn mit seinem Fuß anstupste. Er tastete nach dem Puls. Schwach, aber regelmäßig. Der Mann würde sich wieder berappeln. Glenn überlegte einen Moment und entschied sich dann dafür, die Verfolgung Michaels fortzusetzen. Der Gerichtsmediziner würde hoffentlich keine Erinnerung daran haben, mit wem er zusammen gestoßen war und warum. Für Glenn war wesentlich interessanter, wie und wo Michael einzubrechen gedachte. Jetzt, da er sicher war, nicht das Ziel der heutigen Nacht zu sein, musste er dafür sorgen, dass Michael seinen Einbruch nicht vermasselte.

26. DIE SUCHE

Chefinspektor Reichel hielt das Lenkrad mit einer Hand, rieb sich den Schlaf aus den Augen und gähnte herzhaft. Was für eine anstrengende Idee, mitten in der Nacht auf dem Anwesen der Hinrichsens nach ›verdächtigen Elementen‹ zu suchen. Wer wusste schon, ob Dr. Billinger nicht Gespenster sah? Reichel fuhr in den Lendnitzer Kreisverkehr und bog in die Villacher Straße ab. Um diese Uhrzeit gab es keinerlei Verkehr in Lendnitz. Im schwachen Laternenlicht meinte Reichel für einen Augenblick zwei dunkel gekleidete Fußgänger auf der Böschung in einigem Abstand zueinander ausmachen zu können. Er blinzelte, sah noch einmal hin, da waren die beiden verschwunden. Hatte ihn der Gerichtsmediziner mit seinen Gespenstern angesteckt?, fragte sich Reichel. Natürlich war da niemand. Was sollte jemand nachts zu Fuß auf der Landstraße außerhalb von Lendnitz zu suchen haben? Er schüttelte den Kopf über sich selbst und trat aufs Gaspedal. Zwei Minuten später kam er am Landgut der Hinrichsens an. Alles war finster. Keinerlei ›verdächtige Elemente‹, wie er erwartet hatte.

Reichel stellte den Motor ab und schaltete das Licht aus. Nichts bewegte sich. Seufzend stieg er aus dem Wagen, er konnte nichts und niemanden sehen. Weder kriminelle Aktivitäten noch den depperten Gerichtsmediziner, der ihn für nichts und wieder nichts aus dem Bett geholt hatte. Er sah zur Straße und wieder zum Haus

»Dr. Billinger«, flüsterte Reichel, »wo sind Sie?«

Er bekam keine Antwort. Wo hatte sich der Möchtegernpolizist versteckt? Er fischte sein Handy aus der Tasche und wählte die letzte Nummer, die ihn angerufen hatte. Niemand hob ab. Na, das war ja die Höhe. Ihn erst mit einer ominösen Nachricht aus dem Bett locken und dann nicht erscheinen. Reichel stapfte zur Eingangstür und klingelte. Nichts passierte. Er zählte bis 20 und drückte erneut auf das Klingelschild. Diesmal kam er bis zehn, dann sah er, wie in einem Zimmer im oberen Stockwerk Licht anging. Jemand kam die Treppe herunter und schließlich öffnete ihm die schreckliche Frau mit den toupierten Haaren die Tür, die ältere Frau Hinrichsen, aber nicht die ganz alte. Die, die sie Mutter nannten. Wie war noch mal ihr Vorname? Roswitha? Er hätte Huber mitnehmen sollen.

»Ach, Herr Chefinspektor«, säuselte sie und ließ den Bademantel, den sie sich übergeworfen hatte, etwas von den Schultern gleiten, »das ist aber eine nette Überraschung.«

Das fand Reichel überhaupt nicht. »Haben Sie Dr. Billinger gesehen?«, fragte er knapp.

»Den Gerichtsmediziner?« Sie zog die Augenbrauen hoch und klimperte mit den Wimpern. »Leider nicht.«

»Ist Ihnen irgendetwas aufgefallen? Haben Sie etwas gehört? Gesehen?«

»Ich habe geschlafen. Erst durch Ihr Klingeln bin ich wach geworden. Aber wollen Sie nicht hereinkommen? Ich könnte schnell einen Kaffee kochen.« Sie legte eine Hand auf seinen Arm und lächelte.

Reichel machte einen Schritt zurück. Er hätte definitiv Huber mitnehmen sollen. Der lenkte die schreckliche

Frau ab. Glücklicherweise klingelte in diesem Augenblick sein Handy. Endlich!

Doch es war nur Huber. »Herr Chefinspektor, geht es Ihnen gut?«, keuchte der junge Mann ins Telefon.

»Wie bitte?«

»Ach, so ein Glück!« Huber atmete hörbar aus. »Ich habe Sie natürlich sofort angerufen. Das müssen Sie sich ansehen!«

»Dr. Billinger?«

»Was ist mit ihm?«, fragte Huber.

»Sind Sie mit Dr. Billinger zusammen?«

»Nein«, kam es verdutzt zurück, »ich warte vor Ihrer Haustür auf Sie.«

»Vor meiner Haustür? Warum um alles in der Welt?«

»Nun ja«, Huber stotterte etwas herum. »Das erkläre ich Ihnen vielleicht doch besser persönlich.«

Reichel seufzte. Weshalb meinte heute jeder, in kryptischen Andeutungen reden zu müssen?

»Ich bin in fünf Minuten da.« Nachdem er sein Handy zugeklappt hatte, wandte er sich wieder an Frau Hinrichsen.

»Sie haben es ja gehört, Arbeit.«

»Um diese Uhrzeit? Du liebe Güte. Sie sind wirklich mit Herz und Seele Polizist. Fantastisch.« Ihr Bademantel entblößte großzügig ihr Dekolleté, während sie sich an die Tür lehnte.

Reichel sah stur geradeaus auf die Wanduhr im Gang.

»Soll ich vielleicht schnell die anderen wecken? Möchten Sie sie befragen?«

»Bloß nicht!« In Panik hob Reichel die Hände. »Ich meine, kein Problem, Frau Hinrichsen. Wahrscheinlich war es ohnehin falscher Alarm. Ein ….« Reichel beschloss, bei der Wahrheit zu bleiben. »Verdächtige Elemente wurden gemeldet. Aber wie ich sehe, geht es Ihnen gut. Pfiat Gott!« Schnell drehte er sich um und hastete zu seinem Auto zurück. Das hatte ihm gerade noch gefehlt, ein weiteres Verhör mit der ganzen Bande.

Und was war mit Huber? Welche Spur verfolgte er gerade? Warum sollte er wieder zu seiner Wohnung fahren? Zurück im Auto ließ Reichel den Motor an. Und weshalb waren um diese Uhrzeit, zu der ganz Lendnitz still und friedlich schlief, sämtliche Kollegen hellwach und wollten etwas von ihm? Nachdem er erneut sein Handy gezückt hatte, musste er feststellen, dass der Gerichtsmediziner immer noch nicht abhob.

Wo steckte der Kerl? Vielleicht wusste Huber ja mehr. Oder dem Gerichtsmediziner war die Fantasie durchgegangen.

Da der Mond hinter einer Wolke verschwunden war, blendete Reichel das Fernlicht auf. Wieder hatte er das Gefühl, jemanden am Straßenrand zu sehen. Dieses Mal trat er auf die Bremse und sah genauer hin. Nein, da war nichts. Das Gefühl beschlich ihn, langsam paranoid zu werden – und das ausgerechnet kurz vor seiner Pensionierung. Er verfluchte Dr. Billinger und beschloss, sich durch nichts mehr beirren zu lassen. Das Blaulicht vor seiner Wohnung erhellte die halbe Straße. Dass seine Nachbarn noch nicht in ihren Bademänteln auf der Straße standen, wunderte Reichel. Auf dem Gehweg war ein Parkplatz frei, dann ging er zu Huber hinüber, der mit einem Notizbuch in der Hand in seiner Einfahrt stand und zwei Streifenpolizisten Anweisungen gab.

»Herr Chefinspektor!«, schrie Huber und reckte ihm eine Hand entgegen. »Die Kollegen haben mich sofort alarmiert. Ich hatte schon Angst, die Einbrecher hätten Sie erwischt!«

»Einbrecher?«

Huber nickte und Reichel schwante Böses. »Zeigen Sie mir, was passiert ist«, knurrte er.

»Soweit ich es einschätzen kann, ist kein großer Schaden entstanden«, sagte Huber. »Aber zur Sicherheit komme ich noch einmal mit. Könnten Sie vielleicht Ihre Haustür aufschließen? Dann müssen wir nicht durch das eingeworfene Wohnzimmerfenster kriechen.«

27. DIE PFLEGE

Auf allen vieren kroch Glenn durch den Garten. Es war gar nicht so einfach gewesen, Michael unbemerkt bis in die Stadt und zurück zu folgen. Zweimal war ein Auto an ihnen vorbeigefahren und Glenn hatte sich erst im letzten Moment ins Gras schmeißen können. Der Einbruch selbst war dermaßen unspektakulär, dass Glenn fast ein bisschen enttäuscht war. Michael hatte sich irgendein Haus ausgesucht, einen Stein durch ein Fenster geworfen und, als die Alarmanlage losging, das Weite gesucht. Danach hatte Glenn einsehen müssen, dass er trotz Gymnastikübungen nicht so fit war wie ein 21-Jähriger. Irgendwo auf der

Landstraße zwischen Lendnitz und dem Gutshaus hatte er eine Pause gebraucht und Michael aus den Augen verloren. Und dabei offenbar Entscheidendes verpasst. Denn als er nach Hause kam, war das ganze Haus hell erleuchtet, und er konnte von der Eingangstür die aufgeregten Stimmen von Mutter und Frieda hören. Sie durften ihn auf keinen Fall ohne seinen Rollstuhl entdecken. Also nahm er den Weg durch den Garten. Die Versammlung befand sich anscheinend im Wohnzimmer. Glenn verkroch sich hinter dem Rhododendron. Von hier aus konnte er beobachten, was geschah, ohne selbst gesehen zu werden, und durch die schräg gestellte Terrassentür verstand er, was gesagt wurde.

»Der Einbrecher! Der Einbrecher ist zurück!«, schrie Tante Martha und fiel in einen Sessel.

»Keine Sorge, Martha. Das ist nur der Gerichtsmediziner«, beruhigte Mutter und tätschelte ihr die Hand. Glenn unterdrückte einen Fluch. Wie zum Teufel war der Gerichtsmediziner auf seine Wohnzimmercouch gekommen?

»Hier, trink einen Schluck, dann geht's dir besser.« Mutter stellte Tante Martha einen Likör hin, stürzte selbst einen hinunter und wandte sich dann Frieda zu, die dem Leichendoktor den Puls fühlte.

»Der wird wieder«, verkündete sie nach einem Blick auf die Uhr.

»Vielleicht sollten wir ihn etwas bequemer lagern«, schlug Mutter vor. »Da kann er sich dann ordentlich ausschlafen.« In ihrer Großzügigkeit stellte sie ihr eigenes Bett zur Verfügung. Glenn zog angewidert die Lippen hoch. Sie hatte vermutlich schon das Szenario vor Augen, wie ihr

Patient morgens erwachte, bei durch die Vorhänge blitzendem Sonnenschein verwirrt um sich sah, Mutter erblickte und in Liebe zu ihr entbrannte. Er schüttelte sich.

»Wenn uns Michael schon einen bewusstlosen Mann anschleppt, sollten wir das Beste daraus machen«, fügte Mutter fröhlich hinzu und kommandierte Michael dazu ab, den Gerichtsmediziner in ihr Zimmer ins obere Stockwerk zu tragen. Wenn Glenn damit nicht seine Tarnung aufgegeben hätte, wäre er ins Wohnzimmer gestürzt und hätte Michael erwürgt. Wie kam der dumme Junge dazu, den Mann von der Straße aufzulesen und ins Haus zu bringen? Es war schlimm genug, dass Glenn ihn aus Versehen niedergeschlagen hatte. Jetzt könnte Billinger die beiden Ereignisse sicherlich in Verbindung bringen.

Zumindest konnte Glenn die allgemeine Unruhe dazu nutzen, unbemerkt ins Haus zu schlüpfen. Während sich alle in Mutters Zimmer zu schaffen machten, schlich er in sein eigenes, zog sich seinen Pyjama an und setzte sich in den Rollstuhl. Damit fuhr er durch den Flur zu Mutters Zimmer und linste um die Ecke. Michael hatte den Gerichtsmediziner in Mutters riesiges Himmelbett gelegt. Sie drapierte gerade ihre rote Seidenbettwäsche um ihn herum. Er war froh, dass die Köchin und das neue Dienstmädchen in den neu gebauten Räumlichkeiten ganz am anderen Ende des Hauses schliefen.

»Er wird doch wohl nicht anfangen zu bluten?«, fragte Mutter plötzlich besorgt.

»Ach, herrje, Blut!«, stöhnte Tante Martha. »Wo sind meine Herztropfen?«

»Meinst du?« Jetzt schien sich auch Gesine für den Gast zu interessieren. »Ach nein, ist nur eine kleine

Beule, die er da hat«, fügte sie enttäuscht hinzu, nachdem sie genauer hingesehen hatte. Sie drehte den Kopf des Bewusstlosen. An der Seite konnte Glenn die hühnereigroße Schwellung sehen, die er mit dem Ast hinterlassen hatte.

»Seid leise!«, schnappte Frieda. »Ihr weckt alle auf.«

»Mich zum Beispiel?«, fragte Glenn und rollte über die Schwelle.

Diesen Moment nutzte der Gerichtsmediziner, um aufzuwachen. Es war beeindruckend, wie schnell der Mann zu sich kam. »Sie!«, schrie er und sprang auf. Mit zittrigen Händen umklammerte er Mutters herzförmiges Kopfkissen. »Sie alle!«

»Genau«, lächelte Mutter. »Wir alle sind sehr besorgt um Sie und Ihre Gesundheit.«

»Legen Sie sich hin, bevor Sie der Schlag trifft.« Friedas Lippen kräuselten sich säuerlich.

»So etwas kann leicht geschehen«, bekräftigte Tante Martha. »Ich weiß das nur zu gut.«

Billinger sah ruckartig von Mutter zu Frieda, schließlich fiel sein Blick auf Glenn. Er riss die Augen auf und gab einen gurgelnden Laut von sich.

»Sie können … Sie können …«, stotterte er. Glenn wurde mulmig zumute.

»Natürlich. Wir können alles, was Sie wollen. Nur beruhigen Sie sich erst einmal«, fuhr Mutter dazwischen.

»Nein!«, schrie der Gerichtsmediziner und wehrte Michaels und Mutters Hände ab, die ihn nachdrücklich dazu bewegen wollten, sich wieder ins Bett zu legen. »Ich muss weg. Polizei!« Seine Stimme wurde schriller. Mutter legte besorgt den Kopf schräg.

»Ist Ihnen nicht gut? Soll ich Ihnen vielleicht einen Schnaps holen?«

Aber der unfreiwillige Patient hörte nicht zu. Er stürmte aus der Tür, fegte an Glenn und seinem Rollstuhl vorbei und rannte zur Treppe. Dort lag Gesines Totenkopf-Rucksack im Weg, dass es ihm die Beine wegschlug und er in vollem Lauf die Treppe hinunterstürzte. Er überschlug sich mehrmals, bis er am Fuß mit merkwürdig angewinkeltem Genick liegen blieb.

Mit offenem Mund hatte Glenn die Aktion verfolgt. Dem Rest seiner Familie ging es nicht besser. Wie angewurzelt standen sie oben an der Treppe. Michael bewegte wortlos seine Lippen. Gesine legte einen Finger ans Kinn und zog die Augenbrauen zusammen.

»Ich habe ihm doch noch gesagt, er soll sich hinlegen!«, durchbrach Mutters empörte Stimme die Stille. Sie raffte ihren seidenen Bademantel und stöckelte die Treppe hinunter. Dort untersuchte sie den Gestürzten kurz, indem sie ihm zwei Finger an die Halsschlagader hielt, und schüttelte den Kopf.

»Tot?«, stöhnte Frieda. »Als ob die Polizei uns nicht ohnehin auf dem Kieker hätte. Das hätte er uns wirklich ersparen können!«

»Immerhin war er so rücksichtsvoll, sich selbst runterzustürzen«, verteidigte Mutter den Toten. »Soll ich einen Krankenwagen rufen? Die Polizei? Eine Lebensversicherung wird er ja kaum gehabt haben.«

»Die Polizei«, sagte Frieda resigniert.

Tante Martha schnappte nach Luft.

»Nein«, sagte Glenn schnell. Er hielt normalerweise nichts davon, sich in die Machenschaften seiner Familie einzumischen. Aber heute Nacht reagierten sie besonders einfältig. »Wie erklären wir der Polizei, was passiert ist?«

»Wieso lag er bewusstlos in unserem Garten?« Frieda knabberte auf ihrer Unterlippe herum.

»Was hat der überhaupt hier zu suchen gehabt?«, fragte Michael. »Ist doch nicht meine Schuld, wenn ich über ihn stolpere.«

»Natürlich nicht«, beruhigte Mutter ihren Sohn. »Aber der Inspektor hat nach ihm gefragt. Vor etwa anderthalb Stunden hat er geklingelt und wollte wissen, ob wir Dr. Billinger gesehen haben.«

»Wen?«

»Herrgott noch mal, Michael! Den Gerichtsmediziner. Billinger ist sein Name!«, platzte es aus Glenn heraus.

»Beruhig dich«, mahnte Frieda. »Wir rufen die Polizei morgen Früh an. Wir sagen diesem Reichel, Gesines Fingerabdrücke wären verwischt gewesen. Dr. Billinger wollte neue machen.«

Glenn atmete tief durch. »Wir lassen Mutter mit ihm reden«, bestimmte er, »vor ihr hat er am meisten Angst.«

»Viele Männer schüchtert meine sinnliche Weiblichkeit ein«, seufzte Mutter. Gesine verdrehte die Augen und Frieda warf die Hände in die Luft.

»Schön«, sagte sie. Dann runzelte sie die Stirn. »Wie erklären wir die zweite Diskrepanz beim Todeszeitpunkt?«

Daran hatte Glenn nicht gedacht. »Die Messgeräte sind kaputt?«, fragte Michael zweifelnd.

Frieda schnaubte. »Ich bezweifele, dass Messgeräte zum Einsatz kommen.«

»Ich habe mal einen Krimi gesehen.« Mutter setzte sich auf die unterste Treppenstufe, winkelte das rechte Bein an und ließ ihr Spitzennegligé hervorblitzen. »Da hatte man das Opfer in der Badewanne ermordet. Der Todeszeitpunkt ließ sich deshalb nicht genau bestimmen.«

»Weil er so aufgeweichte Haut hatte?«, fragte Michael.

»Nein, Schatz.« Mutter hatte deutlich mehr Geduld mit ihrem beschränkten Nachwuchs als Glenn. »Weil er durch das Wasser warm blieb und die Leiche nicht auskühlte.«

»Gar keine schlechte Idee«, musste Glenn zugeben.

Auch Frieda nickte anerkennend.

»Wir sollen den Kerl baden?« Michael riss entsetzt die Augen auf. Glenn wollte ihm gratulieren, dass er ausnahmsweise eins und eins zusammengezählt hatte.

»Hast du eine bessere Idee?« Frieda zuckte mit den Schultern und fasste den Gerichtsmediziner an den Füßen. »Los, fass an, Michael.«

»Ich hab ihn doch grad schon getragen, als er noch gelebt hat. Gesine kann auch mal was tun«, meckerte Michael.

Tante Martha schauderte. »Mein Herz!«, stöhnte sie. »Wo hab ich nur meine Medizin?«

Glenn wühlte in der kleinen Tasche, die immer an seinem Rollstuhl hing, fand ein Aspirin und reichte es ihr. Dankbar spülte sie es mit dem Brandy herunter, den Mutter in einer verschnörkelten Karaffe auf dem Nachttisch stehen hatte.

»Wieso muss ich immer alles machen?« Michael gab keine Ruhe.

»Weil du keinen Job und zu viel Freizeit hast«, gab Gesine zurück.

»Dann tragt ihr den Gerichtsmediziner eben zusammen«, schlichtete Mutter den Streit zwischen ihren Kindern. »Ich lass schon mal Badewasser ein.«

Einen Toten zu baden, war schwieriger, als Glenn gedacht hatte. Zuerst mussten sie ihn ausziehen. Nasse Kleidung hätte am nächsten Morgen den dümmsten Dorfpolizisten misstrauisch gemacht. Mutter machte einen anzüglichen Witz nach dem anderen und Gesine drohte, sich in der Badewanne zu ertränken, wenn sie noch einmal das Wort ›Zentimeter‹ hörte. Bei all dem Trubel hatte niemand bemerkt, dass der Kopf des Gerichtsmediziners unter Wasser gerutscht war.

»Michael! Pass doch auf den armen Mann auf!«, rügte Mutter.

An Schlaf war diese Nacht nicht mehr zu denken. Mit der Zeit würde er sich einen anderen Rhythmus angewöhnen müssen, dachte Glenn grimmig. Oder er würde es seinem Mörder leicht machen und an Schlafmangel sterben.

28. DER TOTE

Ein Sonnenstrahl, der in ihr Kämmerchen fiel, weckte Marie. Sie ließ ihre Augen einige Sekunden geschlossen, genoss die Wärme auf ihrem Gesicht und freute sich, dass sie die letzte Nacht so angenehm verbracht hatte. Sie nahm nicht gern Schlaftabletten, aber diesmal hatten sie ihren Zweck erfüllt und ihr einen ruhigen Schlaf beschert. Kein Donnerschlag hätte sie aufwecken können, ach, tat das gut. Sie streckte sich, gähnte und stand auf. Es war kurz nach acht, bald würde Frieda zum Frühstück erscheinen und Glenn nach ihr klingeln. Um die anderen musste sie sich erst gegen zehn kümmern, das war der Vorteil daran, dass die meisten von ihnen Langschläfer waren.

Marie zog ihr Dirndl an, straffte die Schultern und machte sich bereit für den nächsten Tag bei den Hinrichsens.

»Mir brauchn an Notarzt!«, hörte sie die Köchin schreien, als sie ihre Zimmertür öffnete.

»Dafür ist es zu spät, wir brauchen einen Bestatter«, entgegnete der dickliche Inspektor.

Marie blieb wie angewurzelt stehen. Im Gang, am Fuß der Stiegen, lag die zusammengekrümmte Gestalt des Gerichtsmediziners, um ihn herum war die komplette Familie Hinrichsen versammelt. Chefinspektor Reichel betrachtete den Toten, und sein Assistent lehnte mit gezücktem Notizblock am Aufzug.

»Wo kommen Sie denn her?« Reichel blickte auf.

»Aus meinem Zimmer«, antwortete Marie schwach. Wäre sie doch bloß im Bett geblieben! »Ich habe bis jetzt geschlafen«, fügte sie hinzu.

»Hmm«, brummte der Inspektor. Sein Assistent schrieb eifrig.

Marie konnte ihren Blick nicht von dem Kopf des Gerichtsmediziners nehmen, der in unnatürlichem Winkel abgeknickt war. Es war das erste Mal, dass sie eine Leiche sah. Sicher, als Mitarbeiterin einer Versicherungsgesellschaft hatte sie ständig mit Toten zu tun, deren Lebensversicherung ausgezahlt werden sollte. Diese Toten hatten sich bisher aber immer nur auf dem Papier zwischen Aktendeckeln befunden. Marie schluckte und versuchte sich zu räuspern. Ihr Hals war trocken und ihre Zunge wirkte zu groß.

»Was ist passiert?«, fragte sie schließlich und setzte sich auf die unterste Treppenstufe. Ihre Knie waren so weich.

»Ach, du liebe Zeit!«, rief Mutter und stürzte auf Marie zu. »Schätzchen, ist das deine erste Leiche?«

Marie blinzelte und traute sich nicht zu fragen, die wievielte es für Mutter war, stattdessen nickte sie bloß.

»Mein armes Kind, nimm es dir nicht so zu Herzen.« Mutter legte einen Arm um sie und führte sie ins Wohnzimmer. Dort drückte sie Marie in den Sessel, goss ihr ein streng riechendes Getränk ein und sagte: »Wir sind für dich da, Luzie.«

Mit diesen Worten entschwebte sie wieder auf den Gang. Luzie? Und wieso war diese fürchterliche Frau auf einmal so nett zu ihr? Hatte das etwas mit dem Gerichtsmediziner zu tun? Ein unglaublicher Gedanke stieg in ihr auf. Marie hatte gehört, wie er Drohungen ausgestoßen hatte, wie er geschworen hatte, der Familie einen Mord zu beweisen. Einen Mord. Hatten sie Dr. Billinger umgebracht? Maries Hände begannen zu zittern. Mit einem Schlag glaubte sie nicht mehr an einen Zufall. Alles Blut wich aus ihrem Gesicht und sie fror. In dieser Familie gab es nicht nur Versicherungsbetrüger. Das waren Mörder.

Wer einmal mordete, der zögerte beim zweiten Mal sicher noch weniger. Wenn herauskäme, dass sie nach einem Versicherungsbetrug der Hinrichsens suchte, wäre sie das nächste Opfer.

Hatte Mutter nicht gerade eben einen Verdacht geäußert? Luzie, hatte sie gesagt. Was sollte das heißen? War es eine versteckte Drohung? Gab es eine berühmte Luzie, die schon ermordet worden war? Oder … Maries Herzschlag setzte für einen Augenblick aus. Sie wussten es. Sie wussten, dass sie kein Dienstmädchen war, sondern sie undercover bespitzelte. Luzie war ein Hinweis darauf, dass sie ihre Identität durchschaut hatten. Marie rang nach Luft. Sie wussten es und sie würden sie umbringen.

Die Spinne gestern. Marie hatte geglaubt, dass Gesine einfach vergessen hatte, das Terrarium richtig zu schließen. Was, wenn es eine Warnung gewesen war? Oder ein Anschlag? Der Biss der Vogelspinne war vielleicht nicht tödlich, aber er löste sicher unangenehme Symptome aus. Sie verfluchte ihre Naivität. Wie hatte sie sich Hals über Kopf in den Fall stürzen können, ohne sich vorher wenigstens eine gute Tarnung zuzulegen? Wie hatte sie so unvorsichtig sein können, unter ihrem richtigen Namen zu ermitteln?

Von jetzt an musste Marie sehr, sehr vorsichtig sein. Sie sah auf das Glas in ihrer Hand und packte es fester. »Oh Gott«, sagte sie und kippte das Zeug kurzerhand hinunter. Es brannte in ihrer Kehle und sie bekam einen Hustenanfall. In diesem Augenblick betrat die Köchin das Wohnzimmer.

»I hab di gesuacht. Der Frühstückstisch ist no imma net gedeckt. Mutter freut sich doch so auf meinen Topfenstrudel. Ausnahmsweise gibt's den zum Frühstück.« Sie zwinkerte Marie zu, dann hielt sie inne. »Saufen im Dienst?« In ihrer Stimme lag Verachtung. »Also, *des* hätt i net von dir gedacht.«

»Es ist nicht so, wie Sie denken«, murmelte Marie. Doch die Köchin war bereits aus dem Zimmer gerauscht.

29. DER VERDACHT

Chefinspektor Reichel saß an seinem Schreibtisch und überlegte, ob er sich krankschreiben lassen sollte.

»Ein Riesending wird das, Herr Chefinspektor!«, versprach Huber.

Wenn Reichel es sich recht überlegte: Kopfschmerzen hatte er ohnehin schon, und das seit Tagen. Ein starker Migräneanfall war sicher einen Krankenstand wert.

»Der Gerichtsmediziner die Treppe hinuntergestürzt und das im Haus der Hinrichsens! Das ist der zweite Todesfall innerhalb von drei Tagen!«

»Wissen Sie, ob der Amtsarzt heute Ordination hat?«

Huber sprach einfach weiter. »Der Gerichtsmediziner hatte recht mit seinen Vermutungen. Das wurmt mich ein bisschen«, fügte er hinzu. »Die Familie hat tatsächlich Dreck am Stecken.« Er machte ein unglückliches Gesicht. »Obwohl ich mir nicht vorstellen kann, dass Roswitha ….« Huber brach ab.

Hatte die Familie tatsächlich Dreck am Stecken? Reichel war sich nicht so sicher. Denn er hatte eine Ahnung. Und sie ging in eine fürchterliche Richtung.

»Huber, was würden Sie sagen?«, fragte er langsam. »Wenn ich gestern Nacht zu Hause gewesen wäre, hätte ich den oder die Täter geschnappt?«

Huber nickte eifrig. »Das steht außer Frage.«

Reichel lächelte gequält. Vier Tage noch und alles wäre vorbei. Ob der Arzt ihm für vier Tage ein Attest ausstellen würde?

»Wissen Sie, weshalb ich gestern nicht zu Hause war?«

Reichel sah Huber an und beantwortete seine Frage selbst. »Der Gerichtsmediziner hat mich angerufen und mir ohne nähere Erklärung zu verstehen gegeben, ich müsse zum Landgut der Hinrichsens kommen.«

Huber sah ihn gebannt an.

»Dort angekommen war nichts zu sehen. Weit und breit weder ›verdächtige Elemente‹, von denen er gesprochen hatte, noch Billinger selbst.« Reichel machte eine Kunstpause und sagte dann: »Es war ein Ablenkungsmanöver.«

»Ach, du liebe Zeit!«, rief Huber aus. »Sie glauben doch nicht etwa …« Er schlug sich die Hand vor den Mund.

»Dadurch hatte er freie Bahn für den Einbruch.« Reichel erinnerte sich an die zwei Gestalten auf der Landstraße, von denen er gedacht hatte, er hätte sie sich eingebildet. »Er hat wahrscheinlich einen Komplizen. Oder eine Komplizin.« Die Ausrede des Dienstmädchens der Hinrichsens, weshalb sie ausgerechnet am Tag nach dem Mord dort angefangen hatte zu arbeiten, war mehr als fadenscheinig gewesen.

»Aber warum hätte Dr. Billinger das tun sollen? Was war sein Motiv?«, fragte Huber.

»Huber, Sie sind noch jung«, seufzte Reichel. »Sie glauben noch an das Gute im Menschen. Ich habe schon 40 Dienstjahre hinter mir.« Traurig schüttelte er den Kopf. »Nicht jeder, der bei der Polizei arbeitet, ist integer. Korruption und Verbrechen gibt es auch innerhalb der eigenen Reihen.«

»Aber ausgerechnet in der Gerichtsmedizin?«

Reichel dachte nach. »Gerade in der Gerichtsmedizin, Huber.« Er setzte sich aufrecht hin. »Überlegen Sie doch: Billinger konnte jeden Mord als Unfall ausgeben und umgekehrt jeden Unfall als Mord. Alle Hinweise an der Leiche, die auf den wahren Täter deuteten, konnte er verschwinden lassen, umgekehrt könnte er sogar DNS-Spuren von Unschuldigen geschickt platziert haben.« Reichel schauderte bei dem Gedanken. »Er wusste genau, was er tat. Er war der absolute Fachmann.«

»Und was sprang für ihn dabei heraus?«

Huber war furchtbar naiv.

»Geld natürlich. Sein neuester Coup war offenbar diese Einbruchsserie. Was glauben Sie, was man damit verdienen kann, wenn man die richtigen Häuser nimmt?« Reichel massierte sich die Schläfen, während er nachdachte. »Er und sein Komplize brachen ein, töteten aus Versehen Harry Hinrichsen. Nun bestand die Gefahr, dass alles auffliegen könnte. Denn dieser Tod ließ sich nicht als Unfall kaschieren.«

»Also lenkte er den Verdacht auf die Hinrichsens!«, ergänzte Huber mit glänzenden Augen.

»Erinnern Sie sich, wie vehement er der Familie falsches Spiel unterstellt hat?« Reichel presste grimmig die Lippen zusammen. »Die Diskrepanz beim Todeszeitpunkt. Sein übertriebenes Interesse, den Fall in die Hand zu nehmen, das Herumhacken darauf, dass dort etwas faul sei, das ergibt jetzt alles einen Sinn.«

»Du meine Güte!« Huber ließ sich auf einen Stuhl sinken.

»Aber warum ist er tot?«, sinnierte Reichel weiter. Er ließ für einen Moment seine Fantasie spielen. »Wenn diese Marie Schwerdtfeger tatsächlich seine Komplizin ist, könnte sie ihn um die Ecke gebracht haben. Vielleicht gab es einen Streit. Oder sie ist gierig geworden und will die Beute aus den Einbrüchen für sich allein haben.«

»Meinen Sie, es gab mehr als nur den Einbruch bei den Hinrichsens und den bei Ihnen?«, fragte Huber.

»Lassen Sie eine Liste zusammenstellen, Huber. Alle Einbrüche in Kärntner Haushalte in den letzten zwei Jahren. Vielleicht finden wir ein Muster. Oder einen Hinweis.«

»Ist das aufregend!«, rief Huber. »Wir schnappen einen ganzen Verbrecherring!«

Reichel stöhnte und griff nach der Packung Kopfschmerztabletten in seiner Schreibtischschublade. »Wie waren noch mal die Ordinationszeiten des Amtsarztes?«

30. DER AUSSENEINSATZ

Es war kurz vor zwölf und Jakob Jaritz rückte sich die Krawatte zurecht. Mission Marie hatte begonnen. Dr. Warteburg ließ nie ein Essen in der Kantine aus, Punkt zwölf Uhr jeden Mittag war er mit seinem Tablett als Erster in der Schlange anzutreffen. Das war Jakobs Angriffspunkt. Heute würde er hinter Dr. Warteburg stehen.

»Auch so einen Hunger?«, fragte Jakob und griff zum Besteck.

Dr. Warteburg nickte und ließ die Augen nicht von der Küchenchefin.

»Jägerschnitzel, meine Leibspeis«, sagte Jakob und nahm eine großzügige Portion. Er konnte Jägerschnitzel nicht ausstehen, aber Dr. Warteburg schien völlig hingerissen zu sein.

»Unser Diandle Marie ist wieder fleißig, nicht wahr?«, fragte Jakob, nachdem er sich neben seinem Chef an einem Tisch niedergelassen hatte.

»Unser Diandle?« Dr. Warteburg löste seinen Blick von der Kantinenleiterin.

»Ich bin so stolz auf sie.« Jakob setzte ein strahlendes Lächeln auf. »Sie wird einmal eine unserer besten Agentinnen.«

Dr. Warteburg runzelte die Stirn.

»Welchen Fall bearbeitet sie eigentlich gerade?« Jakob wischte sich den Mund mit der Serviette ab und tat so, als würde ihn die Antwort nicht sonderlich interessieren.

»Außeneinsatz«, antwortete Warteburg. »Ich dachte, das hätte ich Ihnen schon gesagt.«

Jakob versuchte, nicht genervt mit den Augen zu rollen. »Wissen S', ich dachte, ich greif ihr ein wenig unter die Arme. Bin ihr Kontaktmann für den Fall, dass sie etwas braucht.«

Warteburg blinzelte. »Ich dachte, Sie und Marie könnten sich nicht ausstehen.«

Jakob machte eine wegwerfende Handbewegung. »Schnee von gestern. Um ehrlich zu sein, Marie und ich haben uns in letzter Zeit besser kennengelernt.« Jakob senkte seine Stimme und zwinkerte Warteburg zu. »Wenn Sie verstehen, was ich meine.«

»Ah.« Warteburg sah auf die Uhr und legte Messer und Gabel weg. »Ich werde mit Marie sprechen. Dann rufe ich Sie an.« Er stand auf, nahm sein Tablett und Jakob unterdrückte einen Fluch. Weshalb waren alle in dieser Firma so wenig hilfsbereit? Als er selbst gehen wollte, prallte er fast mit dem Praktikanten zusammen, der sein Tablett durch die Kantine balancierte.

»Können S' net aufpassen?«, schimpfte Jakob. Der Praktikant zog den Kopf ein und Jakob stieß hörbar den Atem aus, als er an ihm vorbeistapfte.

31. DAS PAKET

Marie fühlte sich beobachtet. Sie kniete vor der Badewanne im Erdgeschoss, das zweite Badezimmer des Tages, schrubbte das weiße Email und wünschte sich Augen am Hinterkopf. Ständig hatte sie das Gefühl, jemand stünde hinter ihr und wartete auf einen unachtsamen Moment. Dann schnellte sie herum und konnte heftig atmend nur feststellen, dass sie sich etwas eingebildet hatte. Werd jetzt bloß nicht paranoid, ermutigte sie sich.

Es klingelte, vermutlich die Post. Das fiel in ihren Aufgabenbereich, also zog Marie die Gummihandschuhe aus. Sie öffnete die Tür und lächelte den Postboten an.

»Paket für Herrn Hinrichsen«, nuschelte der Mann.

»Für welchen?«

Der Beamte zog die Nase kraus.

»Geben Sie schon her«, hörte Marie Glenns ungeduldige Stimme im Gang. Der alte Mann riss das Paket an sich, unterschrieb dem Postboten die Annahme und rollte, das Päckchen in seinem Schoß, zum Aufzug. Marie wurde neugierig.

»Wie schön«, sagte sie und folgte Glenn. »Es ist doch toll, wenn jemand in Ihrem Alter noch Freunde hat, die ihm Geschenke machen.« Sie versuchte einen Blick auf den Absender zu erhaschen, doch Glenn hatte die Arme um das Paket geschlungen, sodass nichts zu sehen war.

»Haben Sie nichts zu tun?«, fragte der Alte mürrisch.

Marie wollte ihm gerade ihre Hilfe beim Auspacken anbieten, da vibrierte ihr Handy. Dr. Warteburg! Er wollte sicher einen Zwischenbericht. Sie musste ihn unbedingt auf dem Laufenden halten. Er sollte wissen, dass sie beim Rennen um die Beförderung noch dabei war.

»Stimmt«, lächelte sie entschuldigend. »Das Badezimmer.« Sie beeilte sich, zurück zu ihren Putzlappen zu kommen, schloss die Tür hinter sich und zog das Handy aus ihrer Tasche.

»Ja, bitte?«, flüsterte sie.

»Marie! Gibt es schon Erfolge?«, begrüßte sie ihr Vorgesetzter.

»Noch nicht. Allerdings,« Marie senkte die Stimme, »bin ich mir sicher, dass hier etwas faul ist. Ich bin einer ganz großen Sache auf der Spur.«

»Sagen S', brauchen S' vielleicht Hilfe?«, wechselte Dr. Warteburg das Thema, »Jakob Jaritz hat angeboten, Ihnen alle Informationen zu besorgen, die Sie eventuell benötigen könnten.«

Dieser unverschämte Kerl! Marie verschlug es fast die Sprache. Versuchte Jaritz etwa über Dr. Warteburg an sie heranzukommen? Es bestand kein Zweifel, dass er ihren Fall sabotieren wollte.

»Das wird nicht nötig sein«, presste sie nach einigen Sekunden hervor. »Herr Dr. Warteburg, ich weiß, es geht um viel Geld. Aber ich werde es schaffen. Allein.« Sie drückte die Taste mit dem roten Hörer und atmete tief durch.

32. DIE WANZE

Das Paket dicht an die Brust gepresst, fuhr Glenn mit dem Fahrstuhl nach oben. Hatte seine Nase doch richtig gelegen. Das neue Dienstmädchen war eindeutig als Luzie Hinrichsen identifiziert. Seinem Gefühl folgend, war Glenn ihr hinterhergefahren. Auch wenn er am liebsten sofort das Paket geöffnet hätte, ihr merkwürdiges Verhalten hatte ihn misstrauisch gemacht. Und richtig, es steckte mehr dahinter, dass sie so plötzlich das Badezimmer wichtig nahm. Im einen Augenblick sah sie aus, als würde sie ihm am liebsten das Paket entreißen, im nächsten stürmte sie davon, das konnte doch nur Unheil bedeuten.

»Es geht um viel Geld«, hatte sie gesagt. Den Rest des Gesprächs hatte Glenn nicht verstehen können, nur diese Worte waren laut und deutlich gewesen. Vielleicht hatte sie mit ihrer Mutter telefoniert? Oder einem Ehemann? Es bestand jedenfalls kein Zweifel mehr: Luzie Hinrichsen war hinter Harrys Erbe her.

Mutter in ihrer vertrauensseligen Art hätte das Mädchen ja zu ihrer Nichte erklärt, wenn Frieda nicht eingegriffen hätte.

Glenn schloss seine Zimmertür hinter sich ab, stieg aus dem Rollstuhl und legte das Päckchen auf den Schreibtisch. So wie es aussah, hatte er nicht nur einen Mörder am Hals, sondern auch noch eine Erbin, die an Harrys Geld wollte. Ausgerechnet jetzt.

Glenn nahm sein Papierschneidemesser und schnitt das Packpapier auf. Zwischen zusammengeknüllten Zeitungen holte er das Babyphon hervor. Perfekt. Es war klein genug, um es hinter einer Lampe, einem Buch oder einem Kissen zu verstecken.

Er schob das Paket mit dem Zeitungspapier unters Bett, steckte das eine der beiden Geräte in die Hosentasche und setzte sich in seinen Rollstuhl.

Er hatte Glück, das Esszimmer war leer. Somit hatte Glenn Zeit, nach einem geeigneten Versteck zu suchen. Er entschied sich dafür, das Babyphon in einer Vase mit künstlichen Blumen zu verbergen, die Tante Martha vor einigen Jahren zum Geburtstag bekommen hatte. Sie war auf einem kleinen Beistelltischchen neben dem Geschirrschrank abgestellt und dort vergessen worden. Glenn versenkte das Babyphon und musste niesen. Frau Pirker hatte sich nie die Mühe gemacht, sie abzustauben. Zufrieden rollte Glenn zurück zum Aufzug. Nun gab es nur noch eins zu tun: sich vor das Gegenstück des Babyphons zu setzen und zu warten.

33. DER LAUSCHANGRIFF

Marie goss den Kübel mit Schmutzwasser in die Toilette. Drei Bäder innerhalb von nicht ganz anderthalb Stunden. Wenn das mit der Beförderung nicht klappte, hatte sie also einen Plan B: Jede Gebäudereinigungsfirma würde sich um sie reißen.

Es war Zeit, sich ums Mittagessen zu kümmern. Marie zog die Gummihandschuhe aus, stellte den Putzkübel in die Abstellkammer und wusch sich gründlich die Hände.

»Was gibt's heit zum Essen?«, fragte sie die Köchin. Es war wichtig, die richtigen Teller aufzudecken, sonst zog Mutter die Augenbrauen kritisch zusammen, Frieda schüttelte den Kopf und Tante Martha schnalzte mit der Zunge. Ganz zu schweigen von der Köchin selbst, die es als Majestätsbeleidigung empfand, wenn ihre Speisen in den falschen Gefäßen serviert wurden.

»A Frittatensuppn als Vorspeis, danach a Schweinsbratn mit Kraut und Semmelknödl. Zum Nachtisch gibt's Polsterzipfl, deck genug Servietten auf, des wird fettig.«

Im Esszimmer schüttelte Marie zuerst die Decke auf, dann holte sie Geschirr und Servietten aus dem Schrank. Wieder hatte sie das Gefühl, beobachtet zu werden. Die große Fensterwand zum Garten hin machte sie nervös. Konnte es sein, dass jemand sie von draußen beobachtete? Die dichten Hecken rund um den Garten würden es möglichen Verbrechern einfach machen, sich zu verstecken. Marie trat an das Glas und blickte in den Garten. Nein, keine Bewegung, keine unnatürlichen Farbtupfer in der Hecke.

Sie wandte sich wieder ihrer Arbeit zu, stellte Teller, Gläser und Kerzenleuchter auf und teilte das Besteck aus. Ein knisterndes Geräusch ließ sie zusammenfahren. Da war jemand im Zimmer! Langsam drehte sie sich um die eigene Achse. Woher kamen die Geräusche? Es knisterte wieder, dann hörte sie plötzlich lautes Atmen. Marie griff nach einer Silbergabel. Mit der improvisierten Waffe im Anschlag durchsuchte sie das Zimmer. Weder unter dem Esstisch noch hinter den Vorhängen war jemand. Obwohl sie sich albern vorkam, riss Marie sämtliche Türen des Geschirrschranks auf. Da! Ein Husten. Das Geräusch war im Zimmer, ganz eindeutig. Vielleicht gab es eine geheime Passage? Irgendein alter Gutsherr hatte zu unruhigen Zeiten beschlossen, dass er einen Fluchtweg brauchte und voilà, in heutigen Zeiten war es das perfekte Versteck für mordende Familienmitglieder, die ihr neues Dienstmädchen aus dem Weg räumen wollten. Angst fuhr ihr in die Glieder. Jeden Augenblick konnte ihr Mörder aus der Wand vor ihr, hinter ihr oder neben ihr springen. Und sie hatte nur eine Gabel. Reiß dich zusammen, schalt sie sich. Sie war Marie Schwerdtfeger, die beste Versicherungsagentin der letzten 20 Jahre, sie stand kurz vor einer Beförderung und sie würde sich nicht einschüchtern lassen. Es knackte. Marie ließ die Gabel fallen und stürzte aus dem Zimmer. Im Gang blieb sie stehen. Wohin jetzt? Sie konnte nicht fliehen. Aufgeben würde bedeuten, Jakob Jaritz das Feld zu überlassen. Sie fuhr sich mit der Hand über die Stirn. Kleine Schweißtropfen hatten sich dort gesammelt.

Letztlich zeigten die Reaktionen der Familie doch nur, dass sie auf dem richtigen Weg war. Sie hatte die Hinrichsens nervös gemacht. Sie musste weitermachen, sie musste den Hinrichsens näher rücken, ihre Geheimnisse herausfinden. Marie öffnete die Küchentür einen Spaltbreit. Die Köchin hatte ihr Radio laut gestellt und rührte eifrig in den Töpfen. Einige Augenblicke später wischte sie sich die Hände an der Schürze ab und ging in die Speisekammer. Schnell schlüpfte Marie hinein, zog eine der Schubladen auf und nahm ein großes Fleischmesser heraus. Gerade rechtzeitig ließ sie das Messer in der geräumigen Tasche ihrer Schürze verschwinden. Die Köchin rauschte herein.

»Wo san die Suppenschüsseln?« Die Köchin zog ihre Augenbrauen zusammen.

»Schon unterwegs.« Es grauste Marie bei dem Gedanken, wieder allein das Esszimmer zu betreten, doch der Köchin konnte sie ihre Lage nicht erklären. Also rollte sie den Servierwagen aus seiner Ecke und fuhr ihn mit einer Hand ins Esszimmer. Die andere hielt sie in der Schürzentasche am Griff des Fleischmessers. So fühlte sie sich zumindest etwas sicherer.

34. DIE ERMITTLUNG

Chefinspektor Reichel saß an seinem Schreibtisch und betrachtete auf dem Flipchart das, was Huber gestern gemalt hatte. Eine ganze Menge Verdächtiger, eine ganze Menge Pfeile. Er nahm einen roten Stift, kreiste Marie Schwerdtfeger und die Gerichtsmedizin Klagenfurt ein.

Das waren die zwei Hauptverdächtigen, auf die sie sich konzentrieren mussten.

Es klopfte.

»Herein!«

»Herr Chefinspektor, ich habe die Liste der Einbrüche!« Sein Assistent hielt sich nicht mit langen Vorreden auf, er stürzte sich sofort auf das Flipchart und schrieb alle Einbrüche der letzten zwei Jahre im Umkreis von hundert Kilometer um Klagenfurt auf.

»Insgesamt haben wir 20 Fälle, die infrage kommen könnten. Auf den ersten Blick ist es ein willkürliches Muster.«

Reichel sah sich die Städte und Uhrzeiten an. »Ich wette, wenn wir die Einbrüche mit den Dienstplänen Dr. Billingers vergleichen, ergibt sich ein Muster«, bemerkte er.

»Meinen Sie, Dr. Billinger könnte noch mehr Komplizen haben?«

»Außer der Schwerdtfeger, meinen Sie?«

»Er schien auf vertrautem Fuß mit der Spurensicherung zu sein. Und was ist mit seinen Kollegen in der Gerichtsmedizin? Er unternimmt seine Obduktionen nicht allein.«

Daran hatte Reichel auch schon gedacht. Bisher hatte er seine Befürchtungen aber noch erfolgreich verdrängt. »Was nimmt das für Ausmaße an?«

»Grandios, nicht wahr?« Hubers Augen glänzten. »Wir werden in die Polizeigeschichte Kärntens eingehen!«

Reichel war froh, durch das Klingeln des Telefons einer Antwort zu entgehen.

»Herr Chefinspektor? Mein Name ist Steinwender, ich arbeite in der Gerichtsmedizin Klagenfurt.«

»Was gibt's?« Reichel hielt kurz die Hand auf den Lautsprecher und flüsterte Huber »Gerichtsmedizin« zu. Sein Assistent kam aufgeregt näher.

»Unregelmäßigkeiten bei der Obduktion Dr. Billingers.«

»Eine Diskrepanz beim Todeszeitpunkt?«, stöhnte Reichel.

Die Leitung blieb für einen Augenblick still.

»Nun ja.« Steinwender räusperte sich. »Es gestaltet sich etwas schwieriger, den Todeszeitpunkt zu bestimmen.«

»Sagen Sie, sind all Ihre Messgeräte kaputt?«

»Bei der Bestimmung des Todeszeitpunktes kommen keine Messgeräte zum Einsatz«, informierte ihn der Gerichtsmediziner steif.

Ja, hatten die denn keine fähigen Leute in Klagenfurt? Veranstalteten die Ratespiele? Er wollte Steinwender gerade sagen, was er von ihm im Allgemeinen und von seinen Fähigkeiten im Besonderen hielt, da räusperte der sich. »Ich rufe aus einem ganz anderen Grund an.«

Reichel seufzte.

»Wir haben Wasser in der Lunge gefunden.«

»Was soll das heißen?«

»Das heißt, dass jemand ganz sichergehen wollte, ihn tot zu sehen. Der Sturz von der Treppe war nicht genug, man hat es noch einmal versucht und seinen Kopf unter Wasser gehalten.«

Waren die übergeschnappt? Er hatte die Leiche selbst gesehen. Da war weit und breit kein Wasser gewesen.

»Sie haben meinen ausführlichen Bericht morgen auf dem Tisch. In der Zwischenzeit sollten Sie sich diese Familie näher ansehen. Dr. Billingers Tod war kein Unfall.«

Reichel legte den Hörer auf. »Huber, da ist irgendetwas faul.«

Sein Assistent hüpfte aufgeregt von einem Bein aufs andere.

»Offenbar hatten Sie recht«, sinnierte Reichel. »Da müssen noch mehr Leute in der Sache drinhängen. Was soll dieser Unsinn, dass sie den Todeszeitpunkt nicht bestimmen können? Die Leiche war warm, als sie bei ihnen auf dem Tisch gelandet ist!«

Huber nickte.

»Und dann das Wasser«, ereiferte sich Reichel. »Was für eine haarsträubende Geschichte! Nein, Huber, da steckt etwas ganz anderes dahinter. Die Klagenfurter wollen der Familie unbedingt etwas anhängen.« Reichel dachte nach. »Es gibt offenbar so einiges, was sie vertuschen müssen.«

»Und was machen wir jetzt?«, fragte Huber.

Reichel fuhr sich mit der Hand übers Gesicht. Er war müde. Er hatte kaum geschlafen und war jetzt an seinem viertletzten Diensttag seit mittlerweile neun Stunden im Dienst.

»Jetzt, Huber? Jetzt befragen wir die Hinrichsens. Noch mal.« Allein bei dem Gedanken daran schauderte ihn.

Auf Hubers Gesicht stahl sich ein schüchternes Lächeln. Er strich sich die Haare glatt und rückte seinen Hemdkragen zurecht. Reichel schloss für einen Moment die Augen. Ach was, er wollte gar nicht wissen, was mit Huber los war.

»Auf in den Kampf!«, kommandierte er und nahm seine Jacke vom Haken.

35. DIE VERNEHMUNG

Glenn saß im Salon und beobachtete seine Familie. Frieda und Gesine lasen, Mutter lackierte sich die Nägel, Michael und Opa spielten Mau-Mau und Tante Martha war im Sessel eingeschlafen. Wer von ihnen war fähig zu morden? Oder waren es alle? Der Versuch, durch das Babyphon etwas zu erfahren, war daneben gegangen. Offenbar war das Ding kaputt. Glenn hatte Stunden davor gehockt, war sogar während des Mittagessens in seinem Zimmer geblieben, aber es hatte keinen Mucks gemacht.

Die Klingel riss Glenn aus seinen Gedanken.

Kurz darauf betraten der Chefinspektor und sein junger Assistent den Raum.

»Was für eine nette Überraschung«, rief Mutter und schenkte den beiden Whiskey ein.

»Nicht im Dienst«, sagte der Inspektor mit einem Stirnrunzeln.

»Vielleicht später«, zwinkerte Mutter dem Assistenten zu, der daraufhin rot bis unter die Haarwurzeln wurde.

»Was gibt's?«, brachte Frieda das Gespräch wieder auf den Boden der Tatsachen.

»Zwei Tote innerhalb von drei Tagen«, konterte Reichel. Er wurde besser, das musste Glenn ihm lassen. Auch wenn er gegen Frieda nie eine Chance haben würde. Sie lächelte leicht.

»Natürlich.« Die Ironie in ihrer Stimme war nicht zu überhören. »Hat der Vergleich der Fingerabdrücke ein Ergebnis gebracht?«

Es trat eine kurze Pause ein. Der Chefinspektor öffnete den Mund, schloss ihn wieder und räusperte sich. Sein

Assistent sprang für ihn ein. »Die Forensik hat uns heute Nachmittag ihre Resultate mitgeteilt.« Er richtete einen entschuldigenden Blick auf seinen Vorgesetzten, blätterte in einem Notizblock und fuhr fort: »Es befinden sich die Fingerabdrücke von Michael Hinrichsen, Harry Hinrichsen, Frieda und Roswitha Hinrichsen auf dem Gewehr.«

»Ein altes Erbstück«, lächelte Mutter und brachte durch einen tiefen Atemzug ihr Dekolleté zur Geltung. »Wir haben es gern angefasst.«

Der junge Mann schluckte.

»Das kann ich verstehen«, murmelte er. »Wie dem auch sei: Es gab ein weiteres paar Fingerabdrücke, das nicht zugeordnet werden konnte.«

Der Inspektor blickte ihn überrascht an und Glenn fragte sich, wie die Kommunikation im Polizeirevier Lendnitz funktionierte.

»Um es kurz zu machen«, ergriff Reichel wieder das Wort. »Wir verfolgen eine heiße Spur.«

»Wie aufregend!« Mutter hielt sich eine zitternde Hand an die Brust.

»Dafür brauchen wir Ihre Kooperation. Ich würde gern noch einmal mit Ihnen reden«, er zeigte auf Opa, »und mit Ihnen«, er deutete auf Michael. Frieda wurde blass. Mutter versuchte es mit einem Lächeln und scheiterte. Glenn kniff die Augen zusammen. Zielsicher hatte der Polizist sich die schwächsten Glieder der Kette ausgesucht.

»Meinen Sie, die beiden können Ihnen etwas Neues erzählen? Die haben doch schon vergessen, was heute Morgen passiert ist. Von vorgestern Abend brauchen wir überhaupt nicht zu reden«, sagte Gesine gelangweilt.

Der Inspektor zuckte mit den Schultern. »Kommen Sie

bitte mit, Herr Hinrichsen«, kommandierte er. Opa und Michael standen gleichzeitig auf. Opa etwas zittriger als Michael, der bereits zur Tür gesaust war. Dabei stampfte er mit seinem Krückstock auf den Boden und sah Michael vorwurfsvoll an.

Der Chefinspektor seufzte und fuhr sich mit den Händen durch die Haare. »Kommen Sie halt beide mit«, sagte er und ging voran ins Esszimmer. Sein Assistent folgte ihm mit gezücktem Notizblock.

Glenn konnte ein Grinsen nicht unterdrücken. Opa und Michael zusammen brachten früher oder später jeden zur Verzweiflung. Bei ihm hatten sie es geschafft, bei Tante Martha auch und selbst die dickhäutige Frieda stand stets kurz vor dem Nervenzusammenbruch, wenn sie mit beiden gleichzeitig zu tun hatte.

Inspektor Reichel hatte keine Chance.

So war es auch. Glenn rollte hinterher und manövrierte seinen Rollstuhl vor die geschlossene Tür des Esszimmers, in der die Vernehmung stattfand. Er hielt ein Ohr ans Schlüsselloch und hörte genüsslich zu, wie Opa und Michael sich lautstark darüber stritten, wen Tante Marthas Schnarchen zuerst geweckt hatte und ob Friedas Pyjama blaue Streifen auf grünem Grund oder grüne Streifen auf blauem Grund hatte. Nach 15 absolut unergiebigen Minuten entließ Reichel seine beiden Zeugen und die Polizisten verabschiedeten sich.

Glenn kicherte und rollte zurück ins Wohnzimmer. Der Inspektor vermutete offenbar einen Mörder in der Familie. Ganz genau wie er. Nur war der Polizist nicht auf diese Familie vorbereitet und machte einen Anfängerfehler nach dem anderen. Ganz im Gegensatz zu ihm.

»Alles in Ordnung.« Michael kam freudestrahlend in den Raum. Opa schlich hinter ihm her und stieß ihm den Krückstock in die Waden.

36. DIE IDENTITÄT

Wieder saß Marie dem Chefinspektor gegenüber. Sie fühlte sich ganz und gar unwohl.

»Was tun Sie hier wirklich?«, fragte Reichel.

»Ich bin die Vertretung für Frau Pirker. Dienstmädchen der Hinrichsens.« Marie blieb bei ihrer ursprünglichen Version. Nichts war schlimmer als sich in Widersprüche zu verstricken, das kannte sie von ihren eigenen Verhören. »Frau Pirker ist in Kur.«

Der Inspektor nickte, lehnte sich zurück und verschränkte die Hände im Nacken. Dann wartete er.

Marie wusste genau, was er tat. Durch sein Schweigen versuchte er sie zu verunsichern und zu einer Aussage zu verleiten. Aber sie konnte stur bleiben. Sturer als jeder Dorfpolizist.

Sie lächelte, lehnte sich ebenfalls zurück und schlug die Beine übereinander. Dann sah sie Reichel auffordernd an.

»Darf ich Ihren Ausweis sehen?«, fragte der Chefinspektor.

Marie dankte allen Göttern, dass sie auf eine falsche Identität verzichtet hatte. Am Morgen noch war ihr das als Fehler erschienen, jetzt erwies es sich als die richtige Entscheidung.

»Aber gerne doch.« Sie entschuldigte sich für einen Augenblick und holte die Geldtasche aus ihrem Zimmer.

»Hmm«, brummte Reichel, als er ihren Ausweis prüfte. Er betrachtete ihn eingehend, bevor er ihn an seinen Assistenten weitergab, der sich den Ausweis ebenfalls ansah und dann eifrig in sein Notizbuch schrieb.

»Sie sind also aus Klagenfurt«, bemerkte der Chefinspektor.

»Richtig. Welzenegg.«

»Wissen Sie, wo sich die Gerichtsmedizin in Klagenfurt befindet?«

Was war das denn für eine Frage? Was hatte Marie mit der Gerichtsmedizin zu tun?

»Ich denke, ja«, antwortete sie. »In der Nähe des Landesgerichts, richtig?«

Reichel ging nicht darauf ein. »Erzählen Sie mir doch von Ihrer Ausbildung«, sagte er.

Auf diese Frage war Marie gefasst. Sie hatte erwartet, dass jemand aus der Familie Referenzen hören wollte. Also hatte sie auf der Busfahrt von Klagenfurt nach Lendnitz einen Lebenslauf erfunden.

»Die Schule habe ich 2005 abgeschlossen, Hauptschule und polytechnischen Lehrgang. Danach habe ich zuerst beim Billa am Bahnhof als Aushilfe gearbeitet.« Es war zwar ein Ferienjob gewesen, während sie noch aufs Gymnasium ging, aber es stimmte tatsächlich. »Durch eine Freundin bin ich an einen Job als Putzfrau in einem privaten Haushalt gekommen. Das hat mir besser gefallen und schließlich habe ich ab 2008 im Hotel Sandwirth als Zimmermädchen gearbeitet.« Ihre Cousine war dort Rezeptionistin. Sie würde alles bestätigen, was Marie sagte. »2010 hab ich dann wieder zu Privathaushalten gewechselt.« Marie zuckte mit den Schultern. »Die Arbeitszeiten sind flexibler und es gibt weniger Beschwerden.«

Der Chefinspektor sah seinen Assistenten an, der fleißig mitgeschrieben hatte. »Wem glauben Sie hier eigentlich einen Bären aufbinden zu können?«, fragte der Inspektor unvermittelt. »Wir werden Ihre Angaben natürlich überprüfen«, er nickte seinem Assistenten zu, »aber wir wissen doch jetzt schon, was das Ergebnis sein wird.«

Marie blinzelte.

»Wir werden die Anrufe erledigen, wir werden herausfinden, dass Sie gelogen haben, und dann werden wir Sie festnehmen.«

»Ich habe nicht gelogen!«, protestierte Marie. Weshalb wollte der Chefinspektor sie festnehmen? War es illegal, unter falschen Voraussetzungen einen Job anzunehmen? Sie knabberte an ihrer Unterlippe. Wahrscheinlich schon. Gelogen war gelogen.

»Das war dann für den Moment alles.« Reichel stand auf. »Wir melden uns wieder bei Ihnen.« Sein Assistent raffte seine Schreibsachen zusammen und die beiden verließen das Haus. Marie atmete auf. Hoffentlich hatte Reichel nur geblufft. Wie viele Befugnisse besaß die Polizei? Was gab es für Datenbanken, in die sie Einblick hatten? Würden sie über die Versicherungsagentin Marie Schwerdtfeger stolpern? Ob sie sich mit einer Namensvetterin herausreden konnte, wenn es dazu kam?

Ihre Hand wanderte zu dem großen Messer in ihrer Schürzentasche. Sie musste sich beeilen, mehr denn je, um den Versicherungsbetrug aufzuklären und Jakob Jaritz die Beförderung wegzuschnappen. Gefahr lauerte auf verschiedenen Wegen. Innerhalb der Familie wollte jemand sie beseitigen, die Polizei würde früher oder später der Wahrheit auf die Spur kommen. Es war Zeit zu handeln. Heute Abend würde sie den Schutz der Dunkelheit ausnutzen und das Landgut und seine Geheimnisse erforschen.

37. DER BALKON

Glenn ließ sich vom neuen Dienstmädchen – er weigerte sich, sie auch nur in Gedanken Luzie zu nennen – einen Brandy bringen. Mutter übertrieb es zwar manchmal, aber im Grunde hatte sie recht, fand Glenn. Hin und wieder regte Alkohol zum Denken an. Und das hatte er jetzt bitter nötig. Er brauchte Ergebnisse, und zwar schnell. Die Polizei, Luzie, der tote Gerichtsmediziner: Es gab zu viele Faktoren, die in seine Suche nach dem wahren Mörder hineinspielten. Glenn holte die kleine Videokamera hervor und wog sie in der Hand ab. Sie war nicht schwer. Er überlegte. Er musste die anderen belauschen, so viel stand fest. Wenn er nun die Videokamera an einem unauffälligen Ort platzierte, konnte er ihre Gespräche aufzeichnen. Am besten heute und am besten sofort. Die Frage war, wo brachte er die Kamera an?

Im Moment saßen alle im Wohnzimmer. Der Chefinspektor hatte den oder die Mörder nervös gemacht. Er oder sie mussten handeln, Pläne schmieden. Im Augenblick tendierte Glenn dazu, Mutter und Frieda als mörderisches Team zu sehen, das den Rest der Familie fest im Griff hatte. Solange Glenn nicht dabei war, würden sie sich sicher fühlen. Er musste den heutigen Abend aufzeichnen. Morgen hieß es dann die Videos auszuwerten und die Wahrheit herauszubekommen.

Glenn nahm noch einen Schluck von seinem Brandy und blickte nachdenklich zur Zimmerdecke. Eine Idee formte sich in seinem Kopf und nach einigen weiteren Schlucken stand er aus seinem Rollstuhl auf, schloss die Zimmertür zweimal ab und wühlte in seinem Kleiderschrank. Es war riskant, aber kein schlechter Einfall. Glenn suchte nach dem langen Seil, das für Notfälle irgendwo versteckt sein musste. Den Klettverschluss der Videokamera band er um seine Hand. Dann trat er hinaus auf den Balkon und holte tief Luft. Er wickelte das Seil zuerst fest um das Geländer, anschließend sich selbst um den Bauch. Vorsichtig kletterte er über das Gitter. Sein linkes Knie knackte dabei bedenklich und Glenn verfluchte die Tatsache, dass er schon seit 30 Jahren nicht mehr zu den Jüngsten gehörte. Er atmete tief durch und ließ sich am Seil hinab.

Mit einem Ruck schnitt ihm das Seil in den Bauch, woraufhin Glenn laut aufstöhnte. Verzweifelt versuchte er, das Gleichgewicht zu behalten.

»Habt ihr das gehört?«, konnte er Michael durch die offene Terrassentür fragen hören.

Glenn baumelte hilflos hin und her, während er probierte, in eine stabile Position zu gelangen. Er presste die

Zähne aufeinander, um Michael nicht noch mehr auf sich aufmerksam zu machen.

»Was?« Das war Frieda. Ganz sicher legte sie gerade eine Patience und war genervt von der Unterbrechung.

»Da war ein Schrei, hab ich ganz deutlich gehört!«, sagte Michael.

»Ich auch. Furcht einflößend!«, bestätigte Tante Martha. Tante Martha hörte grundsätzlich nichts, liebte aber jeden guten Grund für eine Herzattacke. Glenn hoffte nur, die anderen würden das ebenfalls berücksichtigen. Er hielt sich mit einer Hand am Seil fest und streckte die Beine aus. Wenn er die Mauer erreichte, würde das Pendeln vielleicht endlich aufhören.

»Ihr spinnt«, murmelte Frieda.

Glenn hielt ein Bein ausgestreckt an die Wand. Die Schwingungen hörten langsam auf. Er konnte sogar wieder atmen.

»Nein, ausnahmsweise tun sie das nicht. Es hat tatsächlich jemand geschrien. Draußen«, gab Gesine ihrem Bruder recht.

»Der Einbrecher«, heulte Tante Martha auf. »Er kommt zurück!«

»Der Einbrecher kommt nicht zurück«, brauste Frieda auf. »Michael ist der Einbrecher. Wenn Michael geschrien hätte, hätten wir das gehört.«

Mit wachsender Panik lauschte Glenn dem Gespräch. Was, wenn Mutter ihre Kinder hinausschickte, um nachzuschauen? Immerhin war sie bisher still geblieben. Er hoffte, sie hatte zwei oder drei Brandys zu viel und lag schlafend auf dem Sofa.

»Es war sicher einer der Hunde. Oder ein Pferd«, sagte Frieda.

»Was, wenn nicht?«, fragte Michael ängstlich.

»Geh doch einfach nachschauen«, schlug Gesine gedehnt vor.

Glenn schwebte gute zwei Meter über der Erde in der Luft. Keine Chance, festen Boden zu erreichen, geschweige denn wieder zu seinem Balkon hinaufzuklettern. Wie sollte er das seiner Familie erklären?

»Ich?« Michael riss die Augen auf. »Warum geht nicht jemand anders? Opa zum Beispiel!« Nach einigem Gemecker öffnete sich die Terrassentür und Opa trat hinaus. Glenn hielt die Luft an.

Opa blinzelte einmal kurzsichtig nach vorn, dann verschwand er wieder meckernd im Wohnzimmer.

»Und? Hast du was gesehen?«, fragte Gesine.

»Gesehen?« Mutter war offensichtlich aufgewacht.

»Den Einbrecher!«, rief Tante Martha.

»Schluss jetzt. Wir werden ja paranoid«, schimpfte Frieda.

»Und wenn schon«, meldete Gesine sich. »Davon werden die psychischen Krankheiten in dieser Familie auch nicht schlimmer.«

»Was soll das heißen?«, brauste Frieda auf.

Bevor Gesine sich weiter erklären konnte, versuchte Tante Martha die Fronten zu glätten.

»Bitte. Nicht streiten. Ich habe ohnehin schon Kopfschmerzen«, jammerte sie.

Die hatte Glenn auch. Sein Nacken war steif geworden, weil er den Kopf hochhalten musste. Sonst bildete sich ein Blutstau und er sah schwarze Punkte.

»Ich glaube, ich gehe ins Bett«, kündigte Mutter an.

Glenn fühlte sich schwindelig, heiß und schwach. Überall kribbelte es und er wollte endlich sicher auf dem Boden stehen. Er merkte, dass sein Plan Fehler hatte. Keuchend versuchte er sich aufzurichten. Er hielt sich mit einer Hand am Seil fest und ruderte mit der anderen in der Luft herum. Seine Anstrengungen brachten ihn kein Stück näher zum Balkon. Verzweifelt ruckelte Glenn mit seinem ganzen Körper. Das hatte fatale Auswirkungen auf das Seil: Vor 25 Jahren angeschafft, gab das altersschwache Material ein Knirschen von sich und löste sich in seine Bestandteile auf. Einzelne Fäden ribbelten ab und Glenn riss panisch die Hände hoch.

Ein Gurgeln kam aus seiner Kehle, dann stürzte er ab.

38. DIE TERRASSE

Der Abend verlief genauso, wie Marie es sich vorgestellt hatte. Der mürrische Alte saß allein in seinem Zimmer, die Köchin bereitete die Kasnudeln für den nächsten Mittag vor und der Rest der Familie saß im Wohnzimmer. Von denen rührte keiner mehr einen Finger, sie würden in ein, zwei Stunden schnurstracks ins Bett verschwinden.

Genau die richtige Zeit also, um einen verwegenen Plan in die Tat umzusetzen. Sie konnte das Anwesen durchsuchen, sie konnte die Familie aushorchen, sie konnte endlich handfeste Beweise finden. Marie ging in ihre kleine Kammer, zog ihr Dirndl aus und eine schwarze Trainingshose und einen schwarzen Pullover an. Das Messer steckte sie in einen Stiefel, das hatte sie in einem Film gesehen. Es war cool, sie musste nur aufpassen, sich nicht ins Bein zu schneiden, wenn sie es herauszog.

Dann stieg sie aus ihrem Fenster, schlich durch den Garten zur Terrasse und landete inmitten eines Familientreffens. Eines typischen Hinrichsen-Familientreffens. Denn in der Mitte lag ein totes Familienmitglied.

»Entschuldigung«, stotterte Marie, als alle sie ansahen. Das waren ja Irre! Die brachten einen nach dem anderen um. Die waren nicht nur ein bisschen verrückt, die waren komplett durchgeknallt!

»Ein Krankenwagen! Wir brauchen einen Krankenwagen«, rief Tante Martha ihr zu. Sie saß zusammengesunken auf einem Terrassenstuhl und fächelte sich Luft zu.

»Was ist denn … wie hat …« Michael brachte noch nicht einmal einen ganzen Satz heraus. Marie konnte es ihm nicht verdenken. Selbst ihre Gedanken waren abgehackt.

»Oh, wie furchtbar«, jammerte Mutter. Sie trat neben Marie und krallte sich an ihrem Arm fest. »Die Polizei glaubt uns doch nie und nimmer, dass das ein Unfall war. Nicht nach der Sache mit Onkel Harry!« Sie legte sich die Hand auf die Stirn und seufzte. »Was machen wir denn jetzt bloß?«

»Zwei Wochen«, beschwerte sich Frieda. »Zwei Wochen und Onkel Harry wäre vergeben und vergessen. Aber Glenn hat uns nie gemocht.«

War sie die nächste? Musste sie jetzt dran glauben? Panisch sah Marie sich nach einer Fluchtmöglichkeit um.

»Ich wollte nicht stören, ich …« Sie griff zum Messer in ihrem Schuh.

Mutter strahlte sie an. Als keiner der anderen sich rührte, stemmte Mutter die Hände in die Hüften und funkelte ihre Verwandten an. »Glenn hatte wirklich genug Geld für alle!«, rief sie.

Frieda blickte Marie misstrauisch an, aber Michael hob grüßend eine Hand.

»Mir egal«, sagte er schulterzuckend, dann stieß er Gesine an. Sie musterte nach wie vor Glenns schlaffen Körper. »Kann es sein, dass Glenn noch lebt? Da setzt ja gar keine Leichenstarre ein.«

»Schätzchen, so etwas dauert«, erklärte Mutter.

Opa brummte vor sich hin und ging wieder zurück ins Wohnzimmer. Tante Martha rang nach Luft. »Mein Herz«, keuchte sie. »Wie kann Glenn mir diese Aufregung zumuten?«

»Ich weiß überhaupt nicht, wie dieses Dummerchen auf die Idee gekommen ist, aus seinem Rollstuhl zu steigen«, sagte Mutter. »Und sich dann vom Balkon abzuseilen!« Sie schüttelte den Kopf. »Dabei war er nicht mehr der Jüngste.« Dann drehte sie sich zu Marie um. »Ach, Schätzchen, lass dich drücken! Du bist schließlich eine von uns.«

Sie umarmte Marie, die vor Angst erstarrte. Was war denn jetzt los? Erst langsam drangen Mutters Worte in ihr Bewusstsein ein. »Ich bin eine … von … euch?«, fragte sie.

»Er hat gezuckt«, erklärte Gesine. »Ich hab's ganz deutlich gesehen. Er ist *nicht* tot.« Empört verschränkte sie die Arme vor der Brust.

»Weißt du«, wandte Mutter sich an Marie, »Blut ist dicker als Wasser. Und Familie ist wichtiger als Geld. Was nützt uns Harrys Lebensversicherung, wenn wir sie nicht mit seiner Tochter teilen können.«

»T-Tochter?« Marie wurde schlecht. Was für eine grässliche Vorstellung!

»Ach, Luzie, schön, dass du jetzt zu uns gehörst!« Mit diesen Worten schien Mutter von ihren Gefühlen überwältigt zu werden. Sie musste sich die Tränen aus den Augen wischen. Marie fiel in eine gnädige Ohnmacht.

39. DIE ARBEIT

Stein vier landete in hohem Bogen im Innenhof des Lendnitzer Polizeipräsidiums. Obwohl Tag drei eben erst begonnen hatte, wollte Reichel zurück ins Bett. Mit Ringen unter den Augen saß er an seinem Schreibtisch, schlürfte einen doppelten Espresso in kleinen Schlucken und versuchte sich auf das Telefongespräch zu konzentrieren.

»Es gab zu viele seltsame Umstände«, erklärte ihm der Sanitäter, der Glenn Hinrichsen ins Krankenhaus gebracht hatte. »Sie sollten zu diesem Landhaus fahren und den Unfall gründlich unter die Lupe nehmen, Herr Chefinspektor.«

»Das war sicher ein ganz normaler Unfall.« Vielleicht war es möglich, den Sanitäter von seinem Verdacht abzubringen. Reichel könnte eine Aktennotiz machen und nächste Woche würden Huber und sein neuer Vorgesetzter den Unfall untersuchen.

»Schauen S', ich hab schon viele komische Unfälle gesehen«, schnaubte der Sanitäter. »So merkwürdig wie dieser da war noch keiner. Und finden Sie es nicht auch ungewöhnlich, dass die Familie sich nicht dafür interessiert, wie der alte Mann gefallen ist? Dass erst ich als Sanitäter zur Polizei gehen muss?«, fügte er nach einer kleinen Pause hinzu.

Reichel seufzte. Es war in der Tat nicht normal, dass ein Querschnittsgelähmter aus seinem Rollstuhl stieg, um sich dann über eine Balkonbrüstung zu werfen.

»Ein Selbstmord?«, fragte er in einem letzten verzweifelten Versuch, das Unabwendbare aufzuhalten. Vielleicht konnte er Huber allein zur Befragung der Familie Hinrichsen schicken?

»Ja, sicher! Wenn ich mich umbringen will, wähle ich den Balkon eines 20 Meter hohen Wolkenkratzers, nicht den einer Privatvilla, der nur drei Meter über dem Erdboden liegt.«

»Nur hat Glenn Hinrichsen als Rollstuhlfahrer eingeschränkte Bewegungsmöglichkeiten. Der Balkon seiner Privatvilla war vielleicht seine einzige Möglichkeit.«

»Er hatte einen Strick um den Bauch geknotet. Bei einem Selbstmord hätte er sich den um seinen Hals gelegt.«

»Hm.« Reichel dachte nach. Ein vermeintlicher Mörder hätte doch bestimmt auch soweit gedacht? Niemand brachte jemanden um, indem er ihn von einem drei Meter hohen Balkon schubste. »Vielen Dank für die Information. Ich werde mir die Familie näher ansehen«, verabschiedete er sich. Der Sanitäter wünschte ihm viel Glück und legte auf.

»Huber, da ist was faul.« Reichel drehte sich zu seinem Assistenten um, der das Gespräch von seinem Platz an dem Flipchart verfolgt hatte. Er hatte den Namen Glenn Hinrichsen schon rot eingekreist und ›Opfer‹ daneben geschrieben.

»Wieso ein Balkon? Wieso ein Strick? Was für ein Motiv?« Hubers Wangen glühten.

»Die ganze Sache ergibt nur einen Sinn, wenn wir den Täter oder die Täterin mit einbeziehen.« Reichel tippte sich mit dem Zeigefinger ans Kinn. »Mordversuch, Selbstmord, Unfall, fällt alles aus. Vielleicht war er Marie Schwerdtfeger auf der Spur? Er hat die Wahrheit über sie herausgefunden, hat sie damit konfrontiert und sie ist durchgedreht? Blind vor Wut schmeißt sie ihn über die Brüstung des Balkons.«

Reichel stand auf. Er musste nachdenken, das ging am besten im Gehen.

»Oder er war eingeweiht«, spann er den Faden weiter. »Sie hat ihn nicht als Gefahr gesehen, der ›arme alte Krüppel‹, Sie verstehen schon. Aber dann hat er aufgemuckt. Sie musste ihn also einschüchtern.«

»Wie bei der Mafia!«, rief Huber.

»Genau wie bei der Mafia.« Reichel setzte sich wieder. Was dieser Fall für Ausmaße annahm!

»Was haben wir eigentlich herausgefunden über Marie Schwerdtfeger? Haben Sie das Hotel Sandwirth angerufen? Und beim Billa am Bahnhof?«

Huber nickte. »Alles sauber. Eine Carolin Renze hat sie als äußerst fleißiges Zimmermädchen beschrieben. Sie legte es mir sehr ans Herz, Marie Schwerdtfeger einzustellen. Beim Billa konnte sich niemand mehr an sie erinnern, aber sie steht in der Personalakte.«

»Sie führt also ein Doppelleben«, bemerkte Reichel.

Hubers Augenbrauen schossen nach oben.

»Haben Sie ihr Geldtascherl gesehen, als sie uns ihren Ausweis gezeigt hat?«

Sein Assistent schüttelte den Kopf.

»Auf Details müssen Sie achten, Huber. Sage ich Ihnen immer wieder.« Selbstgefällig lehnte Reichel sich zurück und grinste. Er war eben ein alter Fuchs. Huber konnte froh sein, einen wie ihn zum Chef zu haben. »In ihrem Geldtascherl steckten Karten«, ließ Reichel die Bombe platzen. »ÖAMTC-Mitgliedsausweis. Bankomatkarten von der Ersten Bank und der Raiffeisen. Eine Mastercard Platinum.« Das letzte Wort zog Reichel genüsslich in die Länge. »Was glauben Sie, wie ein Zimmermädchen sich das alles leisten kann?«

Huber starrte ihn mit offenem Mund an. »Wahnsinn«, brachte er schließlich hervor.

»Eben. Sie muss einen lukrativen Nebenverdienst haben.« Reichel ließ die Worte sacken.

»Leiten Sie eine Observierung ein, Huber. Marie Schwerdtfeger soll rund um die Uhr überwacht werden«, kommandierte er. »Verfolgen Sie jeden Schritt, den sie außer Hauses tut. Ich will wissen, wann sie geht, wohin sie geht und mit wem sie sich trifft.«

Huber rieb sich die Hände. »Herr Chefinspektor, wir verfolgen eine heiße Spur.«

40. DER UNFALL

Es war dunkel. Entfernt konnte Glenn Stimmen hören. Er versuchte sich zu erinnern, was passiert war, wo er sich befand, wie er dorthin gekommen war und warum zum Teufel er seine Augen nicht öffnen konnte?

Die Stimmen wurden lauter, und nach und nach gelang es ihm, sie zu unterscheiden. Mutter schien da zu sein, Frieda ebenfalls.

»Ach Gott, ach Gott, meine Nerven!« Das war eindeutig Tante Martha. Jemand nuschelte etwas Unverständliches und wenn Glenns Muskeln funktioniert hätten, wäre er weggerutscht. Opa stand direkt neben ihm. Hoffentlich hatte ihm niemand Bonbons gegeben.

»Hier steht Stumpfspray. Ob die Glenn was amputiert haben?« Gesines übliche Faszination am Morbiden war diesmal aufschlussreich. Er befand sich offenbar im Krankenhaus. Wo sonst hätten ›die‹ ihm etwas amputiert? Schreck fuhr ihm in die Glieder. *Hatten* die ihm etwas amputiert? Glenn versuchte sich auf seinen Körper zu konzentrieren. Bewegen konnte er sich immer noch nicht, aber fühlen, leicht fühlen. Kopf: Schmerzen. Arme: da. Brustkorb: Schmerzen. Beine: vorhanden. Es schien alles in Ordnung zu sein, bis auf die Tatsache, dass er sich weder bewegen noch etwas sagen konnte.

»Nein, was macht Glenn auch immer für Sachen«, schalt Mutter.

Glenns Augen waren geschlossen, aber er wusste, wie Mutter dastand: die eine Hand an der Hüfte, das rechte Bein mit einem mörderisch hohen Stöckelschuh leicht vorgesetzt. Mit der anderen Hand fasste sie sich zunächst an die Stirn, danach legte sie sie auf ihren wogenden Busen. Er war sich sicher, dass sie ein enges Kleid trug, höchstwahrscheinlich in rot. Dazu ihre gute Pelzstola und ein glitzerndes Handtäschchen. In einem Krankenhaus befanden sich Ärzte, Mutters Ansicht nach einer der angesehensten Berufsstände der Welt. Sie würde sich solch eine Chance nie entgehen lassen.

»Was ist denn mit der Amputation? Können wir mal nachgucken?«, insistierte Gesine.

»Kind«, jammerte Mutter, »lass den armen Glenn in Ruhe. Ich glaube nicht, dass er es mögen würde, wenn wir ihn auf vorhandene oder nichtvorhandene Gliedmaßen untersuchen, solange er im künstlichen Koma liegt und sich nicht bewegen kann.«

Es kam äußerst selten vor, aber in diesem Moment war Glenn Mutter unendlich dankbar. Gesines Finger an intimen Körperstellen würden ihm erspart bleiben. Dann registrierte er Mutters Worte. Koma? Er lag im Koma? Nicht das auch noch. Hieß das, er würde die Gespräche seiner Sippschaft ertragen müssen, ohne die geringste Möglichkeit, sie hinauszuschmeißen? Wie lange würde dieses Koma dauern?

»Außerdem ist er doch bloß gefallen«, mischte Michael sich ein. »Kann ja gar nix zu amputieren sein. So was führt zu Querschnittslähmung, nicht zu Amputation.«

»Schätzchen, Glenn ist ohnehin querschnittsgelähmt«, ermahnte Mutter und Glenn wusste, dass sie Michael gerade eine fürsorgliche Hand auf den Arm legte. Die andere wanderte sicher wieder zum Busen.

Glenn stockte der Atem. Was, wenn er jetzt tatsächlich

querschnittsgelähmt war? Wenn der Sturz dazu geführt hatte, dass ein Wirbel nicht nur angeknackst, sondern wirklich gebrochen war? Glenn würde fest an den Rollstuhl gebunden sein, eine wehrlose Zielscheibe für den Mörder oder die Mörderin in der Familie abgeben.

»Wie ist das passiert?«, fragte Frieda nachdenklich. »Was hat Glenn getrieben?«

Er hoffte, dass seine Familie – und insbesondere Frieda – die Antwort auf diese Frage nie finden würde. Wenn er schon das nächste Ziel des Familienmörders war, dann sollte der sich wenigstens nicht von Glenn verfolgt fühlen. Um wie viel schneller würde er dann wieder morden? Vorzugsweise Glenn?

»Entschuldigen Sie die Störung.« Das musste eine Schwester sein. Kein Familienmitglied der Hinrichsens war so höflich. Es folgte eine kurze Pause, ein erschrecktes Luftholen und dann ein empörter Ausruf. »Ich glaube, wir hatten Ihnen deutlich genug gesagt, dass Herr Hinrichsen absolute Ruhe braucht. Er ist in keinem Zustand, mehr als einen Besucher gleichzeitig zu empfangen!«

Es blieb mucksmäuschenstill. Glenn konnte nicht hören, dass sich jemand bewegte.

»Raus hier!«, schrie die Schwester so laut, dass Glenn sich wünschte, nicht ganz so gut hören zu können. Es kam Bewegung in die Bande und einer nach dem anderen schlurfte hinaus. Nur Mutter protestierte.

»Wir sind seine Familie!«, regte sie sich auf und Glenn spürte, wie sie seinen Kopf tätschelte. »Wie soll er denn sonst gesund werden?«

Glenn vermutete zwar stark, dass es genau diese Familie war, die ihn daran hinderte, gesund zu werden, trotzdem wünschte er sich zwei Stunden später, dass die Schwester nachgegeben hätte. Ohne sich bewegen zu können, ohne die Fähigkeit, lesen oder fernzusehen, ohne Menschen, die sich neben seinem Bett unterhielten, war es unendlich langweilig. Hätte ihm vor einigen Wochen jemand gesagt, dass er seine verdrehte Familie einmal vermissen würde, hätte er denjenigen ausgelacht. Aber jetzt konnte er nur an eins denken: Mit der ganzen Bande um sich herum war immer etwas los.

41. DAS BÜRO

Jakob Jaritz tigerte in seinem Büro auf und ab. Vom Fenster zum Schreibtisch, eine schnelle Drehung und wieder zurück. Den Mund hatte er fest zusammengepresst, die Hände in den Hosentaschen. Dr. Warteburg hatte ihm gerade gesagt, dass er sich um seine eigenen Fälle kümmern sollte, Marie brauche keine Hilfe.

Er musste also schwerere Geschütze auffahren.

Jemand klopfte schüchtern an seine Bürotür. Der Praktikant streckte den Kopf herein.

»Jetzt nicht!«, rief Jakob und rieb sich die Stirn. Er hatte den Wellhofer-Fall gelöst, den spektakulärsten Fall dieses Jahres. Oder zumindest fast. Er würde auch das Problem Marie Schwerdtfeger beseitigen, und zwar ohne die kleine Aichwalder aus Abteilung C. Er rekapitulierte seine Möglichkeiten: Er war Versicherungsagent, spezialisiert darauf, knifflige Probleme zu lösen. Also brauchte er als Erstes eine Spur. Und die würde er in Marie Schwerdtfegers Büro finden!

Ein Lächeln stahl sich auf seine Lippen und er öffnete schwungvoll die Tür. Der Praktikant stand immer noch dort, erhielt ein Kopfschütteln von ihm, bevor er ins Treppenhaus rauschte. Maries Büro befand sich im dritten Stock. Jakob stellte sich neben den Wasserspender und füllte einen Plastikbecher. Er wollte keinen Verdacht erregen, solange Kollegen am Gang waren. In langsamen, bedächtigen Zügen trank er und füllte den Becher erneut. Er war eben durstig, das hatte nichts damit zu tun, dass sich Maries Büro genau gegenüber befand. Das war ein glücklicher Zufall. Am Gang herrschte ein ungeheurer Betrieb. Hier musste ein Kollege auf die Toilette, dort eine Kollegin einer anderen eine Akte bringen, hier wollte jemand was trinken, dort gab es Kundenverkehr. Jakob füllte seinen Wasserbecher zum dritten Mal. Endlich war der Weg frei. Mit einem Blick nach rechts und einem nach links durchquerte er den Gang, drückte die Klinke von Maries Büro hinunter und prallte gegen die Tür. Sie hatte abgeschlossen! Es hatten sich aber auch alle gegen ihn verschworen. Jakob marschierte zurück in sein Büro, um einen neuen Schlachtplan zu entwerfen.

»Was tun Sie denn schon wieder hier?«, muffelte er den Praktikanten an, der einen Aktenstapel auf seinem Schreibtisch ablegte. »Gibt's keine Kollegen, denen S' auf die Nerven gehen können?« Er ließ sich in seinen Schreibtischsessel fallen und schlug mit der Hand auf den Tisch. Mission Marie war eine noch härtere Nuss als der spektakuläre Wellhofer-Fall.

42. DIE BEFRAGUNG

Marie saß wieder einmal in der Küche, dem Chefinspektor gegenüber. Wie schon während der letzten Befragungen saß der Assistent etwas abseits, hörte dem Gespräch aufmerksam zu und schrieb in sein Notizbuch. Marie fühlte sich schrecklich.

»Was können Sie mir über den gestrigen Abend erzählen, Frau Schwerdtfeger?« Der Chefinspektor hatte diesmal ebenfalls einen Notizblock vor sich.

Marie wusste beim besten Willen nicht, was sie dem Mann erzählen sollte. »Ich bin erst später dazu gekommen«, berichtete sie wahrheitsgemäß. »Glenn ist offenbar … vom Balkon gefallen.« Hilflos zuckte sie die Achseln. Auch ihr war die Tatsache, dass ein querschnittsgelähmter Mann vom Balkon fiel, suspekt.

»Vom Balkon gefallen. Aha«, wiederholte Reichel und sah Marie scharf an. »Glenn Hinrichsens Rollstuhl wurde neben seinem Bett gefunden. Geschätzte 3,50 Meter vom Balkon entfernt. Sie haben nicht zufällig eine Erklärung dafür, Frau Schwerdtfeger?«

Marie schüttelte verzweifelt den Kopf. Sie hatte für überhaupt nichts, was in diesem verrückten Haushalt geschah, eine Erklärung.

»Sie haben das Opfer als letzte Person vor seinem Unfall gesehen«, änderte der Inspektor seinen Kurs.

Marie blickte ihn erschrocken an. »Sie wollen doch nicht etwa …«

»Ich will wissen, was er gesagt und getan hat, als Sie ihm einen Brandy nach oben gebracht haben.«

Marie schluckte. »Er hat mich angewiesen, ihm das Glas auf den Schreibtisch zu stellen. Dann musste ich mit einem Strohhalm einen Schluck daraus trinken und dann hat er mich wieder hinuntergejagt.«

»Sie mussten aus seinem Glas trinken?« Der Inspektor sah Marie verwirrt an.

»Er ... Herr Hinrichsen hat diese Phobie. Dass ...«, Marie brach ab. Sie konnte doch dem Chefinspektor unmöglich sagen, dass Glenn Angst hatte, sie würde ihn vergiften! »Er dachte, jemand könnte vielleicht unbemerkt Gift in seine Lebensmittel schütten. Ich war seine Vorkosterin.«

Interessiert blickte Reichel auf. »Das war also Gewohnheit? Seit wann hat Herr Hinrichsen diese Angst?« Er zückte seinen Notizblock und begann eifrig zu schreiben.

»Also ich kenne ihn gar nicht anders«, gab Marie zu. »Vom ersten Tag an war Herr Hinrichsen sehr misstrauisch.«

Der Inspektor wirkte nachdenklich. »Nach Harald Hinrichsens Tod. Hat Herr Hinrichsen, also Glenn Hinrichsen, in diesem Zusammenhang mal etwas erwähnt? Dass er einen Verdacht hat, den Einbrecher zu kennen vielleicht?«

Marie schüttelte den Kopf.

Der Inspektor blickte sie prüfend an. Sein Assistent klappte das Notizbuch zu und steckte es in die Tasche.

»Danke. Das war für den Moment alles«, sagte Reichel, während er sich erhob. »Wir melden uns, wenn wir noch etwas wissen wollen.«

Marie begleitete Reichel und seinen Assistenten zur Tür. Lange blickte sie ihnen nach, wie sie das Auto starteten und die Landstraße nach Lendnitz nahmen.

Den Inspektor hatte sie unterschätzt. Der Mann war kein Dorftrottel, wie sie zunächst gedacht hatte. Er war sogar ziemlich auf Zack.

Marie ging zurück in die Küche. Die Köchin tauchte auf. Sie hatte wohl im Garten Ribisel gepflückt, denn sie hielt eine ganze Plastikschüssel mit den Früchten im Arm.

»Des wird a feine, gesunde Nachspeis«, sagte sie zufrieden. »Vor allem Mutter mag's gesund, wegen der Kinder.«

»I weiß gar net, was die Polizei dauernd wüll«, jammerte Marie ihr vor. Sie hatte es zwar eigentlich schon aufgegeben, von der Frau brauchbare Informationen zu bekommen, aber eine kleine Lästerrunde in der Küche würde ihren Mund vielleicht ein wenig lockern.

»Des is a Frechheit«, fiel die Köchin auch sofort ein. »Und dann geben s' Harrys Leichnam net frei, obwohl ma die Beerdigung vorbereiten müssen! Wie stöllen sich die beiden Herrn des denn vur? Irgendwann können ma nur noch die Knochen unter die Erde bringen.« Sie schüttelte den Kopf und schüttete die Ribisel in ein Sieb. »Die arme Famülie!«

Marie konnte keinerlei Mitleid empfinden. Vor allem, da es schon wieder Zeit war, das Mittagessen zu servieren.

»Ach, Luzie, lass das doch«, lächelte Mutter, als Marie das Wägelchen ins Esszimmer schob. »Bis Frau Pirker wieder da ist, kann das die Köchin machen. Setz du dich lieber zu uns.«

»Ich glaube, Sie verwechseln mich«, sagte Marie. »Ich bin nicht … Ich bin Marie. Nicht Luzie.«

»Du brauchst dich nicht zu verstellen«, mischte sich Frieda ein. »Wir wissen, wer du bist.«

»Und … Wer bin ich?«, fragte Marie vorsichtig.

»Na, Onkel Harrys uneheliche Tochter!« Mutter strahlte. »All die Jahre hat er dich verschwiegen, aber bei seiner Testamentseröffnung ist er endlich mit der Sprache herausgerückt!«

43. DER ZEUGE

Chefinspektor Reichel hatte eine neue Theorie. Er saß am Steuer des Dienstwagens und dachte nach.

»Was, wenn es doch ein Mordversuch war?«, fragte er seinen Assistenten. Sie waren auf dem Weg ins Krankenhaus. Mit etwas Glück war Glenn Hinrichsen vernehmungsfähig und konnte aufschlussreiche Hinweise geben. »Wenn die Schwerdtfeger den Mann tatsächlich aufhängen, es vielleicht wie einen Selbstmord aussehen lassen wollte, aber etwas – oder jemand – ist ihr dazwischengekommen?«

»Sie wollte ihn umbringen, aber er hat sich zu heftig gewehrt oder jemand anders hat sie gestört? Ja. Vielleicht hat jemand an die Zimmertür geklopft. Sie musste sich schnell entscheiden und ihr blieb keine andere Wahl, als ihn den Balkon hinunterzuwerfen und zu hoffen, dass er sich dabei das Genick bricht.« Huber nickte.

»Hoffentlich hat sie den alten Mann nicht zu sehr eingeschüchtert. Eine Aussage von ihm ist jetzt das Wichtigste.

Er hält das Puzzleteil in der Hand, diesen Fall zu lösen.«

Reichel bog auf den Besucherparkplatz des Spitals ein.

»Wir müssen uns beeilen«, sagte er, während er aus dem Wagen stieg. »Die Schwerdtfeger hat gemerkt, dass wir sie verdächtigen. Wieso sonst diese Geschichte mit dem Vorkosten? Sie weiß, dass wir ihr auf der Spur sind.«

»Jetzt will sie den Verdacht auf jemanden innerhalb der Familie lenken«, ergänzte Huber.

»Exakt.«

Reichel nickte der Rezeptionistin kurz zu und fragte nach Glenn Hinrichsen.

»Intensivstation, Zimmer 603. Sie nehmen am besten den Aufzug.«

Reichel kannte sich aus und fand den richtigen Gang auf Anhieb. Eine Schwester trat aus einem Anmeldezimmer.

»Kann ich Ihnen helfen?«

Reichel zückte seinen Ausweis. »Kriminalpolizei, ich suche Glenn Hinrichsen.«

Die Schwester machte große Augen. »Was ist denn passiert?«, fragte sie im Flüsterton.

»Wir ermitteln in einem Mordfall.« Reichel hoffte zwar immer noch inständig, dass es nicht so war, aber bei der Zivilbevölkerung machte das Wort Eindruck. Wie erwartet schlug die Schwester eine Hand vor den Mund.

»Du meine Güte«, hauchte sie. Dann blickte sie ihn bedauernd an. »Ich glaube aber nicht, dass Herr Hinrichsen Ihnen helfen kann.«

Reichel zog die Augenbrauen zusammen. »Warum?«

»Er liegt im künstlichen Koma. Der Doktor meint, das wäre besser für ihn wegen seiner schweren Verletzungen. In ein, zwei Tagen soll er aufgeweckt werden.«

Reichel sah sein freies Wochenende dahinschwinden. »Verdammt noch mal, Huber, wie sollen wir denn so arbeiten?«, explodierte er.

»Was heißt denn, wie sollen Sie arbeiten?« Die Krankenschwester sah ihn empört an. »Was ist mit dem armen Herrn Hinrichsen?«

Huber zuckte die Achseln. Reichel massierte sich die Schläfen und atmete tief durch. »Es ist Freitagnachmittag«, sagte er zu Huber. »In genau vier Tagen und einer Stunde findet die Feier anlässlich meiner Pensionierung statt.«

Huber sah ihn aufmerksam an.

»Ich werde jetzt nach Hause gehen, wo mich meine Frau hoffentlich mit einem Stück Kuchen erwartet. Sie, Huber, bringen das Flipchart auf den neuesten Stand. Und Sie«, er wandte sich an die Krankenschwester, »sorgen dafür, dass man uns Bescheid sagt, wenn Herr Hinrichsen vernehmungsfähig ist.«

Die Krankenschwester nickte.

»Wir werden diesen verdammten Fall lösen. Ich habe noch zwei Diensttage durchzustehen. Zwei«, sagte Reichel zu seinem Assistenten. »Wir werden dieser Gerichtsmedizin und Marie Schwerdtfeger Feuer unterm Hintern machen!«

44. DER BESUCH

Marie schüttelte Tante Marthas Bett auf und sorgte sich. Was wollten die Hinrichsens? Marie auf ihre Seite ziehen? Hatte sie die Möglichkeit, das Schweigegeld anzunehmen – Mutter hatte von Harrys Lebensversicherung gesprochen –, den Fall aufzugeben und mit dem Leben davonzukommen? Es war verlockend. Aber was wenn nicht? Was, wenn sie ihr mit ihrem Gefasel von Luzie etwas vorgaukelten, um sie in Sicherheit zu wiegen? Würden sie dann im geeigneten Moment zuschlagen und Marie ermorden?

Sie beschloss, eine kurze Pause zu machen und sich in der Küche einen Kaffee zu gönnen. Das würde ihre Gedanken ordnen und ihr die Angst nehmen. Wenn sie einen Plan hatte, fühlte sie sich nicht mehr so hilflos.

Es klingelte. Marie hatte nicht einmal mehr die Energie zu fluchen. Natürlich musste es in genau dem Augenblick klingeln, in dem sie sich fünf Minuten Pause gönnen wollte.

»Einmal Dienstmädchen, immer Dienstmädchen, 24 Stunden am Stück«, murmelte sie auf dem Weg zur Tür. Es klingelte wieder. Da hatte es jemand wohl ganz eilig.

»Einen wunderschönen guten Tag.« Marie setzte ihr bestes Lächeln auf und öffnete.

Eine etwa 50-jährige Unbekannte in einem hellblauen Kostüm blickte sie durchdringend an.

»Was sind Sie denn so gut gelaunt?«, fragte die Frau und zog ihre Augenbrauen zusammen. Sie rückte den Hut auf ihren grauen Locken zurecht und Marie fühlte sich kurz an die Queen erinnert, mit ein bisschen Übergewicht. Sie unterdrückte den Impuls, einen Knicks zu machen.

»Wen darf ich melden?«, fragte Marie stattdessen.

Die Frau drückte ihr den riesigen, ebenfalls hellblauen Schirm, den sie mitgebracht hatte, in die Hand und marschierte an ihr vorbei ins Wohnzimmer. Offenbar kannte sie sich aus. Marie zögerte. Sollte sie die Unbekannte ankündigen? Wenn ja, als wen?

»Hilde!«, hörte sie Mutters Stimme in ungeahnte Höhen schrillen. Die Unbekannte hatte jetzt also einen Namen. Marie folgte ihr ins Wohnzimmer und blieb an der Tür stehen. Mutter gab der hellblau gewandeten Queen gerade einen angedeuteten Kuss auf die Wange.

»Hallo, Hilde«, sagte Frieda säuerlich. Opa und Michael runzelten die Stirn. Gesine ignorierte den Besuch und zog ein dickes Buch aus dem Regal.

Mutter kam auf Marie zu und führte sie an der Hand in die Mitte des Geschehens.

»Luzie, sieh doch mal, wer da ist«, sagte sie und deutete auf Hilde.

»Ich heiße Marie«, murmelte Marie, lächelte Mutter und den Gast jedoch artig an.

»Das ist Hilde«, fuhr Mutter fort und setzte leiser hinzu, »eine Großcousine deines Vaters Harry.«

»Harry ist nicht mein Vater«, murmelte Marie ohne Hoffnung, dass ihr jemand zuhören würde.

»Natürlich nicht, Kindchen, er war es. Er lebt ja nicht mehr, entschuldige, das muss dir furchtbar wehtun.« Mutter schüttelte traurig den Kopf, lächelte sofort wieder. »Wie dem auch sei, mit Hilde habe ich schon als Kind im Sandkasten gespielt.«

»Und mir immer Sand in die Augen gestreut«, fügte Hilde hinzu.

»Sie war ein fürchterliches kleines Mädchen«, erklärte Mutter, »neidisch auf meine hübschen blonden Locken, auf mein Lächeln und meinen Erfolg bei den Jungs. Natürlich, ich habe ja dann auch ihren Großcousin geheiratet.«

»Als Erwachsene ist sie nicht besser«, flüsterte Frieda.

Hilde tat, als hätte sie nichts von alldem gehört, reckte ihr Kinn und stolzierte zum Sofa. Opa versuchte ihr mit seinem Krückstock ein Bein zu stellen.

Marie blinzelte. War Hilde so etwas wie das schwarze Schaf der Familie? Wenn dem so war, sollte Marie sich vielleicht mit ihr anfreunden, möglicherweise bekam sie irgendetwas heraus.

Mutter, die Maries Hand immer noch nicht losgelassen hatte, wandte sich wieder an Hilde.

»Das ist übrigens unsere Luzie«, strahlte sie. »Onkel Harrys Tochter.«

Hilde kniff Lippen und Augen zusammen.

»Harry hatte eine Tochter?«, fragte sie.

»Nein«, sagte Marie seufzend. Weshalb glaubte ihr denn bloß niemand?

»Luzie ist ein bisschen schüchtern«, erklärte Mutter. »Ihre Arbeit als Dienstmädchen will sie auch nicht aufgeben.« Sie schüttelte den Kopf. »Tausendmal habe ich ihr schon erklärt, dass es sich nicht ziemt für eine junge Frau ihres Standes, aber sie will einfach nicht auf mich hören.«

»Kampf den Klassenunterschieden, Sieg dem Proletariat«, warf Gesine ein.

»Gesine ist in einer kleinen Trotzphase.« Mutter zuckte entschuldigend mit den Schultern. Sie gab Gesine einen

Kuss auf die Wange, den diese sofort abwischte. »Aber auch wenn sie es nicht zugeben will, liebt sie ihre Familie heiß und innig.«

»Im Gegensatz zu anderen Leuten«, bemerkte Frieda spitz. »Die sich alle Jubeljahre sehen lassen.«

Opa kicherte.

Hilde tat, als hätte sie auch das überhört. »Was macht denn Michael? Mir wurde erzählt, er ist auch bei seiner dritten Lehrstelle hinausgeflogen?«, lächelte sie stattdessen Mutter an. Hinterhältig. Vielleicht war es doch keine so gute Idee, sich mit ihr anzufreunden. In dieser Familie waren alle so verdreht, dass Marie sich nicht einmal darauf verlassen konnte, dass die schwarzen Schafe normal waren.

»Der Chef hatte es auf mich abgesehen«, verteidigte Michael sich. »Kann ich doch nicht ahnen, dass die Sicherung unbedingt draußen sein muss, wenn er die Steckdose repariert.«

»Der Junge braucht eine kleine Orientierungsphase«, lächelte Mutter. »Aber bald wird er richtig durchstarten.«

Marie war sich nicht sicher, ob es unerschütterliche Zuversicht eines liebenden Mutterherzens war oder schlichtweg mangelnder Realitätssinn. Sie setzte sich aufs Sofa und wartete, was als Nächstes passierte. Die Betten konnte sie später immer noch machen. Die Stimmung in diesem Raum war so angespannt, dass Marie fast darauf gewettet hätte, ziemlich bald über die nächste Leiche zu stolpern.

»Glenn hat mir geschrieben«, eröffnete Hilde das Gespräch. Sie zog ein Blatt Papier aus ihrer Handtasche, faltete es auf und räusperte sich. »Liebe Hilde, wie du weißt, wohnt zurzeit die ganze Familie auf dem alten

Anwesen der Hinrichsens. Ich schreibe dir, weil du die Einzige bist, der ich vertraue.« Hilde legte den Zettel auf den Schoß und blickte die anderen bedeutungsvoll an.

»Hmpf«, machte Mutter.

»Häh?«, fragte Michael.

»Dass ich nicht lache!«, ließ sich Frieda deutlich vernehmen.

Hilde blickte hoheitsvoll über Frieda hinweg und fuhr fort: »Du bist die Einzige aus der Familie, die schon seit Jahren nicht mehr auf dem Anwesen war. Du bist die Einzige, die ausgeschlossen werden kann aus dem Kreis der potenziellen Mörder.« Hilde machte eine zweite Kunstpause.

»Wie jetzt?«, fragte Michael. »Potenzielle Mörder?«

»Was für eine Unverschämtheit!«, brauste Mutter auf.

»Nein, wie schrecklich!«, ächzte Tante Martha.

Opa schlug mit seinem Krückstock auf den Boden.

»Denn das ist es, was ich glaube: Ein Mörder befindet sich unter uns. Zumindest einer, wenn nicht gar mehrere. Harrys Tod war kein Selbstmord. Genauso wenig wie der von Oma Margot ein Unfall war. Und ich bin der Nächste.«

Hilde faltete das Papier behutsam zusammen und steckte es in ihre Handtasche zurück.

»Als das bei mir in der Post lag, habe ich natürlich als Erstes angerufen. Und als mir die Köchin dann mitteilte, Glenn liege im Krankenhaus, bin ich unverzüglich hergekommen.«

»Was willst du?«, fragte Mutter distanziert.

»Ich bitte dich! Wie kommst du darauf, dass ich etwas von euch will?«

»Du willst immer etwas von uns, wenn du anrufst, Briefe schreibst oder plötzlich auftauchst«, merkte Frieda an.

Hilde verzog beleidigt den Mund und griff sich an die Brust. »Es verletzt mich, wenn du so etwas sagst! Kann ich nicht einfach nur meiner Familie einen Besuch abstatten? Meiner Familie, die offenbar in Not ist, wenn ich Glenns Schreiben richtig deute.«

Frieda und Mutter sahen sich an. »Nein.«

Opa schüttelte den Kopf.

»Nun, ich will nur ein wenig mit euch plaudern.« Hilde sah im Raum umher. »Das Bücherregal ist neu«, sagte sie.

»Es ist 15 Jahre alt«, gab Frieda zurück.

»Dann wurde es aber wirklich Zeit, endlich wieder zu euch zu kommen!« Hilde strich das Deckchen auf dem Couchtisch glatt und fragte beiläufig: »Wie hoch war eigentlich die Versicherungssumme für Harry?«

Marie unterdrückte ein Grinsen. Jetzt wurde es spannend.

»Ich habe es doch gewusst«, stöhnte Mutter und griff sich mit beiden Händen an die Schläfen.

»Das geht dich nichts an«, sagte Frieda wie erwartet.

Hilde schürzte die Lippen und blickte zur Decke. »Was soll ich mit Glenns Schreiben tun?«, fragte sie nachdenklich. »Glenn liegt immerhin im Koma. Was, wenn er stirbt?«

»Ha«, schnaubte Frieda. »Den Gefallen tut uns der alte Griesgram nicht.«

»Wenn er wirklich glaubt, wir wollten ihn umbringen, lebt er aus Trotz auch mit einem Genickbruch weiter«, pflichtete Mutter bei.

Hilde runzelte die Stirn. »Soll ich mit dem Schreiben zur Polizei gehen?« In bewährter Mutter-Manier griff sie sich an die Brust. »Aber was wird man dort sagen? Werdet ihr in Schwierigkeiten kommen?«

Frieda presste ihren Mund zusammen.

»Wir sind eine Familie«, fuhr Hilde fort. »Und Harrys Lebensversicherung hat sicher ein hübsches Sümmchen ergeben.«

So sehr Marie die ganze Familie Hinrichsen zum Teufel wünschte, sie fand diese kleine Frau in ihrem hellblauen Kostüm furchtbar unsympathisch. Sie holte Luft und sagte laut: »Wenn ich meinen Anspruch geltend mache, bekommen Sie keinen Cent. Das ganze Vermögen geht in gerader Linie an die Kinder.«

Hilde blinzelte. Mutter lächelte und drückte Maries Schulter.

»So ist es richtig, Kind. Besteh auf deinem Erbrecht.« Marie fühlte sich plötzlich unwohl. Erbrecht. Hier ging es die ganze Zeit nur ums Erben. War das eine versteckte Morddrohung? Ihr wurde heiß und sie verstand Glenns Gift-Paranoia mit einem Mal nur zu gut. Sie beschloss, am Abend Pizza zu bestellen. Und für morgen Früh hatte sie noch zwei Kekse in der Handtasche.

»Nun.« Hilde rückte ihre grauen Löckchen zurecht. »Es gibt da ja noch Glenns Testament.« Sie hatte sich wieder gefasst. »Er schrieb mir, dass ich erwähnt würde.«

Hilde holte den Brief wieder aus ihrer Handtasche und faltete ihn gemächlich auseinander. »Hier steht's: Auch du bist in meinem Testament vermacht, liebe Hilde. Falls derjenige, der es geschrieben hat, nicht mehr weiß, wo er es hingelegt hat – es liegt in meinem Schreibtisch, unterste Schublade.«

»Was soll das heißen?«, grübelte Frieda und entriss

Hilde den Zettel. »Derjenige, der es geschrieben hat …
Was meint Glenn damit?«

»Wahrscheinlich gar nichts. Du weißt doch, wie Glenn
ist.« Mutter lächelte.

Maries Andenken an den kauzigen Kerl im Rollstuhl war
nicht so positiv. Sie fand ihn unausstehlich. Aber Mutter
besaß offenbar einen unerschütterlichen Optimismus, der
alle Familienmitglieder mit einschloss.

»Ich geh jetzt jedenfalls nach oben, das Testament suchen«,
kündigte Hilde an. Sofort sprangen alle anderen auf.

»Dich lass ich nicht allein!«, sagte Frieda resolut.

»Ich komm auch mit«, rief Michael.

»Ich erst recht!«, bekräftigte Tante Martha. »Nicht einmal meine angeschlagene Gesundheit hält mich davon ab.«

Sogar Opa erhob sich wacklig und bildete mit der
gespielt desinteressiert wirkenden Gesine den Schluss.

Mutter drängelte sich vor und rüttelte an Glenns Zimmertür, doch sie bewegte sich nicht.

»Ach«, bemerkte Frieda, »hat die Polizei das Zimmer
versiegelt?«

»Wir sollen den Tatort nicht betreten. Sie vertrauen
uns wohl nicht.« Mutter zuckte mit den Schultern. »Hat
jemand eine Haarnadel?«

Als alle den Kopf schüttelten, seufzte sie Gott ergeben
und griff sich in ihre kunstvoll aufgesteckte Frisur.

»Wenn man nicht immer selbst an alles denkt …«,
meckerte sie und öffnete mit zwei geschickten Bewegun-
gen das Schloss. »Voilà!«

»Na, das kannst du aber gut«, war Hildes Seitenhieb zu
Mutters Meisterstück. Mutter lächelte nur. Marie setzte in
Gedanken ein Sicherheitsschloss auf ihre Einkaufsliste.

»Seht euch das an!«, rief Frieda, die schon am Schreibtisch stand. Sie hielt ein Stück Papier hoch.

»Tatsächlich! Glenns Testament!« Mutter drängelte sich zu Frieda durch, die schon von Tante Martha, Opa, Hilde und Michael umringt war.

Gesine trat auf den Balkon. »Warum wollte Glenn sich abseilen?«, fragte sie, als sie das Geländer untersuchte.

»Kind, stör uns jetzt nicht, wir haben Wichtigeres zu tun«, wies Mutter sie zurecht und überflog schnell, was Glenn geschrieben hatte.

»Das Haus! Kinder, wir bekommen das Haus!«, jubelte sie dann, während Hilde recht säuerlich dreinblickte.

»Die Köchin«, murrte sie. »Was will ich denn mit der Köchin? Muss ich die etwa auch selbst bezahlen?«

»Die Versicherung«, lächelte Frieda.

Marie rechnete. Die Summe aus Harry Hinrichsens Fonds plus der von Glenn Hinrichsen, das sollte reichen, Frieda den Rest ihres Lebens genießen zu lassen. Ein starkes Mordmotiv.

»Ihr dürft alle hier wohnen bleiben«, bot Mutter großzügig an. »Außer Hilde natürlich.«

»Du solltest nicht so freigiebig sein. Uns darfst du so etwas natürlich anbieten. Aber jemand anderes könnte deine gute Seele ausnutzen«, kommentierte Tante Martha.

Marie musste husten.

»Wir sind doch eine Familie!«, rief Mutter.

»Was krieg ich?«, fragte Michael.

Opa klopfte mit seinem Stock auf den Boden.

»Einen Augenblick«, murmelte Mutter. »Michael, du bekommst Glenns Videokamera und seine Sportausrüstung.«

»Na toll«, maulte Michael. »Die Kamera ist bei der Polizei.«

»Sie ist ohnehin kaputt«, machte Gesine ihn aufs Offensichtliche aufmerksam.

»Gesine, du bekommst den Rollstuhl«, las Mutter weiter vor, »und Opa den Rolls-Royce.«

»Den Rollstuhl!« Gesines Augen leuchteten kurz auf. Dann erinnerte sie sich wohl an ihr Image als schlecht gelaunter Teenager und fuhr kühler fort: »Nicht schlecht. Damit kann ich bestimmt ein paar coole Sachen machen.«

»Ganz coole Sachen kannst du damit tun, mein Mädchen«, sagte Mutter geistesabwesend. »Meint ihr, wir können mit dem Rest seiner Sachen einen Flohmarkt veranstalten? Der Erlös geht an einen wohltätigen Zweck.«

»Ja, an uns!«, rief Tante Martha. »Apropos: Was hat er mir eigentlich vermacht?«

»Oh, entschuldige, Tante Martha, da hätte ich dich ja fast vergessen! Du bekommst sein Wasserbett und die Herztropfen.«

»Und Luzie?«, fragte Gesine neugierig. »Kriegt Luzie auch etwas? Oder ist das Testament schon älter?«

»Ich glaube nicht, dass Glenn Luzie da schon kannte«, erwiderte Mutter und drückte entschuldigend Maries Arm. »Aber wenn du etwas haben möchtest, Schätzchen, kannst du die beiden Zwergkaninchen im Stall bekommen.«

»Lieb von dir«, seufzte Marie. »Danke.«

»Das ist eine Freude«, kommentierte Frieda sarkastisch. Mutter hob entschuldigend die Arme. »Fällt dir was Besseres ein?«

»Nicht nötig«, winkte Marie ab. »Ich hab ja schon von Onkel ... Papa ... Harry geerbt.«

»Habt ihr nicht gerade noch gesagt, dass Glenn wieder gesund wird?«, bremste Gesine die allgemeine Heiterkeit.

Opa raunzte vor sich hin.

»Vielleicht muss er ja in ein Pflegeheim.« Beruhigend strich Mutter ihrer Tochter übers Haar. »Dort gibt es genug Rollstühle und du darfst seinen behalten.«

Tante Martha schob ihre Brille etwas weiter die Nase hoch. Sie las sorgsam den Beipackzettel der Herztropfen. »Es wird ihm doch nichts ausmachen, wenn ich seine Medizin einmal ausprobiere?«, fragte sie und schüttelte das Fläschchen etwas. »Nicht, dass ich falsch dosiere«, erklärte sie. »Da muss man ganz genau aufpassen, wenn man so ein schwaches Herz hat wie ich.«

»Sei vorsichtig, Tante Martha, wir hatten in den letzten Tagen genug Unfälle«, sagte Mutter. Marie wurde kalt.

Opa kicherte vor sich hin und machte Motorengeräusche nach.

»Spielen wir Mau-Mau?«, fragte Michael ihn und holte die Karten aus seiner Hosentasche.

»Es würde mich trotzdem interessieren, was Glenn da draußen wollte«, sagte Gesine.

Frieda zuckte die Schultern. »Das ist doch jetzt nicht mehr wichtig«, sagte sie.

Marie fand die Antwort verdächtig. Sie musste Gesine recht geben und beschloss, sich den Balkon selbst einmal anzusehen.

45. DAS KOMA

Glenn lag regungslos im Bett und vertrieb sich den Abend damit – zumindest nahm er an, dass es Abend war –, über seine jetzige Lage nachzudenken, und vor allem darüber, wie er in genau diese gekommen war. Es befand sich ein Mörder in der Familie. Ein Mörder, den er fassen wollte. Bisher hatte er das jedoch nicht geschafft, was wiederum bedeutete, dass der Mörder noch frei herumlief. Glenn seufzte in Gedanken laut auf. Nicht nur ein Mörder, sondern ein Serienmörder, und genau genommen auch nicht irgendein Serienmörder, sondern der Serienmörder, dessen nächstes Opfer er, Glenn, werden sollte. Na, großartig.

Seine Forschung hatte sich zunächst auf Mutter konzentriert, dann war er auf Frieda umgeschwenkt, obwohl auch die beiden als Team infrage kamen. Schließlich hatte er sogar Martha im Verdacht und wenn er ehrlich war, konnte er nicht einmal die Kinder ausschließen. Michael war zwar dumm wie ein trockenes Brötchen und bei dem fingierten Einbruch vor einigen Tagen hatte er sich so dämlich angestellt, dass ohne Friedas Geistesgegenwart und Mutters freigiebige Kleidung sicherlich alles aufgeflogen wäre. Trotzdem konnte das Fassade sein. Wer wusste außerdem, ob nicht vielleicht Gesine den Plan entwickelt hatte, den sie ihren Bruder hatte ausführen lassen? Das Mädchen war klüger, als es den Anschein hatte. Der schwarze Lippenstift und der viele Silberschmuck ließen sie als typischen aufmüpfigen Teenager erscheinen, der nichts als Protest im Kopf hatte. Aber wenn der Protest nun darin bestand, die Familie nach und nach auszulöschen? Natürlich ergaben sich andere Schwierigkeiten, wenn er die Kinder in den Kreis der Verdächtigen mit einbezog. Zwangsläufig musste es dann weitere Mörder geben. Wenn Glenn von der Annahme ausging, dass auch der erste Unfall 1996, bei dem Josef und Mathilde in ihrem Rolls-Royce mit 180 Stundenkilometern gegen ein Brückengeländer gefahren waren, schon ein Mord war, dann konnten Gesine und Michael beim besten Willen nicht dafür verantwortlich sein. Glenn musste umdenken. Entweder einige der anfänglichen Unfälle waren tatsächlich genau das, was sie zu sein schienen. Dann müsste das Morden erst vor ein paar Jahren eingesetzt haben. Oder jemand anders hatte die älteren Familienmitglieder umgebracht und die Kinder hatten erst in letzter Zeit das Geschäft übernommen.

In letzter Zeit. Wann war ihr Vater gestorben? Vor zehn Jahren. Gesine war sechs, Michael elf gewesen. Wer wusste schon, ob der ihnen nicht vielleicht noch in frühester Jugend alles beigebracht hatte? Oder eine Art Brief, Videobotschaft, Instruktionen über die Jahre nach seinem Tod hinweg. Eine Art Testament, in dem er von seinem Plan erzählt hatte, die ganze Familie umzubringen? Und vielleicht hatten die Kinder beschlossen, es ihrem Erzeuger gleichzutun. Sie waren in seine Fußstapfen getreten und brachten nun einen Hinrichsen nach dem anderen unter die Erde. Aber dann fiel Glenn ein, dass ihr Vater womöglich auch keines natürlichen Todes gestorben war. Ein Herzinfarkt, das war mehr als schwammig. Mutter, die gemeinsam mit ihren Kindern …? Glenn schauderte innerlich. Es war kein schönes Gefühl, nicht die kleinste körperliche Reaktion zeigen zu können. Aber er war zuversichtlich, dass sich das bald ändern würde. Ein künstliches Koma konnte schließlich nicht ewig dauern.

46. DER KIRSCHBAUM

Marie hatte ihre Strategie geändert. Das Ziel war es, Informationen über den Versicherungsbetrug der Hinrichsens zu bekommen. Da sie als Dienstmädchen nichts herausgefunden hatte, wollte sie nun als Familienmitglied bis ins Innerste vordringen. Sie wusste nicht, wie die Familie auf die Idee gekommen war, sie könnte Harry Hinrichsens Tochter sein, aber inzwischen glaubte sie ihnen, dass sie es ernst meinten. Hinter ›Luzie‹ war keine Drohung versteckt, noch nicht. So zog Marie es vor, diesem geschenkten Gaul nicht ins Maul zu schauen, und ihre Nachforschungen voranzutreiben.

»Meine Mutter weiß, dass ich hier bin«, hatte Marie vorsorglich zu Frieda gesagt. Sie wollte vermeiden, dass die Familie auf dumme Gedanken kam. Ihre Entscheidung hatte den immensen Vorteil, dass sie das Dirndl zurück in Frau Pirkers Schrank verbannen konnte. Marie cremte ihre Hände ein, die unter dem ständigen Putzen sehr gelitten hatten. Sie lächelte. Gott sei Dank war das jetzt vorbei. Auf dem Weg ins Wohnzimmer dachte sie, dass ihre Ermittlungsarbeit ohne das ganze Putzen, Sauberhalten und Servieren fast wieder Spaß machen würde. Sie war so nah dran!

Im Wohnzimmer waren Gesine und Frieda mit ihren üblichen Diskussionen beschäftigt. Marie verdrehte die Augen. Sie setzte sich aufs Sofa und nahm eine von Mutters Zeitungen in die Hand.

»Es heißt Paradeiser«, sagte Frieda.

»Heißt es nicht«, sagte Gesine. »Paradeiser ist Wienerisch, die Kärntner sagen Tomaten.«

»Wienerisch ist Österreichisch und somit korrekt«, konterte Frieda.

»Du meine Güte«, ächzte Gesine. »Wer geht hier zur Schule? Die einzigen Kärntner, mit denen du Kontakt hast, sind die Köchin und das Dienstmädchen!«

Wenn Marie nicht darauf hoffen würde, dass die beiden noch interessantere Themen wie beispielsweise einen Mord besprachen, hätte sie sich Ohropax geholt.

»I hätt görn an Paradeiser-Salat«, sagte Frieda langsam, wobei sie übertrieben deutliche Mundbewegungen machte.

»Gott, bist du peinlich!« Gesine verdrehte die Augen.

Glücklicherweise wurde das Streitgespräch von Mutter unterbrochen, die in diesem Moment die Tür aufriss. »Kann mir nicht jemand diese Frau vom Hals schaffen?«, rief sie und ließ sich aufs Sofa fallen.

»Hilde?«, fragte Frieda.

»Hilde!«, stöhnte Mutter und griff nach dem Scotch auf dem Couchtisch.

»Mag jemand ein schönes Stickale Reindling?« Die Köchin trat mit einem Tablett und einem verkniffenen Gesichtsausdruck ins Zimmer. »Wenn schon die feine Dame im blauen Kostüm keinen mag.«

»Was? Hilde verschmäht Ihren köstlichen Kuchen?« Mutter schaute die Köchin entsetzt an. Deren Miene hellte sich daraufhin sichtlich auf. »Das ist ja wirklich unglaublich«, setzte Mutter noch einen drauf, während sie sich das größte Stück Kuchen mit einer der verzierten Servietten nahm.

»Ka guter Mensch, des Weibsbild.«

»Das haben Sie richtig erkannt«, lobte Mutter. »Ich sage Ihnen, Sie gehören weit mehr zur Familie als Hilde.«

Die Köchin wickelte verlegen ihre Hände in der roten

Schürze ein, aber Marie konnte sehen, wie sehr sie das Lob freute. Zu dieser Familie gehören? Oh Maria!

»I werd dann mal wieder an meinen Germteig gehen«, sagte die Köchin, ihr rundliches Gesicht strahlte. »Es soll doch wieder gute Zuckerreinkalan geben.«

Nachdem Mutter sich mit einem weiteren Lächeln ihrer strahlend weißen Zähne bedankt hatte, legte sie stöhnend die Hand an die Stirn. »Ich brauche dringend eine Pause von Hilde«, jammerte sie, »sonst geschieht ein Unglück.« Sie blickte zu Marie und ihre Miene hellte sich auf. Marie ahnte Böses. »Ach, Luzie, bitte, tu mir doch den Gefallen und beschäftige Hilde für ein Stündchen.« Mutter setzte ihr reizendstes Lächeln auf.

Marie öffnete den Mund, um zu protestieren. Sie war nicht mehr das Dienstmädchen, das Mutter herumkommandieren konnte! Dann überlegte sie. Hilde konnte den Rest der Familie nicht leiden. Hilde besaß einen Brief von Glenn, der jemanden des Mordes anklagte. Außerdem war sie diejenige, neben Marie, die fast nichts geerbt hatte. Ja, ein Gespräch mit Hilde war sicher ergiebig.

»Ihr könntet vielleicht Kirschen pflücken gehen«, schlug Mutter vor. »Hilde liebt Kirschen.«

»Eine Leiter ist im Keller«, erklärte Frieda.

Marie machte sich auf den Weg in den Keller. Im Vorratsraum hinter den Erdäpfeln stand eine alte Holzleiter. Sie sah zwar schon recht morsch aus, aber eine andere war nicht zu finden. Marie schleppte sie in den Garten und lehnte sie an den Stamm. Der Kirschbaum war ziemlich groß, die Leiter reichte etwas mehr als drei Meter hinauf. Vorsichtig trat Marie auf die erste Sprosse. Die Leiter hielt. Hilde trat aus der Terrassentür und kam auf Marie zu.

»Sie sollen mir beim Kirschenpflücken helfen«, sagte Hilde. »Mögen Sie Kirschen?«

Marie nickte und sah unsicher auf Hildes blaues Kostüm. Wer würde sich mit den Kirschsaftflecken herumplagen müssen? Sie hatte das Gefühl, dass die Arbeit doch wieder an ihr hängen bliebe.

»Vielleicht könnten Sie die Leiter halten?«, fragte Marie. »Ich hole noch schnell ein Körbchen und dann …«

»Ach, papperlapapp«, unterbrach Hilde. »Das kann ich selbst.« Sie legte ihre Handtasche zur Seite und strich das Kostüm glatt.

»Weshalb wohnen Sie eigentlich nicht hier im Haus? Platz ist doch genug«, fragte Marie.

Hilde schnaubte. »Bei der Bande? Das soll ein Scherz sein, oder?« Sie rüttelte probehalber an der Leiter und stieg die ersten zwei Sprossen hinauf.

»Immerhin würden Sie die Miete sparen.« Wenn Marie bisher eines über die Hinrichsens herausbekommen hatte, dann, dass sie geldgierig waren.

»Ich habe selbst geerbt.« Hochmütig reckte Hilde das Kinn.

Das hätte Marie sich denken können.

»Mein verstorbener Mann hat mir ein beachtliches Vermögen und ein Haus hinterlassen.« Hilde zog einen der unteren Äste heran und steckte sich eine Kirsche in den Mund.

»Ihr Mann ist gestorben?«

»Eines natürlichen Todes, Schlaganfall.«

»Eines natürlichen Todes?«, wiederholte Marie ungläubig. Wer hielt es für nötig, das zu betonen? Hatte Glenn der falschen Person seinen Brief geschickt?

»Wann ist Ihr Mann ...«, begann Marie.

»Sehen Sie doch die Kirschen dort oben!«, fiel Hilde ihr ins Wort.

Es knirschte gefährlich.

»Pflücken Sie lieber die unteren Kirschen«, bat Marie.

»Oben sind sie viel schöner.« Hilde war genauso stur wie der Rest der Familie. Sie nahm eine weitere Sprosse.

»Mein Haus steht in Villach, 180 Quadratmeter. Ich hatte es nicht so nötig wie die anderen, Bittstellerin bei Glenn zu spielen.«

»Nötig hatten es die anderen auch nicht«, sagte Marie. Wer hatte schließlich die ganzen Versicherungen kassiert?

»In dieser Familie ist nicht alles so, wie es aussieht«, sagte Hilde und stieg die Leiter weiter hinauf. »Ich gebe Ihnen einen Rat, mein Mädchen: Nehmen Sie sich in Acht. Hüten Sie sich. Vor allem vor ...«

Marie sah die angesägte Sprosse in dem Moment, in dem Hilde abstürzte.

Marie schrie auf. Aber es war schon zu spät. Hilde lag reglos am Boden, auf dem hellblauen Kostüm rote Flecken von den zerdrückten Kirschen. Zersplittertes Holz ragte unter ihrem rechten Arm hervor, der in unnatürlichem Winkel abstand.

»Luzie? Ist was passiert?«, rief Frieda von der Terrasse aus.

Marie antwortete nicht. Was sollte sie auch sagen? Sie kniete sich neben Hilde nieder und fühlte ihren Puls. Nicht vorhanden. Es hätte Marie auch gewundert bei der Sterblichkeitsrate in der Familie. Hildes Genick erinnerte sie an das des Gerichtsmediziners.

Marie zog ihr Handy aus der Hosentasche.

»Landgut der Hinrichsens, Villacher Straße 112. Wir brauchen einen Notarzt«, sagte sie der Rettung. »Sie müssen sich nicht beeilen, ich fürchte, er kann nur den Tod feststellen«, fügte sie hinzu. Ohne ein weiteres Wort legte sie auf.

»Ist alles in Ordnung?«, hörte sie Mutters Stimme.

Sie blickte auf. Offenbar hatte Frieda die anderen alarmiert. Sie kamen über den Rasen auf Marie zu. Niemand schien sonderlich überrascht zu sein, dass Hilde am Boden lag, während eine Leiter mit zersplitterter Sprosse am Kirschbaum lehnte.

»Hilde ist tot«, sagte Marie. Sie wunderte sich selbst, wie wenig ihre Stimme zitterte. Der Gerichtsmediziner hatte sie noch verstört. Die zweite Tote war schon nicht mehr so schlimm. Man gewöhnt sich an alles.

»Die Leiter war … morsch.«

Gesine beugte sich zu der Toten hinunter.

»Nein!«, rief Mutter. »Was für ein schrecklicher Unfall.« Sie sah ausgesprochen fröhlich aus.

»Wie furchtbar.« Auch Frieda wirkte alles andere als geknickt.

»Ach, hat die alte Hexe sich das Genick gebrochen?«, fragte Michael zufrieden.

Nicht, dass Marie viel übrig gehabt hätte für Hilde, aber diese Mitleidslosigkeit ging ihr doch zu weit. Es war gerade jemand gestorben! Da fiel ihr die Sprosse wieder ein. Wer hatte sie angesägt?

Es dauerte nicht lang, bis die Sanitäter kamen, aber die Zeit reichte Marie, um nachzudenken. Wenn sie die Leiter erwähnte, würde der Chefinspektor anrücken, vermutlich mit seinem Assistenten im Schlepptau, der Mutter anschmachtete. Sie würden ihre ganze Arbeit zunichte machen. Sie brauchte nur mehr wenige Tage, da war sie sich sicher. Der Versicherungsbetrug hing mit den Morden zusammen, das war klar. Wenn sie den Mörder fasste, hatte sie auch ihren eigenen Fall gelöst. Wenn sie den Mörder oder die Mörderin als Nutznießer einer oder sogar mehrerer Lebensversicherungen überführte, wäre der Versicherungsbetrug aufgedeckt.

Im allgemeinen Trubel fiel nicht auf, dass Marie die Leiter in den Keller trug. Sie würde demnächst untersuchen lassen, ob ihr Verdacht stimmte. Wenn jemand Hilde umgebracht hatte, dann wollte sie das wissen.

47. DIE PLANUNG

Am Sonntagmorgen kam Marie gegen zehn aus ihrem Zimmer. Sie freute sich auf ein ausgiebiges Frühstück und einen ruhigen Vormittag, um nachzudenken. Normalerweise schlief sie selten so lang, aber sie war in der Nacht aufgestanden, um Glenns Zimmer zu durchsuchen. Außer der Tatsache, dass wirklich ein Seil am Balkongitter angebracht war, wie Gesine gesagt hatte, war jedoch nichts zu finden. Kein Dokument, nicht einmal eine Kopie des Briefs an Hilde. Seltsamerweise besaß er ein Babyphon, das auseinandergenommen auf dem Nachttisch lag.

In der Küche saß die Familie zusammen um den dunklen Eichentisch, der trotz der rot karierten Decke, auf die

Mutter so viel wert legte, recht trostlos aussah. Gesine trank eine Tasse Tee, Mutter kaute auf einem trockenen Stück Brot und Tante Martha blickte unglücklich auf einen leeren Teller. Frieda bereitete wie üblich ihr Müsli auf der Anrichte zu. Michael las Zeitung. Tiefe Falten zeigten sich auf seiner Stirn, während er mit dem Finger unter den Zeilen entlang fuhr.

»Die Köchin hat ihren freien Tag, das Dienstmädchen ist in Kur, was soll nur aus uns werden?«, rief Mutter. Ihr Blick fiel auf Marie und ihre Miene hellte sich auf.

»Luzie, Schätzchen!«, strahlte Mutter. »Du kannst so was doch!«

Marie blinzelte.

»Eine ausgezeichnete Idee!«, rief Tante Martha. »Ich hätte gern ein Ei, drei Minuten, nicht zu hart.«

»Croissants mit Himbeermarmelade«, sagte Mutter.

»Einen Kaffee!«, rief Gesine.

»Und dann setzt du dich zu uns und wir genießen ein richtiges Familienfrühstück.« Mutter war überglücklich über ihren Vorschlag. Marie zwang sich zu einem Lächeln.

»Mach ich doch gern«, sagte sie und hielt sich die Beförderung vor Augen. Je netter sie zu der ganzen Bande war, desto größer die Chance, dass sie etwas herausbekam.

»Es ist ja auch wirklich schlimm, was mit Hilde passiert ist«, begann sie ein Gespräch, während sie den Eierkocher aus dem Schrank holte.

»Ein unglaublicher Stress!«, stöhnte Tante Martha. »Ihr müsst mich morgen zum Arzt fahren. Ich habe so ein fürchterliches Stechen in der Brust.« Sie lehnte sich im Stuhl zurück und verlangte nach einem kühlen Lappen für ihre Stirn.

»Zum Glück macht die Polizei keinen Aufstand wie bei Harry. Die Gerichtsmedizin wollte Hilde nicht obduzieren«, sagte Frieda.

»Warum eigentlich nicht?«, fragte Gesine und zog einen Schmollmund.

Marie fand die morbiden Fantasien des Mädchens beunruhigend.

»Eine Schande, dass wir Hilde noch vor Harry begraben«, sagte Tante Martha.

Marie schnitt ein Croissant auf, tat etwas Himbeermarmelade darauf und stellte es Mutter hin.

»Ich habe mit dem Pfarrer gesprochen.« Mutter biss von ihrem Croissant ab, sodass es einen Augenblick dauerte, bis sie weitersprechen konnte. »Er war sehr verständnisvoll. Er wird nicht nur von Hilde sprechen, er wird auch ein Wörtchen zu Harry sagen, hat er mir versprochen. Weiß der Himmel, wann wir ihn begraben können. Aber damit bekommt der Gute seinen Seelenfrieden.«

Seelenfrieden. Fast hätte Marie laut aufgelacht. Doch die ganze Situation war zu makaber.

»Trotzdem schade, dass sie Tante Hilde nicht obduzieren wollten«, warf Gesine ein. Sie schlürfte selig ihren Kaffee und hatte fast so etwas wie ein Lächeln im Gesicht.

»Wieso hätten sie das denn tun sollen, Kind?«, fragte Mutter.

Gesine zuckte mit den Schultern und Marie dachte an die kaputte Leiter im Keller. »Unfall, Mord, Selbstmord.« Gesine wedelte mit den Händen. »Ich dachte, sie hätten das herausfinden wollen. Immerhin war Luzie zu dem Zeitpunkt allein mit Hilde.«

Beinahe hätte Marie die Eier fallengelassen. »Wie bitte?«

»Sei nicht albern, Gesine«, fuhr Mutter dazwischen. »Natürlich war es ein Unfall.«

»Bei der morschen Leiter.« Frieda winkte ab. »Das war eine Frage der Zeit.«

»Hilde war nicht gerade ein Leichtgewicht«, fügte Mutter hinzu. »Nein, das war ganz eindeutig ein Unfall.«

Marie schlug für sich zwei Eier in die Pfanne und verrührte sie. Wer hatte am meisten Interesse daran, einen Mord wie einen Unfall aussehen zu lassen? Der Mörder. In diesem Fall die Mörderin oder die Mörderinnen. Ob es Frieda oder Mutter oder beide zusammen waren, das musste Marie erst noch herausbekommen.

48. DAS KRANKENHAUS

Am Montag war die Köchin glücklicherweise wieder da. Als Marie in die Küche kam, stand sie am Herd, briet Omeletts und hatte schon für das Wohlergehen der Familie gesorgt. Mutter und Opa saßen mit einer Kaffeetasse am Tisch. Opa war ein halbes Croissant in seinen Becher gefallen, Mutter nippte hin und wieder an einem Sektglas. Frieda stand an der Anrichte und arrangierte Früchte auf einem Teller.

»Glenn muss bei Hildes Beerdigung dabei sein«, eröffnete Mutter das Gespräch.

»Er scheint sie zu mögen. Das beweist der Brief«, überlegte Frieda.

»Aber Glenn liegt im Krankenhaus«, sagte Marie. Sie holte sich einen Kaffee, den die Köchin auf die Wärmeplatte gestellt hatte, und setzte sich neben Mutter.

»Du kenntest mir aber a helfen«, sagte die Köchin streng. »Ganz allan kann i den Haushalt net schmeißen.«

»Ach, lassen Sie unsere Luzie für einen Augenblick bei uns sitzen«, bat Mutter. »Wir haben uns ja gerade erst kennengelernt. Später wird sie Ihnen beim Aufräumen helfen.«

Gegen diese Behandlung wollte Marie protestieren, schließlich war sie nicht mehr Dienstmädchen, sondern offizielles Familienmitglied, aber weder Mutter noch die Köchin hörten ihr zu. Die Köchin wischte sich die Hände an ihrer roten Schürze ab und rückte die weiße Dirndlbluse zurecht. »Aha, sie gehört jetzt also zur Famülie«, sagte sie und schob den Kiefer vor.

»Machen Sie sich keine Sorgen, Sie sind als unsere Köchin einfach unersetzlich«, zwitscherte Mutter und tätschelte ihren Arm.

Kurz lächelte die Köchin, dann zischte sie Marie zu: »Fein hast du das gemacht, Diandl.« Mit fliegenden Schürzenbändern drehte sie sich um und verschwand in der Speisekammer. Was war denn das? Marie blickte ihr nach.

Mutter schien nichts vom Zorn der Köchin bemerkt zu haben, denn sie wandte sich wieder an Marie. »Im Krankenhaus wird Glenn nicht mehr lange bleiben«, strahlte sie. »Wir werden ihn heute entlassen.« Sie sah äußerst selbstzufrieden aus, wie sie in ihr Zuckerreinkerl biss.

Marie runzelte die Stirn. Glenn hatte schwere Verletzungen erlitten. Weshalb um alles in der Welt wollten sie ihn aus dem Krankenhaus holen? Die vernünftige Frieda würde doch nicht ernsthaft auf diesen Vorschlag eingehen? Aber Frieda nickte nur, während sie von ihrem Obstteller aß. Marie hielt inne. Vielleicht war es ein Mordplan? Vielleicht wollten sie Glenn endgültig erledigen? Hilde war die Einzige gewesen, der er seinen Verdacht mitgeteilt hatte, und die war tot. Wenn Glenn starb, gab es niemanden mehr, der Indizien gegen die Familie in der Hand hatte. Es wäre also die perfekte Motivation, den Alten um die Ecke zu bringen. Adrenalin schoss durch Maries Körper. Na, jetzt kam Bewegung in die Sache.

»Seine Liebe zu Hilde!« Mutter seufzte. »Alte Leute schätzen die am meisten, die sich nicht um sie kümmern. Ein Elend. Man sieht es immer wieder. Kinder, die hingebungsvoll ihre Eltern pflegen, und dann bekommen die Nichtsnutze in Übersee das Erbe.« Sie schüttelte traurig den Kopf. »Genau wie bei uns.«

»Du hast dich hingebungsvoll um Glenn gekümmert?« Frieda hob eine Augenbraue.

Mutter winkte mit einer elegant manikürten Hand ab. Dann wandte sie sich an Marie. »Da fällt mir ein: Du besitzt doch ein elegantes, schwarzes Kleid für die Beerdigung?«

Marie öffnete den Mund und schloss ihn wieder. Sicher. In ihrer Wohnung in der Burggasse hingen gleich mehrere im Schrank. Die älteren Herren im Vorstand schmolzen dahin, wenn ihnen auf der Weihnachtsfeier eine junge, hübsch und klassisch gekleidete Versicherungsagentin gegenüberstand. Zum Landgut hatte sie nur eine schwarze Trekkinghose und Jeans mitgenommen.

Sie schüttelte den Kopf.

»Kein Problem, ich leih dir eins«, sagte Frieda schnell.

Sie warf Mutter einen warnenden Blick zu. »Wir haben viel zu erledigen. Da bleibt keine Zeit zum Einkaufen.«

Mutter seufzte, nickte aber brav. »Du hast recht«, sagte sie.

»Meint ihr, die Ärzte werden Glenn freiwillig entlassen?« Marie war skeptisch.

In diesem Augenblick betrat Gesine gähnend die Küche. »Glenn wird entlassen?«, fragte sie.

»Wir werden ihn entführen«, strahlte Mutter. »Nur wie?«

Marie biss in ihre Käsesemmel und war fasziniert von ihrer Verwandlung. Nach nur einer knappen Woche bei den Hinrichsens war sie so abgebrüht, dass sie ohne innere Konflikte einer Unterhaltung folgen konnte, in der jemand über Kleidung sprach, nur um im nächsten Satz eine Entführung zu planen.

»Ach so.« Gesines Interesse am Gespräch war schon wieder verschwunden. Sie wandte sich ihrem Frühstücksei zu und schlug ihm mit einem Messer in einer gekonnten Bewegung der rechten Hand den Kopf ab. Marie machte sich eine mentale Notiz: ›Gesine nicht nachts und vor allem nicht unbewaffnet allein treffen.‹

»Du könntest dich etwas mehr um die Belange der Familie kümmern«, sagte Mutter vorwurfsvoll.

Gesine rollte mit den Augen. »Was willst du?«

»Einen Plan, wie wir Glenn aus dem Krankenhaus holen. Was sollen wir da bloß machen?«

Gesine machte eine wegwerfende Handbewegung. »Das, was wir am besten können. Lügen und Betrügen.«

Mutter stand auf und gab ihrer Tochter einen Kuss auf die Stirn, den Gesine sofort wegwischte. »Kind, manchmal bist du wirklich genial.«

»Was ist daran genial?«, moserte Frieda.

Auch Opa schüttelte unwillig den Kopf. Marie musste zugeben, dass sie den Anschluss an die Unterhaltung jetzt doch verloren hatte. Sie goss sich Kaffee nach und stellte ihren Teller in den Geschirrspüler.

»Wir spazieren hinein und erzählen dem Personal, dass er auf eine andere Station verlegt wird.«

»Das wird klappen.« Frieda verzog säuerlich die Mundwinkel. »Denn wir sehen aus wie die geborenen Ärzte.«

»Ärzte nicht.« Mutter lächelte. »Aber ich habe da eine Krankenschwesteruniform in meinem Schrank.«

Gesine blickte angeekelt auf. Marie hatte die Uniform beim Aufräumen einmal gesehen. Keine echte Krankenschwester würde jemals so herumlaufen.

»Für den Villacher Fasching«, rief Mutter und klimperte mit den Wimpern.

49. DIE ENTFÜHRUNG

Reichel legte den Telefonhörer auf. Es war sein vorletzter Diensttag und endlich gab es auch einmal gute Nachrichten.

»Huber, wir fahren sofort ins Krankenhaus!« Er schnappte sich Autoschlüssel und Mantel und öffnete die Tür. »Das war die Krankenschwester. Glenn Hinrichsen ist aufgewacht. Wir können endlich unseren Zeugen vernehmen.«

»Wunderbar.« Huber rieb sich die Hände. »Das ganze Wochenende ohne etwas zu tun, das hat mich nervös gemacht.«

Reichel dachte mit Sehnsucht an den gestrigen Nachmittag. Nach einem wundervollen Schweinsbraten, den seine Frau mit Speckknödeln zubereitet hatte, waren sie im Garten gewesen, um seine Pläne für die Beete zu diskutieren. Elisabeth hatte sich einen Rosenbogen für die Haustür gewünscht und Reichel war begeistert an seine Zeichnung gegangen. Er seufzte. Nur noch zwei Tage, sagte er sich. Heute und morgen. Dann musste er allein die Entlassungsfeier und das Gespräch mit dem Polizeipräsidenten hinter sich bringen.

Die Fahrt zum Krankenhaus dauerte nicht lang. Am Empfang standen etwa ein Dutzend Leute, sodass Reichel sich entschied, direkt zur Intensivstation zu marschieren.

»Zimmer 603«, sagte Huber, der in seinem Notizbuch geblättert hatte.

Zimmer 603 war leer. Dafür stand im Flur eine ganze Ansammlung von Pflegern, Schwestern und Ärzten. Reichel erkannte die Schwester, mit der sie das letzte Mal schon gesprochen hatten.

»Wohin wurde Glenn Hinrichsen verlegt?«, fragte er.

»Ich ...« Die junge Frau sah unglücklich auf den Boden, dann zu der weißen Menschentraube.

Reichels Stirn legte sich in Falten. Ihm schwante Böses.

»Herr Hinrichsen ist weg«, sagte sie. »Vor zehn Minuten war er noch da, jetzt ist er wie vom Erdboden verschluckt.«

»Donnerwetter«, entfuhr es Huber.

»Ging es dem Mann gut?«, fragte Reichel. »So gut, dass er allein gehen konnte?«

Sie schüttelte den Kopf.

Reichel hatte genug gehört. »Huber, die Sache ist glasklar. Er ist entführt worden.« Reichel zückte seinen Polizeiausweis und stellte sich in die Mitte des Krankenhauspersonals, das sich am Gang gesammelt hatte. »Glenn Hinrichsen, Patient, heute aus dem Koma aufgewacht. Wer von Ihnen hat ihn zuletzt gesehen?«

Das Krankenhauspersonal sah ihn an. Ein Arzt mit einem Stethoskop um den Hals zog pikiert den Mund zusammen.

»Mit wem habe ich die Ehre?«, fragte er spitz.

Reichel ignorierte ihn, während Huber nach seinem Dienstausweis suchte.

»Möglicherweise war Herr Hinrichsen in Begleitung einer anderen Person?«, fragte Reichel. Er dachte nach. »Vielleicht auch in Begleitung einer Krankenschwester.«

Marie Schwerdtfeger war es gewohnt, ein Dirndl zu tragen. Sie würde auch in Schwesterntracht überzeugend auftreten können.

Ein junger Pfleger hob schüchtern die Hand.

»Er ist vor etwa zehn Minuten zum Röntgen gebracht worden«, erklärte er. »Ich habe die Schwester im Fahrstuhl getroffen.«

»Das ist nicht auf meine Anweisungen geschehen«, fiel eine üppige Ärztin ein. »Also haben wir sofort in der Röntgenstation angerufen. Er ist dort nie angekommen.«

»Können Sie die Schwester beschreiben?«, fragte Reichel den jungen Pfleger. Der rieb sich die Nase und zog die Augenbrauen zusammen.

»Normal groß, würde ich sagen«, antwortete er zögerlich. »Sie trug Stöckelschuhe, das weiß ich noch, weil ich es seltsam fand. Wir sind den ganzen Tag auf den Beinen, da ist es verrückt, sich so etwas anzutun.«

Marie Schwerdtfeger in Stöckelschuhen? Die junge Frau war bisher eher sportlich aufgetreten.

»Außerdem hatte sie …«, der junge Mann wurde rot, »ihre Bluse recht weit aufgeknöpft.«

Reichel fiel die Kinnlade herunter. »Blonde, auftoupierte Locken?«, fragte er. »Knallroter Lippenstift?«

Der Pfleger nickte.

Reichel wandte sich an Huber. »Roswitha Hinrichsen!«

Huber biss sich auf die Lippen. »Sie wollte ihn bestimmt in Sicherheit bringen«, sagte er ernst. Dann schüttelte er vehement den Kopf. »Sie steckt da nicht mit drin, das können Sie nicht glauben, Herr Chefinspektor.«

Reichel blinzelte. Was war denn in Huber gefahren? Er hatte ganz rote Wangen bekommen.

»Bestimmt hat sie vom Plan der Schwerdtfeger erfahren«, spann der junge Mann seine Geschichte weiter. Sein Blick wurde fragend. »Nur, warum hat sie uns nicht angerufen? Die Ärmste! Wir hätten ihr doch geholfen!«

Reichel beschloss, seinem Assistenten für den Moment keine Aufmerksamkeit mehr zu schenken. Huber war temporär unbrauchbar geworden.

»Vielen Dank für Ihre Hilfe«, verabschiedete er sich vom Krankenhauspersonal. Dann bugsierte er Huber die Treppe hinunter zum Ausgang.

»Es wird ein weiterer Mord passieren«, orakelte er, als sie im Wagen saßen. »Huber, glauben Sie mir, das wird nicht schön. Wir müssen etwas unternehmen.«

Er gab Gas und bog am Kreisverkehr nicht in Richtung

Polizeirevier ab, sondern schlug den Weg zum Landgut der Hinrichsens ein.

»Was vermuten Sie denn?«, fragte Huber.

»Haben Sie Ihre Waffe dabei?«, fragte Reichel zurück. Vor dem Anwesen der Hinrichsen stellte er den Wagen ab und holte seine Pistole aus dem Handschuhfach. Er nickte Huber zu, stieg aus dem Auto und schlich zur Haustür. Es war nichts zu hören. Er klingelte. Huber stand ihm gegenüber, so dass sie den Eingang rechts und links flankierten.

»Aufmachen, Polizei!«, rief Reichel, als sich nichts rührte. Er hörte schlurfende Schritte. Endlich ging die Tür auf.

»Wos gibt's denn so dringend?«, fragte die Köchin.

»Glenn Hinrichsen. Wo ist er?«

Die Köchin zuckte mit den Schultern und Reichel drängte sich ungeduldig an ihr vorbei ins Haus. Doch weder im Wohnzimmer noch im Salon oder Esszimmer war jemand.

»Die Familie ist außer Haus«, sagte die Köchin steif, nachdem er das gesamte Erdgeschoss mit Huber als Deckung durchsucht hatte.

»Und wo?«, fuhr Reichel sie an.

»I gehör ja net zur Famülie, da muss i net olls wissen.« Die Frau wischte sich die Hände an ihrer Küchenschürze ab, drehte sich um und marschierte zurück in die Küche.

»Sie können doch nicht so einfach …«, begann Huber.

»Fahndung einleiten«, sagte Reichel zu ihm. »Geben Sie die Personenbeschreibungen von Glenn Hinrichsen, Roswitha Hinrichsen und Marie Schwerdtfeger durch.« Irritiert sah er der Köchin nach. Ein bisschen mehr Interesse an den mörderischen Geschehnissen des Hauses war doch wohl auch von der professionellsten Angestellten zu erwarten.

Er stapfte zurück zum Auto, Huber im Schlepptau, der schon aufgeregt telefonierte. Eine Fahndung, wieder etwas Neues für seinen Assistenten.

»Das wäre doch gelacht, wenn wir die nicht finden würden.«

50. DIE BEERDIGUNG

Mutter war die Erste vor Hildes Grab. Der Pfarrer hatte seine Rede gehalten, jetzt war es an der Reihe der kleinen Trauergemeinde, sich von der Toten zu verabschieden. Mit einer schwungvollen Bewegung warf Mutter eine Schaufel Erde ins Grab.

»Sie ist aufgebrochen auf den Weg in eine bessere Welt«, intonierte sie salbungsvoll und rückte ihr Dekolleté zurecht. Der Pfarrer war ein attraktiver Mann Mitte 40.

Marie war die Nächste. Musste sie etwas sagen? Wenn ja, was? Sie hatte Hilde doch kaum gekannt. Sie räusperte sich. Gesine löste ihre Verlegenheit, indem sie ihr die Schippe abnahm und selbst vor das Grab trat.

»Sie ist ein Leichnam und wird in den nächsten Wochen von Mikroorganismen und Pilzen zerfressen. Ihr toter Körper wird verwesen, der Sarg wird zerfallen und in 20 Jahren ist nichts mehr übrig«, sagte sie und warf schwungvoll drei Schüppchen mit Erde ins Grab.

Erschrocken drehte Marie sich zum Pfarrer um, der stocksteif dastand und seine Mundwinkel nach unten zog. Mutter nahm Gesine in ihre Arme und wandte sich ebenfalls an den Pfarrer. »Das ist ihre Art, mit der Trauer fertigzuwerden«, lächelte sie entschuldigend.

»Die furchtbare Trauer, eine raffgierige alte Tante beerdigen zu müssen, die 95 Prozent der Familie lieber tot als lebendig sieht«, murmelte Frieda und warf die nächste Schaufel Erde ins Grab.

Marie wurde mulmig. Sie fragte sich, ob 95 Prozent der Familie auch sie selbst lieber tot als lebendig sehen würde. Gesines schwarze Haare und der ebenso schwarze Lippenstift wirkten wie ein schlechtes Omen. Marie zog ihre Strickjacke fester um Friedas Kleid, das sie zu dieser Gelegenheit trug. Es zwickte an den Hüften.

»So, ab zum Leichenschmaus.« Michael rieb sich die Hände, nachdem er die Schaufel an Opa weitergegeben hatte. Er löste die Bremse an Glenns Rollstuhl und schob den alten Mann, der etwas schwach wirkte, Richtung Ausgang. Sein Kopf war einbandagiert und er trug eine dicke Halskrause. Den linken Arm hatte man ebenfalls verbunden und stabilisiert.

»Möchten Sie nicht auch mitkommen?«, fragte Mutter den Pfarrer. »Ich habe dafür gesorgt, dass genug Likör da ist. Um unseren Schmerz zu betäuben und so«, fügte sie auf den missbilligenden Blick des Priesters hinzu. Der Geistliche verabschiedete sich jedoch lieber und reichte jedem steif die Hand.

»Rufen Sie mich ruhig mal an«, zwinkerte Mutter ihm zu. »Ich könnte hin und wieder seelischen Beistand benötigen.« Dann hakte sie sich bei Tante Martha ein.

»Kinder, ich halte das nicht mehr aus«, jammerte diese. »Notarzt, Leichenwagen, Beerdigung, Testament und dann noch die Lebensversicherung. Ich sage euch, wenn das so weitergeht, könnt ihr mich in ein paar Wochen auch beerdigen. Mein Herz macht das nicht mit.«

»Ständig dieser Stress«, pflichtete Mutter ihr bei. »Ich brauch Urlaub!«

»Wenn Hilde eine Lebensversicherung hatte, können wir uns das leisten. Hawaii für alle.« Frieda wirkte erstaunlich beschwingt für eine Beerdigung. Sie hakte sich sogar bei Marie ein, während sie zu dem nahe gelegenen Café schlenderten, in dem Mutter Kaffee, Kuchen und verschiedene Sorten Alkohol vorbestellt hatte. Marie konzentrierte ihre Aufmerksamkeit auf Frieda. Frieda war ihr unheimlich, weil sie intelligent war. Ursprünglich hatte Marie Glenn in Verdacht gehabt, der Mörder zu sein, aber Glenn hatte bei Hildes Unfall im Krankenhaus gelegen. Außerdem hatte er Hilde den Brief geschrieben. Sie sei die Einzige, der er vertrauen könne. Nein, Glenn hatte Hilde sicher nicht schaden wollen. Ihr Mörder befand sich also unter den restlichen Hinterbliebenen. Unter der Familie, mit der Marie jetzt zum Leichenschmaus ging.

»Glaubt ihr wirklich, bei Hilde war was zu holen?«, fragte Tante Martha, als alle um einen Tisch herumsaßen. Die Bedienung hatte den Kaffee eingeschenkt und Mutter hatte großzügig Eierlikör dazu gegeben. »Der passt doch so wunderbar«, hatte sie sich gefreut. Jetzt machte sie sich über ein Stück Torte her und tupfte sich die Mundwinkel mit der Serviette ab, bevor sie Tante Martha antwortete. »Soweit ich weiß, von ihrem Mann. Außerdem hat sie Pflichtteile sowohl von Oma Margot als auch von den Staric-Zwillingen erhalten.«

Das stimmte, Marie hatte die Zahlen aus der Akte noch vor Augen, es war ein hübsches Sümmchen. Interessant, dass Mutter sich so gut auskannte. Vielleicht war sie die Schuldige statt Frieda? Marie war inzwischen schon über eine Woche bei der Familie Hinrichsen und mehr als vage Vermutungen hatte sie nicht vorzuweisen. Immerhin wurde der Kreis der Verdächtigen kleiner, durch einen weiteren Todes- oder Unglücksfall dezimiert.

»Hilde hat zurückgezogen gelebt. Außer den Besuchen, mit denen sie uns alle paar Jahre einmal drangsaliert hat, ist sie nicht weggefahren. Sie hatte keine Freunde. Urlaub, schnelle Autos, Fehlanzeige.« Frieda kaute bedächtig auf ihrem Stück Kuchen.

»Keinerlei Männergeschichten«, seufzte Mutter kopfschüttelnd. »Dabei hätte ihr ein bisschen Spaß sicher gutgetan. Etwas von ihrer Klosteraura genommen.« Sie fächelte sich mit ihrer Serviette Luft zu und betrachtete den jungen Aushilfskellner von oben bis unten.

Marie kniff die Augen zusammen. Frieda und Mutter zusammen, das war natürlich auch eine Möglichkeit. Die schwarze Witwe und die eiserne Jungfrau, das würde sicher eine große Schlagzeile werden.

Marie fragte sich, wann es wohl Zeit für sie war. Früher oder später würde nach dem Abendessen im Salon die Entscheidung gefällt werden, dass sie wegmusste. Bei einer Tasse Tee oder einem Brandy würde ihr Todesurteil fallen. Sie musste auf der Hut sein. Und sie musste sich beeilen.

Als Erstes beschloss sie, zur Gerichtsmedizin nach Klagenfurt aufzubrechen. Nach dem Leichenschmaus ging es zurück zum Landgut, und Marie kannte die Familie inzwischen gut genug. Mutter und Tante Martha würden nach ein paar Brandys einschlafen. Frieda würde lesen, Opa und Michael Mau-Mau spielen und Gesine hatte sich um ihre Haustiere zu kümmern. Marie hätte also Zeit bis zum Abendessen. Sie würde die Leiter nehmen, sich ein Taxi bestellen und nach Klagenfurt fahren. Dem Taxifahrer würde sie die Leiter schon irgendwie erklären. In der Spurensicherung würde sie dann hoffentlich Gewissheit bekommen über ihre Vermutung, dass Hildes Tod kein Unfall war. Und mit ein bisschen Glück würde es Fingerabdrücke geben.

51. DIE AKTE

Jakob Jaritz saß an seinem Schreibtisch und kaute auf einem Bleistift. Das ganze Wochenende hatte er sich Gedanken um Marie gemacht. Wie bekam er bloß heraus, wo das Luder steckte?

Es klopfte schüchtern an der Tür und Jakob rollte mit den Augen. Der Praktikant betrat vorsichtig das Zimmer.

»Ist was?« Jakob war alles andere als gut gelaunt.

Der Praktikant schluckte hörbar. »I wollt net stören«, entschuldigte er sich. »Aber wissen Sie vielleicht, wo das Büro von Marie Schwerdtfeger ist?«

Jakobs Kopf schoss hoch. »Dritter Stock, warum?«

»I hab hier einige Akten. Herr Dr. Warteburg hat mich beauftragt, sie in Frau Schwerdtfegers Büro zu bringen.«

Jakob kniff die Augen zusammen. »Haben Sie einen Schlüssel?«, fragte er und stand auf.

Der Praktikant nickte.

»Kein Problem. Lassen Sie mir die Akten einfach da.« Jakob lächelte so vertrauensvoll wie möglich. »Machen Sie für heute Feierabend. Ich werde die Akten Marie später bringen.«

Der Praktikant sah unsicher von Jakob zu den Akten. »Herr Warteburg hat gesagt, es wär vertraulich.«

»Ach?« Jakob zog eine perfekt geschwungene Augenbraue hoch. »Und ich bin nicht vertrauenswürdig?«

Der Praktikant bekam einen roten Kopf und begann zu stottern. Jakob hatte ihn da, wo er ihn haben wollte. »Na, gönnen Sie sich Ihren freien Abend«, lächelte er und legte dem Burschen einen Arm um die Schultern, während er ihn auf den Gang begleitete.

Er sah dem Praktikanten nach, wie er zuerst langsam, schließlich mit immer schnelleren Schritten das Gebäude verließ. Wunderbar. Jakob musste sich zurückhalten, um nicht die Hände aneinanderzureiben. Marie war mittlerweile schon einige Tage im Außeneinsatz, hoffentlich kam er nicht zu spät.

Im dritten Stock war niemand zu sehen, die Bahn war also frei. Jakob schloss die Tür auf, stürzte zu Maries Schreibtisch und konnte sein Glück kaum fassen. ›Hinrichsen‹ stand auf der Akte, die dort lag. Sie war gespickt mit kleinen Post-its. ›Wichtig‹, hatte Marie auf eines geschrieben, ›Spur‹ auf ein anderes, ein drittes wies drei Ausrufezeichen auf. Es war eindeutig der Fall, den Marie aktuell bearbeitete.

»Endlich!«, stieß Jakob aus. Das war die Akte, die er gesucht hatte! Wie viele Tage hatte er jetzt damit zugebracht, Marie ausfindig zu machen? Ohne weitere Zeit zu verlieren, schnappte er sich die Akte und hastete zum Kopierer. Viele Informationen gaben die Dokumente nicht preis, aber das Wichtigste war vorhanden: Name und Adresse. Die Familie Hinrichsen bewohnte offenbar gemeinsam ein Haus auf dem Land. Lendnitz, davon hatte Jakob schon einmal dunkel gehört. Irgendein Kaff südöstlich von Klagenfurt, in dem vor ein paar Monaten ein Serieneinbrecher gefasst worden war. Oder war es ein Serienmörder gewesen? Ganz egal. Jakob war Marie auf der Spur. Die Akte legte er zurück auf Maries Schreibtisch, die Kopien steckte er ein. Dann machte er sich auf den Weg zum Parkplatz, stieg in sein Auto und fuhr in die Stadt. Wenn er sich heute Abend an Marie Schwerdtfegers Aufenthaltsort anschleichen wollte, brauchte er dringend schwarze Kleidung als Tarnung in der Dunkelheit. Da er nur professionell auf der Arbeit erschien, besaß er Anzüge und natürlich eine Lederhose, für heute Abend aber würde er schwarze Jeans oder eine Sporthose brauchen. Er musste einen Zwischenstopp in den City-Arkaden einlegen, auch wenn das normalerweise nicht sein Shopping-Gebiet war. Er bevorzugte seinem Standard angemessene Boutiquen in der Bahnhofstraße. Aber Job war Job und Marie Schwerdtfeger musste aufgehalten werden.

52. DER TEE

Glenns Kopf rollte zur Seite. Die Halskrause hielt ihn davon ab, auf seine Schulter zu fallen. Trotzdem war es eine unangenehme Pose. Aber er war zu schwach, um sich wieder in eine aufrechte Position zu setzen. Alles tat weh, sein ganzer Körper fühlte sich, als wäre er unter eine Dampfwalze geraten. Das Schlimmste allerdings war: Er würde den nächsten Tag nicht mehr erleben. Und er konnte nichts dagegen tun. Hilflos in seine Bandagen gewickelt, betäubt vor Schmerz und Medikamenten konnte er nur darauf warten, dass sein Mörder ihm den Garaus machte. Obwohl, er war eigentlich davon überzeugt, dass es sich um eine Mörderin handelte. Opa und Michael besaßen einfach nicht Mutters *Grandezza*.

Ob Frieda mit rationalen Anweisungen hinter Mutter stand, konnte Glenn zum gegenwärtigen Zeitpunkt nicht beantworten. Vielleicht war ihm vor seinem Tod ein letztes enthüllendes Gespräch gegönnt.

»War die Beerdigung nicht nett?«, flötete Mutter und schob Glenn ins Wohnzimmer.

»Angemessen«, sagte Gesine. »Das wird mit toten Menschen halt gemacht.«

Glenn hatte zugesehen, wie Hildes Sarg in dem dunklen Erdloch verschwunden war und ein Schauder war über seinen Rücken gelaufen. Er war der Nächste, der im Erdloch verschwand, und sie hatten ihn genau aus dem Grund entführt, um ihm das zu zeigen. Um ihren Sieg auszukosten und ihm auf die Nase zu binden, dass er keine Chance hatte.

»Wie wäre es mit einem schönen heißen Tee?« Mutter klingelte.

Als niemand erschien, seufzte sie. »Die Köchin wird sicher mit einem ihrer wunderbaren Kuchen beschäftigt sein. Aber musste Luzie ausgerechnet jetzt in die Stadt fahren? Was will sie da denn auch? Dort ist es nur schrecklich laut und umtriebig.«

Frieda pflichtete ihr bei, sie hatte Klagenfurt schon immer gehasst. Für größere Besorgungen fuhr sie grundsätzlich nach St. Veit, auch wenn sie dafür 20 Kilometer mehr Fahrtzeit in Kauf nehmen musste. Glenn selbst mochte Klagenfurt, vor allem den alten Platz mit seinen hübschen Häusern, den Cafés … Er würde ihn nie wieder besuchen, dachte er wehmütig.

»Dann wirst du wohl den Tee zubereiten müssen, Gesine«, bestimmte Mutter. »Denk dran, zwei Minuten ziehen lassen, Tante Marthas Herz verträgt ihn sonst nicht.«

Tante Martha nickte bekräftigend.

»Wieso ich?«, fragte Gesine.

»Na ich etwa?«, fragte Mutter entsetzt zurück.

Frieda betrachtete intensiv ihr Stickzeug und Tante Martha atmete schwer. Während sie mit den Augen rollte, stand Gesine auf und verließ das Zimmer.

Mutter lehnte sich zu Glenn hinüber und streichelte seinen Arm. »Ist es nicht viel besser, wieder hier zu sein, anstatt in diesem schrecklichen Krankenhauszimmer? Wie sollst du in solch einem sterilen, kahlen Ambiente gesund werden?«

»Glenn sieht nicht besonders gut aus.« Michael legte den Kopf schräg.

Mutter blickte ihm prüfend in die Augen, dann fühlte sie seinen Puls. »Du hast recht«, sagte sie. »Ich bringe ihn ins Bett. Ihr könnt ruhig den Tee schon mal eingießen. Ich nehme meinen mit zwei Stück Zucker und einem Schlückchen Rum.« Sie löste die Bremsen an Glenns Rollstuhl und schob ihn auf den Flur. Die Stunde der Wahrheit war gekommen.

53. DIE VERBINDUNG

Reichel hatte sich gerade einen Kaffee aufgebrüht und wollte es sich für ein paar Minuten gemütlich machen, bevor er seiner Truppe Feuer unterm Hintern machte. Es musste bald Ergebnisse geben. Irgendwo mussten die Hinrichsens schließlich stecken. Während er den ersten heißen Schluck nahm, fiel es ihm ein. »Huber!«, brüllte er ins Telefon.

Sekunden später stand sein Assistent im Raum.

»Die Observierung«, rief Reichel. »Hatte ich nicht angeordnet, Marie Schwerdtfeger beobachten zu lassen?«

»Wagen 4«, nickte Huber. »Sind unterwegs. Haben jeden Abend einen ereignislosen Bericht abgeliefert. Die Nachtschicht hat Streife 3 übernommen, der gleiche ereignislose Bericht. Die Schwerdtfeger koordiniert offenbar alles per Telefon oder Internet. Sie arbeitet einfach von dort aus, wo sie sich gerade aufhält.«

»Wieso erfahre ich davon nichts?«

»Ich dachte, ich halte Ihnen die unwichtigen Berichte vom Hals. Sie haben doch genug zu tun. War das falsch?« Huber sah ihn unglücklich an.

»Nein, schon gut.« Reichel zwickte sich in die Nase. Er hasste langweilige Berichte. »Wo ist Wagen 4 jetzt?«

»Natürlich!« Huber schlug sich vor die Stirn. »Daran habe ich gar nicht gedacht.«

Reichel lächelte. Dafür war er ja da. Und genau deshalb war er auch der Chef.

»Dauert nur eine Minute, Herr Chefinspektor!« Huber stürzte aus dem Zimmer und erschien zwei Minuten später wieder mit seinem Handy in der Hand. Er drückte es Reichel ans Ohr.

»Marie Schwerdtfeger?«, fragte Reichel. »Wo ist sie?«

»Hallo, Herr Chefinspektor«, antwortete ihm eine fröhliche Stimme. »Zielobjekt sitzt im Taxi. Ist gerade auf den St.-Veiter-Ring eingebogen, Klagenfurt. Sie hat uns nicht bemerkt.«

»Ist noch jemand bei ihr?«

»Der Taxifahrer.«

Wagen 4 bestand offenbar aus Komikern.

»Außer dem Taxifahrer«, blaffte Reichel.

»A Leiter!« Reichel hörte ein fröhliches Lachen. Wagen 4 fand sich selbst unglaublich lustig. »Einen Augenblick!« Die Stimme wurde ernst. »Das Taxi hält an. Sie steigt aus.«

»Wo geht sie hin?«

»Sie bindet zuerst die Leiter vom Dach.«

»Soll das ein Witz sein?« Reichel war wirklich nicht nach Scherzen zumute.

»Nein, Herr Chefinspektor. Sie hat eine Leiter dabei.

Holz, ziemlich lang. Hätte wohl ein Warnschild für Überlänge gebraucht, das Taxi. Sollen wir einen Strafzettel ausstellen?«

»Sie sollen die Schwerdtfeger observieren!«, donnerte Reichel. »Wo geht sie hin?«

»Ins Gerichtsmedizinische Institut.«

Reichel drückte den kleinen roten Hörer und gab Huber sein Handy zurück. »Da schlägt's dreizehn«, sagte er. »Die Schwerdtfeger muss nervös sein. Bisher hat sie alle Verbindungen zu Dr. Billinger geleugnet. Aber jetzt, wo sie Glenn Hinrichsen entführt oder vielleicht schon ermordet hat, bekommt sie Angst. Fährt also zu ihren Partnern. Jetzt haben wir sie, Huber!«

»Meinen Sie, Glenn Hinrichsen lebt noch?«, fragte Huber. »Ich würde Frau Hinrichsen, also, Roswitha, gern die Trauer ersparen.«

Reichel zog die Augenbrauen hoch.

»Was ist mit der Leiter?«, fragte Huber.

Reichel schüttelte den Kopf. »Beweismittel. Anders kann ich es mir nicht vorstellen. Aber weshalb sie sie nicht selbst vernichtet, ist mir ein Rätsel.« Er zog seinen Mantel an. »Machen wir uns auf den Weg.«

Er hatte gerade den Wagen gestartet, da klingelte das Handy.

»Die Schwerdtfeger sitzt wieder im Taxi«, meldete sich der observierende Polizist. »Ohne Leiter. Sie fährt offenbar wieder zurück.«

»Gut«, sagte Reichel grimmig und straffte die Schultern. »Fahren wir zum Landgut der Hinrichsens.«

54. DIE MEDIZIN

Glenn war müde, schrecklich müde. Mutter hatte ihn in sein Zimmer geschoben und mit Michaels Hilfe ins Bett gelegt. Dann hatte sie ihren Sohn aus dem Zimmer geschickt. Obwohl Glenn Michael nicht ausstehen konnte, wäre er diesmal froh gewesen, ihn bei sich zu haben. Er wusste, was folgen würde, sein Testament lag in der untersten Schublade.

Mutter hatte Glenn eine milchig aussehende Flüssigkeit in den Mund geträufelt und jetzt schien die Welt vor seinen Augen zu verschwimmen.

»Du solltest ein bisschen schlafen«, sagte Mutter und fuhr ihm mit der Hand über den Kopf. »Der heutige Tag war anstrengend.«

Glenn stöhnte. Er wollte sie fragen, was sie ihm da eingeflößt hatte, aber mehr als ein Keuchen brachte er nicht über die Lippen. Seine Zunge war so schwer, die Augen konnte er kaum offen halten. Um Hilfe konnte er niemanden bitten, seine letzte Hoffnung, Hilde, lag in der kalten Erde.

»Du wirst sehen«, flüsterte Mutter ihm ins Ohr. »In null Komma nichts bist du wieder gesund. Jetzt, wo du bei uns in guten Händen bist.«

55. DIE ANGST

»Schneller!«, drängte Marie den Taxifahrer. Die Gerichtsmedizin in Klagenfurt hatte bestätigt, was sie ohnehin
schon wusste: Die Gartenleiter war angesägt worden, Hildes Sturz kein Zufall gewesen. Fingerabdrücke hatte es eine
Menge gegeben, aber keine identifizierten. Marie musste
so schnell wie möglich zurück zum Landgut der Hinrichsens. Das Messer hatte sie in ihre Handtasche gesteckt.
Sie tastete danach und hoffte, es nicht benutzen zu müssen. Aber sie wusste, sie musste handeln. Die liebevolle
Fürsorge, die Mutter gegenüber Glenn an den Tag legte,
hatte plötzlich eine ganz andere Bedeutung erlangt. Hilde
ermordet, die einzige Zeugin, die von Glenns Vermutungen wusste. Jetzt ergab es einen Sinn, dass Mutter Glenn
unbedingt zu Hause pflegen wollte. Zu Tode pflegen, war
wohl der richtige Begriff. Denn außer Marie war er der
Einzige, der ahnte, was in der Familie vor sich ging. Wenn
er aus dem Weg geräumt war, gab es keine Zeugen mehr.
Außer Marie. Aber darüber würde sie sich später Gedanken machen.

Die Drau hatten sie schon überquert, es war nicht mehr
weit nach Lendnitz. Sie fuhren die Klagenfurter Straße entlang, bis sie das Ortsschild passierten, dann den Kreisverkehr, an der Marienkirche vorbei bis zur Villacher Straße.
Marie atmete einmal tief ein, als sie die Einfahrt des Landguts näher kommen sah. Sie mochte Glenn nicht, aber der
alte Mann hatte es nicht verdient zu sterben.

»Stimmt so.« Sie drückte dem Taxifahrer einen Hun-
derteuroschein in die Hand und stieg aus.

Das Messer fest in der Hand, die Hand hinter ihrem Rücken verborgen, machte Marie sich auf den Weg ins Haus.

»Schätzchen, geht's dir gut?«, fragte Mutter, die gerade mit einer Flasche Wein aus dem Keller kam. Hatte Gesine gestreikt oder weshalb musste Mutter sich ihren Alkohol in Selbstbedienung besorgen? Sie hatte sich nach der Beerdigung umgezogen, bemerkte Marie. Statt schwarzer Spitze trug sie nun wieder rot.

»Alles in bester Ordnung.« Marie lächelte gequält.

»Du siehst ganz aufgewühlt aus«, sagte Mutter. »Du wirst doch kein Fieber bekommen?« Sie wollte Marie die Hand auf die Stirn legen. Marie wich einen Schritt zurück.

»Nein, nein, wirklich, mir geht's gut.« Wie sollte sie Mutter loswerden?

Frieda, die aus dem Wohnzimmer trat, kam ihr unerwartet zu Hilfe. »Ich sehe nach Glenn«, sagte sie.

»Ach, das kann ich machen«, rief Marie schnell. »Ich wollte ihn ohnehin noch sprechen.«

Mutter blickte skeptisch, Frieda zuckte mit den Achseln.

»Wie du willst«, sagte sie und verschwand wieder im Wohnzimmer. Mutter folgte ihr und Marie atmete auf. Sie betete, keine weiteren Überraschungen zu erleben. Jetzt galt es, Glenn vor einem Mordanschlag in Sicherheit zu bringen.

Sie hoffte nur, sie kam nicht zu spät.

56. DIE RETTUNG

Chefinspektor Reichel bog mit quietschenden Reifen in die Einfahrt des Landguts der Hinrichsens ein. Von der Villacher Straße aus waren die observierenden Polizisten in einem dunklen Ford zu sehen gewesen, die ihm das Okay-Zeichen gegeben hatten. Einer hatte zwei Finger hochgehalten, Marie Schwerdtfeger war also erst seit Kurzem im Haus. Entschlossen griff Reichel nach seiner Dienstwaffe.

»Dann mal los«, sagte er und stieg aus dem Auto.

Die Haustür stand offen. Reichel zog die Augenbrauen hoch und Huber entsicherte seine Pistole. Auf Zehenspitzen schlichen sie auf den Gang. Aus dem Wohnzimmer waren Stimmen zu hören.

»Auf drei«, flüsterte Reichel und zählte.

Gemeinsam stürmten sie das Zimmer.

»Hände hoch!«, befahl Reichel.

Entgeistert sahen ihn die Familienmitglieder an. Nur das Mädchen mit den schwarzen Haaren, Gesine hieß sie, gehorchte augenblicklich und lächelte ihn an. »Spannend«, sagte sie. »Nehmen Sie mich mal mit?«

Reichel ließ seinen Blick durch den Raum schweifen, die Gesuchte war jedoch nicht da.

»Marie Schwerdtfeger!«, sagte Reichel. »Wo ist sie?«

Die vernünftige Frau Hinrichsen, die im schwarzen Rock und Rollkragenpullover – Frieda? – zog ihren Mund zusammen. Sie wirkte, als hätte sie in eine Zitrone gebissen. »Sie sieht nach Glenn«, sagte sie und griff seelenruhig nach ihrer Teetasse.

Reichel wechselte einen Blick mit Huber. Das war er, der Moment der Wahrheit. »Wo?«, fragte er.

Roswitha Hinrichsen, die im roten Kleid mit dem tiefen Ausschnitt, deutete mit dem Zeigefinger nach oben.

»Geben Sie mir Deckung«, flüsterte Reichel seinem Assistenten zu und begann, die Stiegen hinaufzusteigen. Am ersten Absatz blieb er stehen und wartete, die Pistole im Anschlag, bis Huber zu ihm aufgeschlossen hatte. Im ersten Stock sahen sie sich einem langen Gang gegenüber, von dem rechts und links Türen abgingen. Die letzte Tür auf der rechten Seite war nur angelehnt. Reichel gab Huber ein Zeichen und sie schlichen sich an. Vorsichtig schubste Reichel die Tür einen Spalt mehr auf. Der Anblick, der sich ihm bot, war Furcht erregend. Im Bett lag grau und eingefallen Glenn Hinrichsen. Die Augen hatte er geschlossen, sein Atem ging schwer und unregelmäßig. Vor ihm stand Marie Schwerdtfeger mit einem riesigen Messer in den Händen.

»Waffe fallen lassen!«, brüllte Reichel.

57. DIE ENTDECKUNG

Entsetzt ließ Marie das Messer zu Boden fallen. Was machte der Chefinspektor hier? Und vor allem: Weshalb hatte er sie im Visier?

»Hände über den Kopf und zur Wand drehen!«, schrie der Assistent.

Marie gehorchte. Jedoch nicht, ohne sich nach einem Fluchtweg umzuschauen. Es gab eine Mörderin in der Familie, Glenn war in Gefahr und ihre Beförderung ebenfalls. Das konnte sie sich nicht von diesem hirnverbrannten Dorfpolizisten zunichtemachen lassen. Kurz entschlossen benutzte Marie den ältesten Trick der Welt.

»Hinter Ihnen!«, schrie sie und stürzte zum Balkon.

»Stehenbleiben!«, schrie Reichel und wirbelte um die eigene Achse.

Marie warf sich hinter Glenns Schreibtisch aus zentimeterdicker Eiche zu Boden.

»Sie haben die Falsche!«, schrie sie aus der Deckung heraus.

Ein Schuss peitschte auf, Marie zuckte zusammen. Dann hörte sie einen Schrei.

Der Inspektor brüllte wie ein Stier, ein weiterer Schuss fiel, jemand stolperte über einen Stuhl, Chaos brach aus.

Marie riskierte einen Blick hinter dem Schreibtisch hervor und konnte gerade noch etwas Kleines, Schwarzes und Vielbeiniges unter dem Bett verschwinden sehen.

»Perdita!« Marie sprang auf und entwischte durch die Balkontür.

Waghalsig warf sie sich über das Geländer, hielt sich am Seilende fest, das immer noch dort hing, und rutschte hinab. Das Seil reichte nicht ganz bis auf den Boden, aber sie ließ sich fallen, sodass sie geschickt in der Hocke landen konnte. Sofort sprang sie auf und raste in die Küche. Sie brauchte eine neue Waffe. In der Tür prallte sie mit der Köchin zusammen. Etwas fiel klappernd zu Boden. Eine Pistole.

Marie stockte. Ihr Zögern wurde ihr zum Verhängnis, behände bückte sich die Köchin, raffte die Pistole an sich und richtete sie auf Marie.

Marie sah genau in die Mündung.

»Sie?«, brachte sie hervor.

Die Köchin rührte sich nicht.

Marie schluckte und versuchte, sich so wenig wie möglich zu bewegen. »Sie haben ... all die Morde begangen?«, fragte sie vorsichtig.

»Wos heißt denn hier ›all die Morde‹!«, lachte die Köchin. »Es warn höchstens vier oder fünf. Die meiste Zeit hoben die Idioten es ja geschafft, sich ganz ohne meine Hülfe hamzudrehn. Glenn ist ganz von allein vom Balkon gefallen. Und wenn i einmal weiterhelfe mit ein, zwei Minuten ohne Luft, wer würd mir da einen Vorwurf machen?«

»Ja, tatsächlich, wer würde das«, sagte Marie in der Hoffnung, die Köchin bei Laune zu halten. Sie wollte nicht genau so enden wie die halbe Familie Hinrichsen.

»Oma Margot, ja, die war widerspenstig«, fuhr die Köchin fort. »Bei der hab i es zerst mit Gift probiert, dann mit Schlaftabletten, schließlich mit Schwammerln. Hat einen Magen gehabt wie ein Pferd, die Alte. Da musst i sie dann die Stiegen obi schubsen, die zähe Hexe. Onkel Harry war kan Problem. Er hat die Waffe selbst noch von der Wand genommen und sie mir gezeigt. I hätt fast laut lachen müssen, so einfach war des.«

»Und Hilde?«

Aufgebracht fuchtelte die Köchin mit der Pistole herum. »Hast du des ghert, was die über man Reindling gsogt hat? Die hat's verdient, sog i da!«

Marie erinnerte sich an eine hochgezogene Augenbraue, eine säuerliche Miene und die Worte »Nun, saftig ist etwas anderes.« Hilde hatte es wohl wirklich verdient.

Die Köchin zuckte mit den Schultern. »Dann wars aber doch bloß Zufall. Die Leiter hab i vor Jahren mal angesägt. Ohne rechtes Ziel. Irgendaner wird sich schon zur rechten Zeit den Hals brechen, hab i gedacht. So war's ja a.«

»Und warum haben Sie das alles getan? Ich mein abgesehen davon, dass Hilde Ihren Reindling nicht mochte.«

Die Köchin sah erstaunt auf. »Ja, hast denn das nicht mitbekommen? Das hinterhältige Biest hat an die Erbschaft wollen! Die arme Mutter. Und die Kinder, wo hätten die dann hinsullen? Na, des musst i verhindern.«

Marie blinzelte. »Und weshalb?«

»Des fragst noch? Du arbeitest doch auch da! 20 Jahr bin i jetzt bei der Famülie. 20 Jahr! I lieb sie alle wie mei eigene Kinder. Mutter hat sogar gsogt, i werd in ihrem Testament bedacht. I bin an Famülienmitglied. I, net du, du Hergelaufene!« Sie wischte sich eine Träne aus dem Augenwinkel.

Entsetzt blickte Marie der Köchin ins Gesicht. »Aber ich gehöre doch gar nicht wirklich zur Familie! Hören Sie, die spinnen sich das nur zusammen. Sie kennen doch die Hinrichsens, wenn die einmal eine Idee im Kopf haben. Wissen Sie, Sie können herzlich gern …«, begann Marie, aber die Köchin hörte ihr gar nicht zu.

»Sei still, i hab ka Lust mit dir zu reden. Du bist schon vül zu lang do, verdrehst Mutter den Kopf. Da vergisst sie, was sie an mir hot, an mir!«

Zur Familie gehören? Und das fand sie auch noch gut? Vermutlich waren 20 Jahre einfach zu lange. Die Hinrichsens schafften es innerhalb kürzester Zeit, den gesündesten Realisten in den Wahnsinn zu treiben, die Köchin war total verwirrt.

»Und weshalb haben Sie Harry umgebracht? Hat er auch Ihren Reindling beschimpft?«

»Na, meinen Reindling hat er geliebt, dieser miese Drecksack!« Die Köchin lächelte, ließ ihr Gesicht aber schnell wieder ernst werden. »Er hat gsogt, er werd sein Testament ändern. Wie i ihm abends ein Stickale Topfen-strudel gebracht hab, hat er mir erzöhlt, er werd mit Glenn sprechen, um sie alle rauszuschmeißen. ›Die werd ich los, die Bande‹, hat er gsogt. Da hab i doch handeln müssen, i gehör doch dazua!«

Marie nickte. Ihr war zwar nicht klar, weshalb die Köchin das nicht als Segen aufgefasst hatte, aber die arme Frau war ja völlig wirr im Kopf, rationales Denken war vermutlich nicht mehr ihre Stärke.

»Wo hätt Mutter mit die Kinder hinsollen? I musst doch für die Arme sorgen!« Die Köchin breitete ihre Arme aus und schüttelte traurig den Kopf.

»Dann haben Sie also alles für die Familie getan?«

»Sicherlich für die Famülie! Oma Margot, die alte Hexe, hat immer gemeint, sie kennt besser kochen wie i. Überflüssig wollt sie mich machen.« Verärgert schürzte die Köchin die Lippen und starrte Marie an. »Mutter, ja die hot mi geliebt! Zumindest, bis du angefangen host, hier umezuschleichen!«

»Und … Und was wollen Sie jetzt mit mir machen?«, fragte Marie ängstlich. »Ich finde Ihre Zuckerreinkalan im Übrigen köstlich!«

Die Köchin seufzte und sah Marie mitleidig an. »Es tut ma so leid, Marie. Aber du kannst kein Famülienmitglied sein.

Niemals.« Sie machte eine hilflose Geste mit der Pistole und Marie riss die Augen auf. Die Köchin zog den Hahn und Marie sah sich panisch nach einer Fluchtmöglichkeit um. Konnte sie vielleicht hinter dem Küchentisch in Deckung springen? Oder der Köchin mit der Bratpfanne eins überziehen? Die Köchin zielte und Marie schloss die Augen.

»Gibt's noch was von dem leckeren Nachtisch?« Michael stieß die Tür auf.

»Ach, du meine Güte«, rief Mutter hinter ihm. »Was machen Sie denn da mit der Pistole?«

»Nach was sieht's denn aus?«, maulte Gesine, die über Mutters Schulter schaute.

»Lassen Sie doch den Quatsch! Die arme Luzie!«, schimpfte Mutter.

Die Köchin riss in Panik die Hände hoch. »Aussi!«, schrie sie. »Lassts mi mochen!«

Doch Marie löste sich aus ihrer Erstarrung, nutzte die Tatsache, dass Mutter die Köchin mit ihrer Weinflasche ablenkte, und riss ihr die Pistole aus der Hand, die sie auf den Boden schleuderte.

»Na!«, schrie die Köchin und warf sich Mutter an den Hals.

»Hoppala.« Mutter kippte den Wein um, der einen dunklen Fleck auf dem blauen Dirndl der Köchin und ihrem eigenen Kleid hinterließ. Dann versuchte sie, die Arme von ihrem Hals zu lösen, die die Köchin ihr schluchzend umgeworfen hatte. Ihr sonst so akkurater Dutt hatte sich aufgelöst, das Gesicht vergrub sie an Mutters Busen. »Aber i gehör doch zu euch«, weinte sie.

»Was'n jetzt los?«, wollte Michael verwirrt wissen. Opa kam in die Küche gehumpelt, erfasste mit einem Blick die Situation und stieß mit seinem Stock die Pistole an, dass sie unter dem Küchenschrank mit dem eingeschnitzten Herzen landete. Mit einem weiteren Schwingen seines Krückstocks traf er die Köchin am Kopf, die langsam zu Boden rutschte.

»Was ist hier los?«, donnerte keinen Moment zu früh – aber doch einige zu spät, wie Marie fand – der Chefinspektor, der mit seinem Assistenten die Küche betrat.

Marie deutete mit zittrigen Fingern auf die nun glücklicherweise ohnmächtige Köchin.

»Was hast du mit der armen Köchin gemacht, Luzie? Warum hat sie geweint?«, wollte Mutter entsetzt wissen. »Und Opa, musst du immer so brutal sein?«

»Ich heiße Marie!«, brauste Marie auf. »Und ich habe überhaupt nichts mit der Köchin gemacht, sondern sie mit mir! Sie hat mich mit einer Pistole bedroht! Sie wollte mich umbringen! Sie wollte euch alle umbringen!« Sie holte Luft. Bis auf Mutter offenbar, die sie ins Herz geschlossen zu haben schien. Egal. »Sie hat schon Oma Margot auf dem Gewissen und Onkel Harry und jetzt …« Marie stockte, als alle sie unverständlich anstarrten.

»Sie wollen damit sagen, hier treibt eine Serienmörderin ihr Unwesen?« Der Chefinspektor, der neben der Köchin kniete und ihr den Puls fühlte, blickte auf.

»Sie hat zugegeben, schon mehrfach Familienmitglieder hinterrücks getötet zu haben.«

Mutter schüttelte den Kopf.

»Oma Margot ist die Kellertreppe hinuntergefallen«, sagte Michael.

»Onkel Harry hat Selbstmord begangen«, sagte Tante Martha.

»Nein!«, schrie Marie. »Die Köchin hat sie umgebracht! Genauso wie ich weiß nicht wie viele andere tote Familienmitglieder! Habt ihr euch nie gefragt, warum ihr so eine unglaublich hohe Sterberate in eurer feinen Familie habt? Habt ihr euch nie gefragt, warum ihr sterbt wie die Fliegen?« Marie hatte sich in einen richtigen Wutanfall hineingesteigert. Ihr Kopf war rot angelaufen und sie zitterte am ganzen Körper.

»Harald Hinrichsen, Margot Hinrichsen, vermutlich weitere Familienmitglieder«, murmelte Huber, dessen Stift nur so über seinen Notizblock flog.

»Nun beruhig dich erst einmal, Luzie«, sagte Mutter. »Du weißt ja nicht, was du redest, Kind.«

»Lassen Sie sie ruhig ausreden.« Der junge Mann legte Mutter eine Hand auf den Arm, wobei er furchtbar errötete.

»Nun stehen Sie nicht so deppert herum, Huber, rufen Sie die Rettung!«, mischte sich der Chefinspektor ein.

»Die sollen gleich einmal unsere Luzie durchchecken«, flüsterte Mutter vernehmlich und tippte sich an die Schläfe. »Das arme Kind hat den Tod ihres Vaters nicht verwunden.«

Marie holte tief Luft und zählte bis zehn. »Ja«, sagte sie »Ich geh einfach … Ich mach mich kurz frisch.« Panisch rannte Marie aus der Küche und ins Dienstbotenquartier. In ihrem Zimmer warf sie ihren Koffer aufs Bett und schmiss wahllos Kleidungsstücke hinein. Innerhalb von fünf Minuten war sie fertig angezogen und stand auf der Villacher Straße. Ängstlich blickte sie hinter sich und zückte ihr Handy.

»Hallo? Taxi? Ja, ich brauche dringend ein Taxi. In Lendnitz. Irgendwo auf der Villacher Straße Richtung

Hinrichsen-Anwesen. Zehn Minuten? Sie retten mein Leben. Herzlichen Dank.« Marie legte auf und marschierte vom Landsitz der Hinrichsens davon. So schnell es nur möglich war.

58. DIE DROGE

Glenn lag im Bett und krächzte. Was für ein Trip! Er erinnerte sich an die 70er-Jahre, in denen Harry mit LSD herumprobiert hatte und Glenn aus Versehen die Flasche Cola erwischte, in der Harry seinen Micro aufgelöst hatte. Was auch immer in dem Zeug gewesen war, das Mutter ihm eingeflößt hatte, es hatte noch stärkere Halluzinationen ausgelöst als Harrys LSD-Kapsel. Zuerst hatte Glenn vage Umrisse einer drohenden Gestalt über sich gesehen, dann blitzte ein Messer auf. Zusammengekauert hatte er unter der Decke gelegen und sich nicht zu rühren gewagt. Schließlich wurde das Messer durch eine Pistole abgelöst, Schüsse waren gefallen und Glenns Herz hatte ihm bis zum Hals geklopft. Der Angstschweiß stand ihm immer noch auf der Stirn, als die Menschen sich plötzlich auflösten und in Spinnen verwandelten.

»Was ist denn hier los, alter Mann?«, konnte Glenn nun Michaels Stimme vernehmen. Natürlich, was wäre ein richtiger Albtraum ohne seine Familie, insbesondere Michael. Kurz darauf konnte er ihn quieken hören, vielleicht war der Albtraum doch nicht so schlecht, wenn Michael litt. Glenns Augen richteten sich nach vorn. Es gab nur noch eine Spinne, eine riesige, die auf seinem Brustkorb saß und seinem Gesicht näher kam. Er versuchte erneut zu schreien, aber mehr als ein Krächzen brachte er wieder nicht zustande. Was für eine Teufelsdroge.

59. DIE LÖSUNG

Marie saß im Büro des Chefinspektors vor dessen Schreibtisch. Der Assistent hatte ihr zuvorkommend einen Kaffee gebracht, während sie ihre Geschichte erzählte. Der Chefinspektor selbst saß hinter seinem Schreibtisch, eine große rote Schwellung auf der linken Wange. Jetzt wusste Marie, wie der Biss einer Vogelspinne aussah.

»Ihre Geschichte deckt sich mit dem Geständnis der Köchin«, sagte Reichel. »Allerdings ist mir ihr Motiv nicht klar. Sie erbt nicht, sie hat keinerlei Vorteile gehabt. Weshalb hat sie die Familienmitglieder ermordet?« Er blickte Marie an. »Und kommen Sie mir nicht auch mit dem Reindling, der nicht saftig genug war. Das ist kein Motiv!«

Marie seufzte. »Hören Sie. Sie kennen die Hinrichsens, oder?«

Reichel nickte, sein Assistent lächelte verträumt.

»Dann stellen Sie sich jetzt vor, 20 Jahre lang, tagein, tagaus für diese Bande zu kochen.«

Der Chefinspektor nickte wieder, überlegte einen Moment und langsam sah Marie Angst in seinen Augen aufsteigen. Zufrieden lächelte sie. »Sehen Sie? Die Frau ist einfach übergeschnappt. Sie hat sich mit den Hinrichsens identifiziert, wollte so sein wie sie und ist komplett durchgedreht. Sie hat sich eingebildet, ihnen etwas Gutes zu tun. Mutter hat sie in ihrem Testament bedacht.« Etwas hilflos zuckte Marie mit den Schultern. Wie sollte sie das erklären?

»Ich … Ich werde sofort die Staatsanwaltschaft informieren«, sagte der Chefinspektor, während er ein Schaudern unterdrückte, und schüttelte Marie die Hand. »Danke schön, Frau Schwerdtfeger. Herzlichen Dank, Sie haben viel für die Lösung dieses Falles … Alles für die Lösung dieses Falles …«, verhedderte er sich und fuhr schließlich fort: »Ich wünsche Ihnen für die Zukunft alles Gute!«

Das konnte Marie gebrauchen.

»Sagen Sie«, begann Reichel, als Marie schon in der Tür stand, »warum nennt Familie Hinrichsen Sie eigentlich Luzie?«

Marie lächelte gequält. »Ach, wissen Sie, Herr Chefinspektor«, sie hob die Hände, »wer kann schon wissen, was in deren Köpfen herumspukt?«

Sie trat nach draußen auf den Gang und holte ihr Handy aus der Handtasche. Sieben verpasste Anrufe. Sechs davon vom Haustelefon der Hinrichsens, Marie konnte sich vorstellen, wie Mutter verspielt die Schnur des altmodischen Apparates um die Finger wickelte, während sie in den Hörer hauchte. Marie kämpfte gegen die aufsteigende Übelkeit an. Ein Anruf von ihrer Mutter, ihrer richtigen, sie hatte eine Nachricht auf der Mailbox hinterlassen. Solange es nicht die Hinrichsens waren, dachte Marie und drückte die grüne Taste.

»Marie, Schätzchen? Hier ist Mama. Wir müssen dringend reden. Es gibt da etwas, was ich dir erzählen muss. Willst du nicht heute Nachmittag vorbeikommen? Es geht um deinen Vater. Ich weiß, dass ich dir immer gesagt habe, ich kenne ihn nicht. Das stimmt auch, ich habe dich nicht angelogen! Er war ja nur ein Urlaubsflirt, aber ich schweife ab. Also, Schätzchen, seinen Namen wusste ich und ich habe ihm auch mitgeteilt, dass er eine Tochter hat. Daraufhin hat er es sich nicht nehmen lassen, dir großzügige Schecks für deine Ausbildung auszustellen. Weshalb er sich beharrlich geweigert hat, dich Marie zu nennen, ist mir schleierhaft, aber die Deitschen, nicht wahr? Versteh sie einer! Dass er sich dann auch noch dazu entschieden hat, ein paar Jahre später tatsächlich nach Kärnten zu ziehen … Um es kurz zu machen, mein Schatz: Heute habe ich aus der Zeitung erfahren, dass er gestorben ist. Und offenbar war Harry Hinrichsen recht wohlhabend …«

Marie glitt das Handy aus der Hand.

60. DER EINBRECHER

Chefinspektor Reichel saß zu Hause vor dem Fernseher, einen Arm um die Schultern seiner Frau gelegt, und genoss seinen Feierabend. Das Wohnzimmerfenster war repariert, der Fall abgeschlossen. Nur Huber hatte kurz zu meckern gehabt, dass sie der Klagenfurter Gerichtsmedizin nichts nachweisen konnten und ein Einbrecher immer noch frei herumlief. Was soll's, dachte Reichel und nahm einen Schluck von seinem Bier. Bei jedem Fall blieben Puzzleteilchen übrig, die nicht zueinander passten. Wichtig war nur, dass er morgen pensioniert wurde.

Das Telefon klingelte. Reichel konnte am Klingeln hören, dass es für ihn war. Elisabeth offenbar auch.

»Nun geh schon ran«, sagte sie und stupste ihn in die Seite.

Mit einem Seufzer stand er auf und hob den Hörer ab. »Reichel«, meldete er sich.

»Einbruch im Landgut der Hinrichsens«, keuchte Huber ins Telefon.

Reichel stöhnte auf. »Sagen Sie mir, dass das Ihre Auffassung von Humor ist.«

»Leider nein. Ich habe den Verbrecher gestellt. Das sollten Sie sich ansehen!«

»Bin auf dem Weg«, knurrte Reichel. Der Einbrecher bedeutete neue Formulare und weitere Berichte. Und was noch schlimmer wog, ein weiterer Besuch bei den verrückten Deutschen. Aber nun schien auch das letzte Puzzleteil gelöst. Vielleicht konnte er die Berichte auf Huber abwälzen. Morgen würde schließlich der Polizeipräsident auf dem Revier sein. Da hatte Reichel keine Zeit für Formalitäten.

Er versprach Elisabeth, in einer Stunde wieder da zu sein, und machte sich auf den Weg.

Die Familienvilla war hell erleuchtet und bevor Reichel klingeln konnte, öffnete Huber ihm schon die Tür.

»Er ist im Wohnzimmer«, sagte er nur und führte Reichel ins Haus. Inmitten der übrigen Familienmitglieder saß ein ganz in schwarz gekleideter Mann auf dem Sofa. Er war mit rosa Plüschhandschellen gefesselt. Reichel zog die Augenbrauen hoch.

»Frau Hinrichsen hatte glücklicherweise ...« Huber wurde rot.

»Hören Sie, hier liegt ein Irrtum vor«, sagte der Einbrecher. »Mein Name ist Jakob Jaritz und ich bin kein Krimineller.«

»Und was tun Nichtkriminelle, die ganz in schwarz gekleidet sind, abends um halb zehn auf fremdem Grund und Boden?«, fragte Huber. An Reichel gewandt fügte er hinzu: »Ich habe ihn im Esszimmer dingfest gemacht. Er hat ein schräg gestelltes Fenster ausgehebelt und ist ins Haus eingestiegen.«

Reichel lächelte bösartig. »Na, da bin ich aber auch gespannt, wie Sie sich da herausreden wollen«, sagte er und setzte sich dem Mann gegenüber.

»Ich arbeite bei einer Versicherung.«

Das fing ja gut an. Mit denen hatte Reichel ohnehin noch ein Hühnchen zu rupfen. »Meine Lebensversicherung ist gekündigt worden. Alles Diebe und Halsabschneider«, informierte er den Einbrecher.

»Ich wollte nur herausfinden, wo Marie Schwerdtfeger steckt!«

»Ein Stalker?« Reichel zog die Augenbrauen hoch.

»Das macht die Sache nicht besser«, pflichtete Huber ihm bei.

»Es ging um einen Fall«, rief der Einbrecher. »Versicherungsbetrug.«

»Aha. Und dazu haben Sie die Lizenz, unsere Gesetze zu brechen?« Der Kerl ging Reichel auf die Nerven. Er hatte weder den Anstand noch die Größe, seine Taten zuzugeben. Ein ehrlicher Verbrecher war Reichel zehnmal lieber als solche schmierigen Gesellen. »Wissen Sie was?« Reichel hatte genug gehört. »Das können Sie alles morgen dem Haftrichter erzählen. Sie haben sogar die ganze Nacht, um sich Ihre Geschichte zurechtzulegen. Huber!« Reichel stand auf. »Rufen Sie eine Streife, sie sollen den werten Herrn Jaritz in Untersuchungshaft bringen.«

»Ist schon erledigt, Herr Chefinspektor.« Huber grinste.

Unter dem Protest des Einbrechers verließ Reichel das Zimmer. Huber und Frau Hinrichsen folgten ihm auf den Gang.

»Wieso waren Sie eigentlich zum Zeitpunkt des Einbruchs hier?«, fiel Reichel ein. »Können Sie hellsehen?«

Huber wurde rot. »Also wissen Sie, eigentlich bin ich privat hier.« Er warf einen schnellen Blick zu Frau Hinrichsen im Negligé. Erst jetzt bemerkte Reichel, dass sein Assistent barfuß war. Die Krawatte hing ihm lose um den Hals und das Hemd war zur Hälfte aufgeknöpft. Seine Ohren leuchteten rot.

»Ich will es gar nicht wissen«, sagte Reichel und winkte ab. Draußen in der Einfahrt kickte er einen Kieselstein gegen das Gartenmäuerchen. Der letzte Stein. Morgen wurde er in den Ruhestand entlassen.

61. DIE VERSETZUNG

Marie klopfte an Dr. Warteburgs Büro.

»Marie!«, begrüßte er sie strahlend. »Wie schön, Sie zu sehen.« Er half ihr aus dem Mantel und bat sie, Platz zu nehmen. Dann fuhr er fort: »Ich habe gute Neuigkeiten. Wie Sie vielleicht schon gehört haben, ist Jakob Jaritz gestern Abend festgenommen worden. Mit solch einem schrecklichen Verdacht am Hals können wir ihn nicht zum Abteilungsleiter machen. Wer weiß, wie lange er für den Prozess ausfallen würde. Ganz zu schweigen davon, wie das unserem Ruf schadet. Ihre Beförderung ist Ihnen sicher, Frau Schwerdtfeger!«

»Herr Dr. Warteburg, ich möchte um eine Versetzung bitten.« Klagenfurt war zu dicht dran, Kärnten zu klein, als Abteilungsleiterin Süd würde sie niemals fliehen können. Ihre Wohnung in der Burggasse, die Abendessen im Maria Loretto, das war es alles nicht wert.

»Wie meinen Sie das?« Ihr Vorgesetzter sah sie erstaunt an.

Ihr Handy vibrierte in ihrer Tasche. Mutter hatte die letzten drei Tage ständig bei ihr angerufen. Sie wollte, dass Marie im Landgut einzog. Harrys Zimmer wäre noch frei.

»Ich meine eine andere Stadt«, sagte Marie bestimmt. »Ein anderer Zuständigkeitsbereich. Weit, weit weg. Sagen Sie, haben wir Filialen in Alaska oder Neuseeland?«

»Ich verstehe nicht ganz …«, begann Dr. Warteburg, aber Marie unterbrach ihn: »Das ist auch nicht notwendig. Ich möchte nur versetzt werden. Hier weg. Und das so schnell wie möglich.«

»Aber Ihr neuester Fall!«

»Ist abgeschlossen.«

»Wie? Hat Familie Hinrichsen …«

»Zahlen Sie. Geben Sie ihnen alles, was sie verlangen. Nur lassen Sie niemals wieder einen Hinrichsen eine Versicherung abschließen.«

»Wenn Sie sich sicher sind, dass Ihre Versetzung eine gute Idee ist …« Dr. Warteburg sah Marie an, als hätte sie drei Köpfe.

»Absolut sicher. So sicher wie noch nie in meinem Leben. Nichts ist eine bessere Idee als möglichst viel Raum zwischen diese Familie und mich zu bringen. Danke, Herr Dr. Warteburg, danke. Ich gehe jetzt meine Koffer packen.« Etwas steif stand Marie auf, reichte ihrem Chef die Hand und verließ das Zimmer.

Diese Hürde war geschafft. Jetzt musste sie nur unbemerkt die Stadt verlassen.

62. DIE FAMILIE

Glenn saß in seinem Rollstuhl neben dem Sofa. Mutter hatte ihm eine Decke über die Knie gelegt. Hin und wieder flößte sie ihm etwas Tee ein. Er fühlte sich schläfrig und zufrieden. Mutter hatte den Tee selbst zubereitet, es war also ein ordentlicher Schluck Brandy darin. Die Drogen-Halluzinationen hatten aufgehört und Glenn merkte, wie die Kraft

in seinen Körper zurückkehrte. Ein kleines Zuckerreinkerl oder ein Stückchen Topfenstrudel der Köchin würde
ihm sicher noch mehr helfen können, aber die Köchin war
nicht mehr da. Warum, das hatte niemand zufriedenstel-
lend beantworten können. Der Chefinspektor hatte sie nur
ungläubig angesehen und den Kopf geschüttelt.

»Ich werde der Köchin einen Blumenstrauß ins Gefängnis schicken, und einen von Tante Marthas Schal. Wenn
bald der Winter kommt, ist es sicher schrecklich kalt«,
seufzte Mutter, während sie über einen Brief gebeugt auf
dem Sofa saß.

Gesine lag auf dem Perserteppich inmitten des Salons
und las Marx. Sie löste ihren Blick von dem dicken Buch
und zog eine Augenbraue hoch. »Nicht, dass ich unsere
Art des Umgangs mit Verbrechern liebe, aber im Knast ist
es nicht mehr wie im Mittelalter, Mutter.«

»Trotzdem.« Mutter fuhr sich über die Stirn. »Die arme
Frau. Was meint ihr, wann wird sie wieder entlassen?«

»Sie hat eine vorzügliche Hühnersuppe gekocht, die
würde mich nach der Aufregung wieder auf die Beine
bringen«, stimmte Tante Martha zu. Sie saß im Sessel und
häkelte, wobei sie ihre Wolle Opa auf den Schoß gelegt
hatte, der Knoten hineinknüpfte.

Frieda löste ein Kreuzworträtsel und blickte missbilligend zu Michael, der Papierflieger bastelte. »Ich denke,
finanziell wird es sich durchaus lohnen, eine ehemalige
Straftäterin einzustellen«, gab Frieda zu bedenken. »Da
können wir sicherlich Förderung vom Land verlangen.«
Sie kniff die Augen zusammen und beobachtete Mutter
beim Schreiben. »Das muss ein langer Brief sein.« Sie legte
ihr Rätsel zur Seite. »Wem schreibst du denn?«

Mutter lachte. »Niemandem. Wem sollte ich schon schreiben? Nein, nein, das ist kein Brief.« Sie faltete das Papier zusammen, steckte es in einen Briefumschlag und klebte ihn zu.

»Dein neues Testament, Glenn«, sagte sie und schob es ihm zu. »Das alte ist ja verschwunden, hat vermutlich Hilde, das Aas, an sich gerissen. Dabei hatte ich mir solche Mühe gegeben.«

Glenn konnte nur die Augen aufreißen, zu mehr war sein Körper nicht im Stande.

Glücklicherweise nahm Frieda ihm das Sprechen ab.

»Testament?«, fragte sie und schnappte sich den Umschlag.

Mutter zuckte mit den Schultern, lehnte sich zurück und schlug die Beine übereinander.

»Ihr kümmert euch ja um nichts«, sagte sie vorwurfsvoll. »Ohne Testament kann doch sonst wer kommen und das Erbe verlangen. Denkt nur an Hilde!« Die letzten Worte hauchte Mutter nur noch. Dann schüttelte sie den Kopf und sagte energisch: »Einer muss sich schließlich um die Familie kümmern.«

ENDE

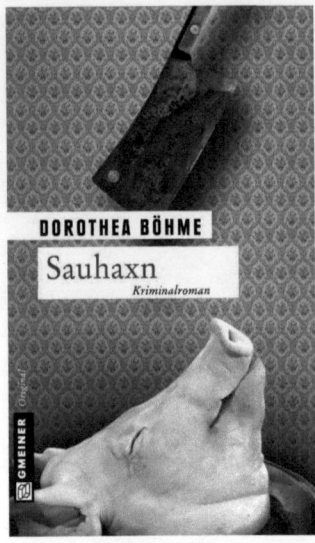

Dorothea Böhme
Sauhaxn
978-3-8392-1328-5

»Dorothea Böhme stürzt ihren Helden von einer Misere in die nächste. Große Unterhaltung ganz im Zeichen des schwarzen Humors!«

Johann Mühlbauer ist Kochlehrling in Lendnitz, einem idyllischen Dorf in Kärnten. Sein Leben könnte viel einfacher sein, wenn er nur ein bisschen so wäre wie sein großes Vorbild Bruce Willis. Doch leider meint es das Schicksal nicht gut mit ihm. Johann stolpert über Leichen wie andere über Steine. Erst findet er seinen enthaupteten Chef, dann folgt eine Leiche auf die andere. Eigentlich kann ihm jetzt nur noch Bruce Willis helfen.

Wir machen's spannend

Martin Mucha
Erbschleicher
978-3-8392-1530-2

»Ein toter Millionär. Eine liebe Familie. Ein ungewöhnlicher Banküberfall.«

Arno Linder heuert als Privatsekretär bei Millionär Sternwald an. Um den todkranken alten Mann hat sich seine liebende Familie versammelt, denn wer zum Erben zu spät kommt, den bestraft das Leben. Als Arno in einer Bank überfallen wird, verschwindet Sternwalds Testament und kurz darauf verstirbt der Millionär. Erben und Polizei jagen hinter dem verschwunden Dokument quer durch Wien. Nur Arno denkt sich: Warum nicht fälschen? Leider taucht das Original wieder auf – aber auch dem kann abgeholfen werden.

Wir machen's spannend

J. J. Preyer
Mörderseele
978-3-8392-1535-7

»Ein Ermittler im Gleichklang mit der Seele des Mörders.«

Ein Taxifahrer und seine Frau kommen bei einem Brandan-
schlag im österreichischen Alpenvorland ums Leben. Der
Journalist Christian Wolf folgt der Spur des gefährlichen
Täters. Je tiefer Wolf in ungelöste Rätsel der Familienge-
schichte des Mörders eindringt, desto stärker empfindet er
Mitgefühl mit dem Unbekannten. Die geringe innere Distanz
zum Täter erweist sich als Gefahr, doch letztlich als einzige
Möglichkeit, ihn zu überführen.

Wir machen's spannend

Leo Sander
Gelegenheitsverkehr
978-3-8392-1537-1

»Ein Ermittler mit unorthodoxen Methoden: Privatdetektiv Kants erster Fall«

Kant wurde aus dem Polizeidienst entlassen und zieht in einen Linzer Vorort. Dort wird er gleich als Privatdetektiv engagiert: Die attraktive Almuth beauftragt ihn, herauszufinden, ob ihr Vater ermordet worden ist. Eine Spur führt zu einer professionellen Schieberbande. Dumm nur, dass Kant bei den Ermittlungen ständig seine Frauengeschichten dazwischenkommen. Und als ihn auch noch sein Freund Poldi vom Landeskriminalamt um einen heiklen Gefallen bittet, wird es für Kant richtig knifflig …

Wir machen's spannend

Unser Lesermagazin
2 x jährlich das Neueste aus der Gmeiner-Bibliothek

*24 x 35 cm, 40 S., farbig; inkl.
Büchermagazin »nicht nur« für
Frauen und HistoJournal*

Das KrimiJournal erhalten Sie in Ihrer
Buchhandlung oder unter
www.gmeiner-verlag.de

GmeinerNewsletter
Neues aus der Welt der Gmeiner-Romane

Haben Sie schon unsere GmeinerNewsletter abonniert?

Monatlich erhalten Sie per E-Mail aktuelle Informationen aus der Welt
der Krimis, der historischen Romane und der Frauenromane: Buchtipps,
Berichte über Autoren und ihre Arbeit, Veranstaltungshinweise, neue
Literaturseiten im Internet und interessante Neuigkeiten.

Die Anmeldung zu den GmeinerNewslettern ist ganz einfach. Direkt auf der Homepage des Gmeiner-Verlags (www.gmeiner-verlag.de)
finden Sie das entsprechende Anmeldeformular.

Ihre Meinung ist gefragt!
Mitmachen und gewinnen

Wir möchten Ihnen mit unseren Romanen immer beste Unterhaltung
bieten. Sie können uns dabei unterstützen, indem Sie uns Ihre Meinung zu den Gmeiner-Romanen sagen! Senden Sie eine E-Mail an
gewinnspiel@gmeiner-verlag.de und teilen Sie uns mit, welches Buch
Sie gelesen haben und wie es Ihnen gefallen hat. Alle Einsendungen
nehmen automatisch am großen Jahresgewinnspiel mit attraktiven
Buchpreisen teil.

Wir machen's spannend